嬌妻至上

2

風 文創

519

東堂桂 著

目錄

第三十一章

那個人是王三，王豐禮。

晚上已鑽進被窩正要就寢的榮嬌突然想起來，難怪看著面善，她從被窩裡彈坐起來，竟然是他。

只是，他的氣質看上去與前世有很大不同，前世與他屈指可數的幾次碰面，她還因為羞怯害怕，不曾抬頭仔細打量過。

是他啊……

最初的驚詫之後，榮嬌蓋著被子呆怔了一會兒，腦袋裡空白一片，剎那間彷彿湧現出無數的念頭，又彷彿如清風流雲什麼也沒出現過。

這是她重生以來見到的第一個與前世有關、非池府之人，突如其來的意外相遇，令她心緒複雜莫名。

是怨恨嗎？仇人相見分外眼紅嗎？

榮嬌捫心自問，心中並無多少恨意。不知是前世在佛前修行之故，還是她本就純良無爭的性格，自從意識到自己重生後，從最初的難以置信到震撼至感恩珍惜，萬般滋味皆嚐過，唯一沒有的是復仇之心。

得到重來一次的機會，她心心念念的是改變自己，讓她有能力維護所有在乎的、愛她的人，不讓前世的悲劇重演。她沒想過復仇，對康氏、池萬林等人，這些與她有著割不斷血脈牽絆的所謂親人，她只想井水不犯河水，遠遠躲開；若對方仍如前世那般枉顧親情、不留活路，她會反擊，會保護自己，但如果他們不主動招惹，她也不會率先出擊。

為了避免重蹈前世覆轍，她會防患於未然，但不會為了不確定發生的後患，搶先下手——不會因為有些事前世曾發生過，就能斷定這一世同樣會發生。

事在人為，人變了，事情的軌跡也會變，重活一世就是全新的一世，她只要自己過得好，在意的人過得好就夠了，不會糾結於前世的仇恨，更不會處心積慮索怨、索仇。總之，她就想好好活著，不想猶如神助般得來的重生之後，還要時刻深陷於上一世的漩渦中，有恩報恩，有仇略過，過自己的好日子去。

對於虐待她的王家，只要遠遠避開，不再重複上一世的親事，王家與她就是不相干的陌生人，他們是好是壞，與己無關。

凡事有因有果，王家上一世那般對她是他們的惡行，但與她自己過於逆來順受、懦弱無能也有原因。她被幽禁，欒嬤嬤因病不治，固然是王家沒人性，也與她的性格、與池府的態度有關係，是她的無能給了對方可乘之機。

後來的和離，不管出於何種原因，王家畢竟沒讓她毫無聲息地消失，也算給她一條活路，和離時也將嫁妝全部退還，不曾剋扣。

王府不是善地，卻也不是窮凶極惡之輩，前世尚且如此，這一世，更不會再糾結於其中。

重生以來，榮嬌仔細反省自己，前世之所以悲慘，關鍵仍在自身。

可憐之人必有可恨之處，說的正是她。有母不慈，哥哥護持愛重；夫家無德，有忠僕相護，她並不是一無所有，是她從幼時起就因為康氏的遷怒與厭棄，放棄了自己，以致最終走進死胡同。

重來一世，她不想浪費生命，她要努力改變，不再做從前的池榮嬌，所有的不甘，所有的努力，都是為了更好的將來，而不是為了向不好的過去討要公道。

徹底重新開始的是榮嬌，還有屬於樓滿袖的執念，她希望有一天找到哥哥，問他給自己喝的那杯沙菊茶裡有什麼，是不是他害得自己……她要找出害自己的凶手，死要死得明白，活著就要恩怨分明。

或許，她現在既是池榮嬌，又是樓滿袖吧？

她知道自己是榮嬌，身體絕對沒錯，思想與性格、行事做派及體能卻越來越像樓滿袖，好在這兩者並無衝突，她也沒覺得自己分裂成兩個人。榮嬌想要的自信堅強，正是強勢聰明的樓滿袖所擁有的；而樓滿袖想要的真相，需要榮嬌變強後才有可能實現……

早在最初的惶恐過後，新生的她已接受自己的一切變化，是誰的前生、前世不重要，重要的是認清自己，人生就不會再次自亂方寸。

想通了這些，猝然出現的王豐禮就像突如其來的一陣風，颳過就颳過了，揚起些許前世的沙塵，除了心情有些不愉快之外，並不值得多加關注，更不會讓她懷疑自己的決定。

榮嬌又躺下，蓋好被子，睡了。

次日天氣好，天高氣清，秋陽明豔，榮嬌神清氣爽，心情明朗。

曉陽居偶遇帶來的些許思緒，隨著一夜好眠而徹底消失，不相干的存在，忽視即可，一切朝向她期待的美好未來發展，何必為陌生人壞了心情？

活得恣意幸福，就是對以往那些惡人最大的報復。

今天，她要去視察自己的酒莊，用完早飯，她與欒嬤嬤說了自己晚間出城的事。

「不會有麻煩吧？」嬤嬤驚訝道：「晚上出城？這可使不得。」

「晚上比白天方便吧？」

榮嬌疑惑，之所以選晚上，是覺得晚間康氏不會派人過來，難道嬤嬤認為不妥？

欒嬤嬤望著她不解的眼神，就知榮嬌與自己擔心的不是一回事，心都要操碎了。好姑娘喲，那不是重點好不好？

「除非夫人親至或喚您過去，那就麻煩了。」欒嬤嬤決定先回答榮嬌在意的。

「繡春與我身材相似，讓她扮我，病情往重裡說；若是喚過去，就說見不得風。」

康氏親至探病？這是兩世加起來從未出現過的狀況，偏巧趕在她出城這一夜發生，那只能說自己運氣背了。

「若是她來，就說臉上起了東西，弄得醜點，病氣可能會過人。」

這實在是下策中的下策，不過既是提前預防，總要考慮周全。

「姑娘，那些人可靠吧？晚上出城，還要留宿……」

比起對府中人遮掩耳目，欒嬤嬤更關心榮嬌出行的安全。姑娘的心越來越大了，居然答應夜裡去城外莊子，不會真將自己當成小郎君了吧？

「嬤嬤放心，是與玄朗那邊的岐伯一起，不會有事的；再說還有綠殳、李忠在。」

李忠是池榮勇配給榮嬌的新人，頂替聞刀，住在芙蓉街的宅子裡。

「只有他們兩個？」知道出行無法改變，欒嬤嬤退而求其次，要求她多帶隨從。「有事不夠照應的，帶上李勇吧？」

二少爺這次送了四個人給大小姐，李忠擅長做生意，李勇才是正經做護衛的；為避免身分洩漏，自從這幾個人到了之後，榮嬌出門不再讓聞刀陪同，也對好了說辭——

小樓公子是三少爺在陽城結交的朋友，聽聞他初到都城，人生地不熟，這才將自己借給他做嚮導，待他的僕從熟悉了，自然不用麻煩，人歸原主了。

榮嬌為安嬤嬤的心，答應多帶兩名隨從，可欒嬤嬤還是不放心，被康氏抓包尚在其次，與不知根柢的半老頭子同行，這要有個好歹……

呸呸，壞的不靈好的靈，不可能有意外。

待西天鋪滿紅霞時，榮嬌已與岐伯會合，乘車出城。

莊子在南郊約二十里外，暮色低垂時，榮嬌一行人抵達了莊子。

因是酒坊之故，空氣裡飄著淡淡的酒香，榮嬌深吸幾口，鼻子裡充盈著滿滿的醉意。

時間有限，晚飯後安排與莊子管事、酒坊師傅見面，明日一早察看作坊。

可縈嬌沒想到見面時竟遇到問題。

「小樓東家，配方成熟可靠吧？」發問的青年男子是酒莊總管事沙櫟。

是否成熟可靠？樓滿袖喝過成品酒，自然是成熟的方子，至於釀出來的酒是不是相同的品質，涉及用料、火候、師傅的工藝水準等多項原因，樣樣有關，能被任命為酒莊總管事的，不會連這個都不懂吧？

縈嬌沒有立刻回答。

「以往慣常出酒幾成，酒質如何？」沙櫟繼續提問，態度與語氣很真誠，完全像個急於了解情況的管事。

包括岐伯在內的眾人，目光都投視到縈嬌的身上。

縈嬌微微笑了笑，這些問題，他問得過早、過急了。

岐伯瞪了沙櫟一眼，卻沒有出言制止，因酒坊之事，他對小樓有些提防與戒備；不是為銀子，銀子是小問題，是公子的態度，是小樓對公子的影響。

公子居然同意開酒坊——根深柢固的想法，竟因小樓而瓦解。

公子做的決定，沒人敢質疑，更沒人敢要解釋，但這個小樓確實是突然冒出來的，公子嚴令不許探察他的家世來歷——

公子身分尊貴，與這個不知底細的少年來往，雖不妥，倒也無礙，難得公子有興致，找個逗趣的小東西沒什麼不好；但這逗趣的小東西能影響公子，是所有屬下不願看到的，萬一他心懷叵測，故意接近公子呢？

所以岐伯默許了沙櫟的行為。

榮嬌是個和軟性子，即便現在行事爽利了，也還是不習慣咄咄逼人，更不喜歡虛偽，沙櫟這種看似無辜真誠，實則別有用意的表現，是榮嬌最不喜的。

她輕輕笑了笑，大大的黑眸不帶情緒地看著沙櫟，好脾氣地回答道：「配方你大可放心，我年少，你有幾分懷疑可以理解，不過，你覺得你家公子是那種被無知小兒信口雌黃就能騙過的嗎？他既選擇我，他的眼光與判斷，你應該放心。」

關於配方種種，榮嬌與玄朗詳細介紹過，沙櫟等人若是誠意相詢，她自會以實相告，但對方用這種小算計，她不予理會。

「是我關心則亂了，公子自然不會看錯。」

沙櫟聽完這番軟中帶硬的回覆，臉上不露聲色，心底對榮嬌的戒備又加深了幾分，總覺得這小子舌尖嘴巧，又會扯虎皮做大旗，不怎麼地道。

心裡不喜，面上不顯，表忠心的話說得漂亮又坦然。「咱既是做這生意的，酒的品質好壞、出酒如何、賺錢與否，難免要多關心一些……還請小樓東家能給個定心丸。」

榮嬌好看的眉頭微蹙，黑眸深處隱藏一絲不悅。

按照約定，榮嬌只管出方子、拿紅利，不過問經營之事，是玄朗有意鍛鍊她，她自己也想多學經驗，這才介入其中，所以她這個所謂的二東家，實際是只分紅利，沒實權的。

話不投機，榮嬌身上屬於樓滿袖的強勢氣場突現。「沙總管此言差矣，岐伯既選你為總管事，定是相信你有這份能力……」她微微挑高眉頭，神色間帶著一股不容置疑。「沙總管的這個定心丸我給不了。酒方自然不會有問題，至於出酒如何，得問你們，產量與質量是酒坊的事，我不是釀酒師傅，不懂這些。用人不疑、疑人不用，既然岐伯選中你們，我雖為二東家，卻不好越俎代庖……沙總管是缺乏自信還是另有他念不願屈就？」

岐伯目露愕然，沒想到向來好性子的榮嬌竟會如此不留情面。

這番話若是傳到公子耳中，袖手旁觀的自己也落不得好。

想到公子的反應，岐伯坐不住了，開玩笑或試探得有分寸，畢竟小樓是公子認可的，對他不夠尊重或有意刁難，就是掃了公子的臉面，試問他們誰敢下主子的臉？

仗著與榮嬌熟悉，他忙出來打圓場。

榮嬌本不是性子強的人，與人爭執能免則免，這番話說完後，表達清楚，也不想再繼續糾纏，於是接過岐伯遞的臺階，此事算是翻過不提。

第二日，沙櫟表現正常，恭謹有禮，進退有據，言行舉止符合總管事的身分。

他有意賣好，榮嬌無意找碴，總之氣氛友好，看完作坊後，一行人便回城。

路上，岐伯神態自若，與來時無異，榮嬌亦安之若素，波瀾不驚。

對於岐伯表現出來的親疏態度，榮嬌並不失落。世間人情本如此，在外人眼中，自己的確是交了好運，若無玄朗相幫，她確實沒有機會——雖然她堅信自己能找到別的出路，無非是時間早晚而已，顯然他人並不這麼想，即便是岐伯，也認為她是運氣好。

可有運氣，也要能把握住。

她是知恩的人，得玄朗相助，自然會牢記這份恩情，即使他不在意她回報與否。

酒莊之行令榮嬌心裡多了分思考，玄朗的屬下、管事，包括岐伯在內，似乎都對自己有股不自覺的防範與拒意。

雖然玄朗一直對她很好，可以借人勢力，卻不可以將別人當作永遠的靠山。榮嬌覺得待酒坊順利營業之後，自己也該獨立，畢竟自己踩出來的路才最踏實。

第三十二章

一夜無眠的欒嬤嬤見榮嬌安然無恙地回來，提著的心才放下，忙不迭地張羅著洗漱備飯。

「姑娘喲，下回可別再這樣了，有事還是白天去，嬤嬤一晚上沒敢合眼。」

欒嬤嬤心有餘悸，擔心榮嬌吃虧。

「下次不會了。」榮嬌輕聲安撫。

接下來的日子，榮嬌甚少外出，曉陽居有岐伯坐鎮，一切無礙，她不時想些新的舉措，岐伯視情況挑選適合的推行實施。

至於酒莊，她根據實地考察到的情況，絞盡腦汁擬定了份經營建議，至於是否會被採納，她也不強求。

榮嬌知道這兩次是自己借了玄朗的東風，她原先抱著長期合作的打算，畢竟好不容易才遇到的貴人，現在卻改了主意，不想全指望玄朗。兩人非親非故，可援一時之手，但要想真正有底氣，還需要自己慢慢修練，習慣了有所依靠，並不利於成長，靠大樹好乘涼，這種心態可以有，但不能過。

不知不覺間，骨子裡的傲氣一點點被激發出來，她不是原先那個溫軟卑微的榮嬌了，忍氣吞聲的日子，她不會再過。

這些日子，但有閒暇，榮嬌就反覆回想前世的記憶，企圖借助重生的優勢找尋先機，卻悲哀地發現，過去的自己足不出戶，外界的一切她一無所知，不論是朝堂大事還是市井熱議，皆不知曉。

榮嬌越想越恨不得打自己兩巴掌，以前的自己就是個白癡，活一輩子與沒活，基本上無區別。

夢境裡，屬於樓滿袖的記憶本就少，還是支離破碎的，多是躍馬揚鞭的畫面，英姿颯爽、恣意瀟灑，可是，她現在不需要瀟灑，也沒有那種底氣；至於賺錢的招數，樓大小姐沒有銀子的概念，彷彿要什麼召之即來不須花錢，腦子裡怎可能有生意經？

之前拿來用的玲瓏棋局與烈酒方子，是少數擁有完整記憶的東西……唉，池榮嬌空白一片，樓滿袖不識錢滋味。

可憐她像理絲線似的，將腦袋裡林林總總的舊事精心梳理，試圖找到有價值的線索，最後，她無比強大的耐心終於有了一點收穫——

她記起前世十三歲的那年冬天，天氣特別冷，連降大雪，哥哥們不在府中，三省居取暖炭被剋扣，天冷雪大路難行，丫鬟取飯去晚了，大廚房以此為藉口，倒掉了她的分例。

又冷又餓的滋味著實不好受，她躲在被子底下瑟瑟發抖，病得要死時，還在幻想著如果康氏知道了，會不會心疼？或許會來看看她……

那場百年不遇的寒流大雪，壓死、凍死、餓死了很多人，露宿街頭的乞丐幾乎一夜間化為僵骨。雪後，朝廷與官宦之家紛紛設點施粥，池府也不例外。

這場寒流雖來勢洶洶，但真正受災的是平民，大戶人家倉稟實、衣食足，自然不會有受凍餓死的，頂多是下人所居的房屋年久失修，或被雪壓塌，或有傷者。

而三省居裡，凍死了兩個小丫鬟。

榮嬌握了握拳頭。那次她差點也死了，二哥院裡的管事嬤嬤大費周折請了郎中給她看病，當時她奄奄一息，還在惦記康氏能不能在自己臨死前來看一眼。

想起這些，榮嬌心情沈鬱。

等等，百年不遇的寒流？這算不算是給自己的機會？她思索著，若天氣沒變化，寒流與大雪還是會來，她照此提前置辦，可否為商機？是否屬不義之財？

榮嬌計算著手裡的銀子再三斟酌，拿定主意後，帶著綠殳到芙蓉街找李忠。

看著遞過來的銀票，李忠吃驚。「全部買米麵、木炭和棉衣？」

池榮勇對李忠有救命之恩，之所以將他送給榮嬌，是因為他曾從商多年經驗豐富，能幫到榮嬌。

「公子，您是要開米麵鋪子還是雜貨鋪子？」

雖說現在新糧入倉，是收糧的好時機。

「租個大庫房，若價格合適，多收棉花，做成棉衣、棉被；米糧方面，多收沒有發霉生蟲的陳糧；柴炭方面，提早到下面村裡收購，量大價格更低……」榮嬌沒理會李忠的質疑，先說了自己的打算，然後才接著他的話頭。「米糧鋪子不是不能開，你看情況決定吧，不過若是為了這批糧就沒必要了，我讓你收這些糧不是為了開鋪子賣的。」

她的計劃裡沒有開鋪子的打算，米麵乃國計民生的根本，若無特殊原因，價格一般平穩，不會輕易漲跌，她既無資本成為大糧商，又不是地主能自家出糧，只想借著天氣賺一筆，因此對於開鋪子並無興趣，但若李忠覺得可以借此機會開一間，先動起來也行。

聽了榮嬌的一番話，李忠越覺頭暈，這是準備做什麼營生啊？沒有米鋪子，大批量收糧不合常理，何況屬意收陳糧？眼下新糧上市，哪有人買陳糧？除非吃不起，弄一倉庫陳糧怎麼處理？

雖然小主子並沒有詳細解釋的打算，盡職盡責的李忠還是再次進言。「公子，您要收的東西，都不是緊俏物資，即便是入冬，需求量大了，價格也不會有太大漲幅，壓著銀子就是虧啊……」

況且咱家還沒鋪子，不能自己消化，給別家鋪子供貨，賺的還不夠人工損耗的。

「放心，不會壓手裡的，過年以前一定能賣出去。」

榮嬌記得清楚，今年寒流來得特別早、特別長，剛立冬就驟然寒冷，直到過年後才慢慢回緩，現在只恨銀子少，沒能力囤積太多。

「公子，請您三思而行啊！」

「我意已決，你照辦就是。」

想想自己還有些首飾頭面，素日基本不用，閒置在妝匣裡浪費了，不如換成銀子。「過幾天會再送銀子過來，倉庫租大些，位置不用太講究；若人手不夠，去買兩個老實可靠的，你只管收，不用擔心賣的問題……」

屆時，不愁賣。

夜色如水，燈火昏昏。

梳妝檯上攤著或金或玉的首飾釵簪，榮嬌挨個兒端詳，難以取捨，都是這些年哥哥們陸續送來的，件件都有著溫暖難忘的回憶。

「姑娘，留著吧，都是少爺們的心意。」欒嬤嬤戀戀不捨道：「就算以後有錢置辦更好的，與少爺們送來的還是不一樣。」

這支翠玉簪是小哥哥在古玩店淘來的，那條粉紅手串是哥哥們第一次幫人牽線做生意，拿了錢之後買的；粉紫色的宮製絹花是二哥跟人比武特意指定的彩頭——因為她從沒有戴過宮製的絹花。

若是把這些飽含心意的首飾換成銀子，即便將來她能賺更多的錢、能買到更貴更好的，能一樣嗎？

「嬤嬤，妳說得對，這不能動。」

又不是到了山窮水盡的地步，若哥哥們知道她為了賺錢把首飾都賣了，是不會怪罪她，但心裡一定難過吧？

她慢慢地將首飾重新裝回妝匣中。

她不能確定寒流一定會有，擔心損失哥哥們的本錢，但若今冬果然酷寒，哥哥們問起，她又當如何解釋？前世與重生，這是她不能與哥哥們分享的秘密。

次日，榮嬌給哥哥們寫信，只說自己需要銀子周轉，八百、一千兩就可以，問哥哥們能否預借。

信送出去後，想到玄朗助自己良多，也可以分享訊息予他，於是去了趟曉陽居，跟岐伯提了自己的建議——趁現在秋收後糧價合理，酒莊應多收原料備用。

酒坊尚未開始大量生產，有必要現在儲存原料嗎？

「向來開春後，糧食收購價只漲不降，按酒坊的進度，估計在入夏前正式釀造，那時夏糧未收，採購原料的成本會增加，既然酒莊有足夠的倉庫，不如現在提前存囤。」

榮嬌說的是實情，即便沒有寒流，提前採購只要倉管得力，不會有損失；若真有寒流，這些糧就是軟黃金，不管嚴寒時賣出，還是明年做為原料自用，都是一本萬利。

岐伯屏息半垂頭，偶爾抬眼偷瞟玄朗。

屋裡很安靜，能聽到庭院裡啾啾的鳥鳴，似乎有清冷的風擠進來，岐伯覺得室內有點涼意，後背發冷。

玄朗站在窗前，彷彿專注地看著窗外的風景。

靠牆放著幾缸荷花，枯葉已殘，透著瑟瑟的風雅；菊花半殘，僅餘的幾朵晚花努力開著，秋風抵不住它的亮麗。

「照他說的去做。」空寂的室內響起玄朗清淺的嗓音。「換個酒莊管事。」

「公子……」

岐伯一怔，前半句的意思他明白，後半句……是要換掉沙櫟？這是公子對於他前番對小樓公子不敬的懲戒？

玄朗沒回頭，只是輕哼了聲，岐伯馬上收聲，不自覺地挺直身體。

「他叫我一聲大哥，就是我兄弟。」

玄朗語氣平淡，聽不出情緒起伏，可岐伯跟隨他時日已久，知道他此時很不滿意。沙櫟對小樓公子的質疑，以及自己當時默許的態度，令公子不悅了，更換總管事既是給他的處罰，也是給自己的警告。

沙櫟是他的手下，公子旗下與生意相關的人事，向來由他總負責。

「屬下知錯。」

岐伯忐忑，公子連小樓是自己兄弟這種話都講了出來——怠慢了公子的兄弟，是何等過失？公子是給自己臉面，才沒有直接發作。

「岐伯，小樓是與我合作。」玄朗語調淡然，彷彿只是在陳述一個簡單的事實。

岐伯心頭發緊，汗顏道：「屬下知錯，絕無下次。」

小樓公子是公子的合夥人，自己是公子的下屬，言下之意非常明白——在小樓與公子合夥經營的茶樓與酒莊上，公子是東家，小樓亦是東家，而他，只是掌櫃的。

岐伯老臉脹紅，公子這是在提醒自己失了分寸。

小樓年紀小，出身普通、來歷不明，卻是公子認可的小兄弟；做為公子的屬下讓小樓沒臉，實際是質疑公子的決定，讓公子沒臉……是他逾越了，難怪公子惱火。

玄朗觀岐伯神色，知他領會了自己的意思。「知道怎麼做了？」

聽說酒莊發生的事，玄朗相當不悅。他平素忙碌，錢財之事皆由岐伯打理，定下與小樓合開酒坊後，具體事情便沒再過問，岐伯的能力及為人，他是極信任的，沒想到他認可的人，居然被自己的屬下怠慢。

岐伯與沙櫟的做法，已經犯了他的忌諱。

岐伯按玄朗吩咐著手備糧的同時，李忠也在忙碌，多家比價，精打細算，欲將手頭有限的銀子發揮最大的效益。

詳細了解行情之後，他有些想法。「……照上述情況，我們本錢有限，三種物品中，以棉花價格最高，要做成被子，還需採買布疋、出針線錢，所以若不是必須，小人建議乾脆集中採購糧與炭……」

李忠說得忐忑，不知自己是不是多嘴多舌，管了不該管的事情。到現在，他也不明白小主子吩咐大量採購這幾樣東西的目的，他若是個聽話的，就應該好好照著主子吩咐去做，而不是在這裡自以為是。

榮嬌聽了他的話，卻覺豁然開朗。對呀，她著相了，只想著寒流來了，糧食、棉花、木炭都是緊缺之物，樣樣都想抓著不放，卻不想自己財力有限，不可能面面俱到，照自己的能力，選擇一樣或兩樣才是正理。

「很有道理，多謝你提醒。」榮嬌從善如流，當場接受了李忠的提議。「依你所言，這一千兩銀子也拿去照此採買。」

這一千兩是哥哥們新送來的，至於她要錢做什麼，哥哥們沒問，只告訴她以後若是急需，讓聞刀拿她的小印直接去兵器鋪櫃上支取。

榮嬌明白，哥哥們不問，不是不關心，而是擔心問了她有壓力；至於借的銀子，做成了、賺了是妳的，賠了算是哥哥們的。

因此，自從決定做這樁生意以來，榮嬌心情糾結，一方面心憂寒流未至，另一方面，良善之心又會提醒自己，若記憶中的寒流如期而來，會死很多人的。她囤的那點東西對於大樑城的人民無異是杯水車薪。

這銀子，是賺還是不賺？

榮嬌糾結得千迴百轉的，艱難抉擇的結果，還是希望能賺到這筆錢。

天氣冷不冷是天老爺的事，她只是順應天意，況且借天之威發財也不是那麼容易，她還擔著血本無歸的高風險。

第三十三章

這天，榮嬌接到岐伯的信，約她到曉陽居議事。走進慣常用的雅間，迎面而來的卻是意料之外的俊雅身影。

「玄朗大哥！」榮嬌驚喜地輕呼一聲。「你回來了？」

自從上次商談酒坊之事後，這是玄朗頭一次露面。聽岐伯的話，他家公子很忙，四處奔波，每次在都城只做短暫停留，即便如此，也會有無數亟待處理的事務。

雖然榮嬌每次見玄朗，他都看似清閒，但每個人都有自己的事，既然他安排岐伯與自己接洽，只要事情進展順利，幕後的他是否親自出面，並不重要。

榮嬌的驚訝與歡喜讓玄朗心生愉悅，眼裡的笑意深了幾分。「嗯，我回來了。進來坐，泡了你喜歡喝的茶。」

他打量著榮嬌，近兩個月未見，這孩子似乎長個子了。「小樓長高了。」

「有嗎？」榮嬌不自覺地縮胸縮肚，迅速掃過自己的胸部。

這些日子可能進補過盛，她確實長高了一些，平平的胸脯隆起兩個尖尖的小桃子，裡面癢癢的，像小螞蟻啃咬，輕輕一碰就疼得要命；不過現在小桃子還小，天氣漸寒，衣服裡外穿了好幾層，一點都看不出來。

「還好。」她訕笑著。

她知道玄朗指的是自己的身高，但心裡有鬼，無意間就有點心虛。

「怎麼，小樓不喜歡長大？」

他的動作雖輕微又不著痕跡，卻被玄朗盡收眼底，不由多了分不解。像他這種年紀的少年，不是最盼望著快點長大嗎？說他長高了，按正常反應，即便不挺胸抬頭，如小公雞般洋洋得意，至少也應該暗含幾分喜悅吧？怎麼看上去反而帶點沮喪？

「啊？也不是啦！」她表現得很明顯嗎？還是玄朗的觀察力太驚人？「只是長大後，身不由己的事情更多了，我現在還沒準備好……」

首先，婚事是最緊要的一樁，就算沒有王家的親事，最遲不過及笄後，池萬林與康氏就會拿她的婚事作文章。二哥對此事的用心，她看在眼裡，但有前世的遭遇，她不認為池大將軍會對二哥守信。

要賺的銀子還沒賺到手，自保的力量微乎其微，一切才剛剛開始，最需要的就是時間，偏偏時間這東西是她控制不了的。

清泉般的明眸染上了一抹如晨靄般淡淡的憂色。

「大哥幫你。」

那股清淺的鬱色，令玄朗覺得有些刺眼。那是一種奇異又微妙的滋味，似乎這孩子應該活得更恣意自由，而不是這般不甘與不安，倉促地早慧，小心翼翼地謀算，甚至連時間與成長也是威脅他的隱憂。

於是，生平第一次，相助的承諾脫口而出，似乎小樓的快樂無憂是極為重要的。

「謝謝大哥，需要的時候，定不與你客氣。」

榮嬌真心實意地道謝，儘管她知道，有些事玄朗做為外人沒法幫忙……但他的這份心意，榮嬌十分地感謝，心裡暖暖的。

「嗯，有事讓岐伯告訴我。」

玄朗依舊溫潤，見榮嬌小鹿般滴溜溜的大眼睛裡堆滿了感動與真誠，呆萌地望著自己，不由心裡軟軟的，頓時覺得給他承諾是再正確不過。

「長高、長大總歸是好事。」他情不自禁地伸手摸了摸榮嬌的小腦袋，如盡職的哥哥般。「只有長大了，你才更有能力做自己想做的事情。今天大哥請你吃好東西，要多吃點，才能長得高壯。」後面的話透了幾絲逗趣的笑意。

榮嬌搖了搖腦袋，不滿地瞅了他一眼，自己又不是小孩子，還摸頭頂。

「我不是不想長大，只是希望晚一、兩年而已。」她鄭重又認真地解釋。怎麼可能不希望長大？逃避就能阻止事情的發生、發展？榮嬌嗤之以鼻，她現在才不會沒用地自欺欺人，她不但要長大，還要好好地長呢，只是眼下時間太少，她還沒準備好。

玄朗溫和地笑笑，沒理會他的小抗議。

他自己也發現了，對小樓，自己似乎格外寬容，甚至有種刻意的縱容，是在他身上投射了過往的自己嗎？玄朗不確定。

唯一能確定的是小樓身上有種能吸引自己的氣質，令他看這個孩子順眼，發自心底想保護他、照看他，希望他少一些辛苦，多些快樂。

這到底是種什麼樣的心思，玄朗沒去深究，想到阿金聽說他要把玉照夜獅子下的小馬駒送給小樓時，那瞬間呆滯的表情，以及傻傻的問話。

「公子……他、他不是……小少爺吧？」

嘴角的弧線更高揚了些，他竟從來不知道阿金有這般跳脫的念頭，居然將小樓想像成他的兒子。

嗯，他不會有兒子，更不會有這麼大的兒子，不過有個乖巧有趣的小兄弟也不錯，想到這裡，他含笑看著榮嬌。「小樓，會騎馬嗎？」

玉照夜獅子下的小馬駒可是千里馬，男孩子應該都喜歡吧？這一刻，玄朗忽然很想看見小樓收到小馬駒時的表情。

會不會騎馬？榮嬌微怔，大哥，要不要每次話題都是忽然轉換？

「會，一點。」她弄不懂玄朗的意思，於是保守地回答。

做為一個十來歲的男孩子，不會騎馬似乎不應該，但玄朗那偶爾流露的憐憫眼光，讓榮嬌猜想他可能對自己的身世有些誤會，以為自己活得艱難。

「會就好。」

玄朗並不在意他會還是不會，不會可以學，騎馬有什麼難？他又不是個姑娘家，以他的身手，給他匹馬，不用人教，自己也能爬上馬背。

「你今天可有時間？若得閒，我們去個地方，天黑前回來。」

他特意抽出時間，就是為了陪他再去一次酒莊，只是聽岐伯說，小樓出入似乎不大自由。

天黑前回來？那就是白天都在府外……榮嬌微有遲疑，但對上玄朗溫和又隱含期待的目光，忍不住點點頭。「沒問題，我們去哪裡？」

玄朗大哥助她良多，好不容易回都城一次，約她相陪，她不想推辭。府裡有欒嬤嬤坐鎮，有紅纓幫襯，還有繡春扮她，應該不會有問題——

玄朗把握時間，果然在天黑前將她送回曉陽居。

榮嬌跳上包力圖駕駛的馬車，揮手與他告別，眉眼彎彎，小手揮得甚是有力。「大哥再見。」

看他燦爛的小臉鮮活生動，笑容好像能融化周遭的冷意，玄朗的心情十分愉悅，這一天總算沒白安排。

榮嬌臉上的笑意保持了一路。原來玄朗所謂陪他去個地方，是去南城外的酒莊，而酒莊的總管不是沙櫟，換了個叫左司的。

上次沙櫟對自己的刁難，榮嬌雖有些不開心，卻連告狀都沒有想過，那樣的質疑雖讓人不爽，卻也能理解，結果如今卻換了人，該不會是因為她吧？

面對她直白的詢問，玄朗笑得風輕雲淡。「你、我都是東家。」

所以，這是給她的交代？榮嬌心裡暖暖的。其實沙櫟說得沒有錯，她的確是抱了玄朗的大腿，貪圖背靠大樹好乘涼。長這麼大，除了哥哥們和欒嬤嬤，沒有人這樣為她著想，在意她的想法與感受，這種被重視的滋味在看到倉庫裡滿滿的糧食後越發明顯，雖然玄朗不差銀子，她建議收糧也是好意，但他二話不說就安排人去做了……

玄朗還送了她一匹千里馬，還沒長大，正適合她現在的身高。

雖然小馬只能養在芙蓉街，不能隨時見到，可榮嬌的心情正如春天的花，奼紫嫣紅地怒放。

但好心情回到三省居時戛然而止，她敏銳地感覺到氣氛不對——嬤嬤竟然不在——?!。

「嬤嬤呢？」榮嬌張口就問。

紅纓的目光有幾分不自然。「嬤嬤有些不舒服，奴婢勸她先回房歇息了。」

不舒服？早晨走時還好好的，反覆叮囑她小心，早點回來。

榮嬌眸光微閃，認真地看了紅纓一眼。「哪裡不舒服？請郎中了嗎？」

「沒有，嬤嬤說昨晚沒睡好，有點頭疼，補一覺就好了，不用請郎中。」

「發生什麼事了？不要隱瞞。」

紅纓無法，只好將事情詳細說了一遍。

原來池榮珍白日裡來過，非要說榮嬌撿了她的鐲子，各種找碴，欒嬤嬤因榮嬌不在，抱著息事寧人的態度，百般勸慰，結果卻被池榮珍指使僕婦掌罰十下。

掌罰十下？榮嬌俏臉一沈，心頭火起，居然打了嬤嬤?!

「……姑娘，嬤嬤沒事，別擔心。」

欒嬤嬤臉頰紅腫，眼睛腫得只剩一條縫，因為嘴巴也腫著，說話有些含糊不清，眼神連連瞟向榮嬌身後的紅纓，怪她將事情告訴了榮嬌。

嬤嬤不想讓自己見到她現在這副樣子，不想自己擔心，處處為她著想，她卻那般沒用，連自己的乳娘都護不住，任阿貓、阿狗的都能肆意到三省居撒野……可惡。

榮嬌握起拳頭，看來上次那一巴掌根本沒讓她得到教訓，這次若不狠狠地打回去，讓她長了記性，必定還有下次。

「去把二少爺捎的藥膏找出來，說是大內特製的，藥效好。嬤嬤，妳放心，這事不能就這麼算了，我必會給妳一個交代。」

難道這一世，她還護不住欒嬤嬤嗎？

「姑娘別生氣，嬤嬤真的沒事，二小姐的性子，府裡誰不知道？嬤嬤是下人，二小姐是主子，沒什麼的……」

池夫人向來寧願維護楊姨娘所出的庶女，也不會給自己親生女兒一個公道，姑娘要是為她出頭，最後必會落得一身不是。欒嬤嬤心中著急，顧不得臉疼講話不方便，堅決阻攔。

「姑娘，先聽嬤嬤說──」欒嬤嬤見榮嬌要說話，搶著開口。「嬤嬤不是怕，才要姑娘息事寧人，外頭生意上的事才是要緊的；若鬧騰開了，惹人注意，盯著的人多了，出府恐不方便。大道理嬤嬤也不懂，可戲文裡都說小不忍則亂大謀，姑娘，咱現在不與她計較，正事要緊……」

以二小姐的性子，鬧過一場之後，若大小姐沒反應，她短期內應該不會再來的。

榮嬌握住欒嬤嬤的手，說來說去，還是為了她。欒嬤嬤任人打臉，事後忍氣吞聲，固然有池榮珍是主子之故，更多的還是不想給她添麻煩。

意識到這一點，榮嬌的心一陣刺痛。前世的欒嬤嬤病重無醫，她苦苦哀求王府婆子幫忙請郎中，哪怕抓副藥也行，還被對方惡言奚落；欒嬤嬤掙扎著起來，喘息著話不成句地安撫她，說自己挺挺就能好……

「嬤嬤，這口氣一定要出；不過，我聽嬤嬤的，不鬧、不聲張，私底下解決。」

「姑娘，您、您要做什麼？」大小姐的表情高深莫測，欒嬤嬤心裡沒譜。「嬤嬤真沒事，兩、三天就消腫了……」

「放心，我自有分寸。嬤嬤好好休息，不要操心別的。」

榮嬌安頓好欒嬤嬤，吩咐小丫鬟認真照看，這才放心離去。

記憶裡，池榮珍很少上門找事，多半是臨時起意找碴，像今天這種帶了人手氣勢洶洶地上門鬧事還是頭一回。

她明白，鐲子只是藉口，應該是上回被自己打了一巴掌，吃了虧之後新長的本事，知道明面上需要冠冕堂皇的藉口。

「紅纓，妳想法子打聽一下池榮珍來咱們這裡之前，去了哪裡、見了什麼人，三天之內即可。依她的脾氣，必定是想一齣馬上來一齣，不會為了幾日前的事情憋到今天才發作。」

榮嬌想不到自己在哪裡惹了池榮珍，但原因可以暫時不知，欠債必須馬上還。

一早去大廚房取早膳的丫鬟們小跑地回來了，眉眼間淨是詭異的幸災樂禍。「聽說二小姐被鬼打了。」

「什麼？被鬼打了？」

「二小姐昨晚睡前還好好的，早晨起來臉又紅又腫，沒等講話，一張嘴，門牙先掉下了……臉腫得連眼睛都看不見了。」

「值夜的丫鬟半點動靜沒聽到，裡外門窗都好好的，不是鬼打的，還能是她自己搧自己？二小姐平日裡不忌嘴，沒準哪句話惹得神鬼不高興，遭了報應。」

「這有什麼，夜路走多了，遇到鬼也正常。」

榮嬌聽著池榮珍的八卦，笑咪咪的，心情甚好。「吩咐下去，這種易犯口舌是非的話不要亂傳，是人是鬼都不關我們的事。」

「是。」

紅纓覺得自家小姐笑得有些古怪。昨天嬤嬤被二小姐就打了，夜裡二小姐就被搧了臉、打掉了牙……她腦中突然閃過一道念頭。

該不會是……

第三十四章

池榮珍面目猙獰，手掩著嘴巴。「池榮嬌……娘，是她幹的……一定是她。」

楊姨娘嘆口氣，女兒這樣子自己也心疼，但理智還在。「不是她，她沒這個本事。」

三省居到明珠院距離頗遠，中間要經過數條護院巡邏的路線，以池榮嬌的能力，怎麼可能神不知鬼不覺地潛進屋裡，打了人還能全身而退？

「那就是池榮勇，是池榮勇幫她的！」

池榮珍歇斯底里地發出惡毒的詛咒，一定是這兩個賤人！

「別亂猜了！」楊姨娘喝止女兒，無憑無據的，東咬西扯地做什麼？雖然在場的都是心腹，但隔牆有耳，不靠譜的猜測少說為妙。

「二少爺在京東大營，時間上來不及。」

若真是池榮嬌記恨珍兒打了她的乳嬤嬤，送信給池榮勇讓他趕回來，即便馬不停蹄，時間也緊張；況且以池榮勇的行事風格，半夜潛回家打庶妹臉這種洩憤之舉，他是不會做的，這倒更像是警告……

半夜被人潛到閨房，下人沒有察覺，這要是有心想做陰狠之事，珍兒的清白可就完了。

「可丟了什麼？」

清點的結果出乎楊姨娘的意料，貼身東西都沒丟，卻少了些銀子，小銀錠子與不記名的小額銀票，加起來近兩百兩，難道真是個小毛賊？

「東西沒丟就好，銀子不算什麼。」左右不過兩百兩銀子，不差這點錢，沒丟別的就好。

楊姨娘懷疑是康氏搞的鬼，不管與康氏有沒有關係，她當家管事，總歸脫不了干係就是。定定神，將事情前後仔細想過，楊姨娘斟酌著語句給池萬林寫信，沒直接控訴康氏，字裡行間卻將矛頭指向她。信寫好後，取了火漆封好，派可靠的人即刻送往京東大營。

才將人打發走，丫鬟來稟，道是三省居的紅纓姑娘奉大小姐之命，給姨娘送東西。

楊姨娘滿心不耐煩。珍兒出了這種事，她哪有心情搭理池榮嬌？但來的是紅纓，她一直想與池榮勇搞好關係，看在紅纓娘的分上，也只好勉為其難地吩咐讓紅纓進來。

但紅纓是來要錢的，確切地說，是奉榮嬌之命來索要賠償的。

「好教姨娘得知，這是昨日二小姐帶人去三省居弄壞的東西。您也知道，三省居的大小物品都是二少爺、三少爺置辦的，我們大小姐就二兩月例，有心想瞞著兩位少爺，私下補上也是有心無力。大小姐差奴婢來問問您的意思，有沒有好辦法，如果您沒有，大小姐只好問兩位少爺拿主意……」

好啊！這是威脅她，明火執杖來打劫了？

「姨娘別多心。」紅纓臉上帶笑。「東西少了、多了，大小姐素來不在意這些，只是過不了兩、三天，三少爺該回府了，要是他看到三省居少了這麼多東西，不知道要怎麼生氣呢……三少爺那脾氣，火氣上來了便不管不顧，本來就因為大小姐病情擔著心，再出了這樣的事……姨娘覺得呢？」

楊姨娘氣得胸口疼，恨不能讓人將紅纓打出去。

她覺得呢？她覺得這是敲詐勒索！什麼找她商量?!不就是要銀子賠償嗎？

這個池榮嬌，真看不出來啊！居然長本事了，竟敢訛到她的頭上?!

「……是大小姐讓妳說的？」

難道池榮嬌這些年一直在扮豬吃老虎？楊姨娘想到上回池榮嬌在後花園借「規矩」兩字打了珍兒一巴掌，當時她以為是珍兒跋扈慣了，將兔子惹急了，難道她想差了？池榮嬌實際上是個心思陰沈的？

「哪能呢！」紅纓笑咪咪的。「剛才奴婢就說了，大小姐素來不耐煩這些的，只是昨兒動靜大，奴婢幾個也沒膽子瞞著，大小姐讓奴婢列了單子，一份留給少爺們，一份送到姨娘這裡，奴婢只是自告奮勇來跑腿。大小姐性情溫軟，但奴婢的娘卻經常告誡奴婢，二少爺眼裡容不下沙子，要奴婢不能因大小姐性子好，就怠慢不用心……」

紅纓越說越順暢。大小姐的確沒讓她說這麼多，只是將損壞的物品價值翻倍後，讓她來找楊姨娘要銀子；至於給不給，大小姐只交代了一句。「東西是兩位少爺置辦的。」

楊姨娘若是個聰明的，就得老老實實掏錢，誰教池榮珍無故帶人上門鬧事？

「姨娘，奴婢還有差事，您看……」怎麼個意思？給不給銀子？痛快點！

楊姨娘老羞成怒，卻發作不得——東西確實是珍兒帶人砸壞的，抵賴不了；而池榮嬌一向遇事只知道找哥哥，就算她不說，那兩位也能知道。

一瞬間，楊姨娘心頭幾番轉念，氣女兒不懂事、沒手段，居然被小喪門星拿捏，又心疼要賠出去的銀子；雖說她手頭寬裕，可誰願意將屬於自己的銀子拿給別人？。

既然要賠，這價格……

「紅纓姑娘，這些東西是不是太貴了？一個茶壺蓋加一個茶碗要三百兩銀子？」太坑人了吧？池榮嬌沒這個心眼，該不會是底下的丫鬟想藉機中飽私囊，訛詐到她這裡？

「姨娘有所不知，這套茶具是上好的定窯白瓷，一把茶壺配四只茶碗，是二少爺拿了一整張完好的虎皮跟朋友換來的。壺蓋碎了，壺就毀了，茶碗缺一只，整套茶具全廢了……算算三百兩真的已經很低了，您想想，一品定窯白瓷茶具是什麼價格？一整張沒有瑕疵的虎皮要多少銀子？」

楊姨娘怎麼可能不知道？整張虎皮與一品定窯白瓷，都是有價無市的，不是想買就會有的，那兩個傻兄弟還真拿喪門星當寶，這麼貴的東西給池榮嬌用，真是糟蹋了。

紅纓懷揣著銀票，飛一般飆回三省居時，榮嬌剛練完字正在淨手，屋子飄著淡淡墨香。

「姑娘，您真是料事如神，看，這是楊姨娘賠的銀票。」

楊姨娘居然真的給錢了。紅纓難以置信，雖然大小姐說楊姨娘不認帳的機會很小，楊姨娘也想著法子找理由還價，最後還是給了，兩千兩啊！楊姨娘真有錢，大小姐更有本事！

實際上，真正的損失合計不到一千兩，紅纓的眼裡泛著崇拜。

「辛苦了，等下讓聞刀送去大營給二少爺。」

這錢，她不留。沒有第一時間寫信告狀，不是要瞞著哥哥們，而是打算事情處理後連同結果一併告知。她總不能整天讓哥哥們為了自己，繞著內宅的瑣事計較，她的哥哥是翱翔於天的雄鷹，她也不能扯後腿。

這一天，池府先後有兩批人趕到京東大營，分別送信給池大將軍與池榮勇兄弟。與池萬林見到信後的勃然大怒相反，池家兄弟心情大好。

雖然池府被人闖入，池家兄弟覺得臉上無光，但被打的人是池榮珍，那就另當別論；況且她並無大傷，府裡也沒其他損失，所以兩兄弟同時認為，肯定是池榮珍得罪了誰，因為某些原因，不方便直接教訓，就暗中下了黑手——池榮厚堅信這一點，因為他就是這樣嘛。

而池萬林正煩著，乍聞夜裡府邸被人潛入，寶貝女兒被打傷，他頭一個反應是羞惱。堂堂大將軍府，府衛不少，竟成了擺設，讓人家如出入無人之境；若是傳揚出去，他池萬林就成了整個大夏的笑柄，裡子、面子全沒了，還大將軍呢！自己的府邸都看不住，如何談保家衛國？

他的羞惱難堪與憤怒可想而知，認定是有人背後陰他，於是急召心腹、幕僚與兒子前來商量對策。在他心裡，已經將與自己結過梁子、有過齟齬的，猶如過篩子似地仔細過了一遍，沒等他想出懷疑的人選，池榮厚便吊兒郎當地告訴他，是榮珍得罪人了，不是衝池府來的，這只是警告小孩子的把戲。

沒看人家就打了幾個耳光，拿了幾兩銀子嗎？絕對是洩憤之舉！若真懷有不可告人的目的，怎麼可能如此簡單？至於銀子嘛，還不是人家辦事的拿點跑腿費？

氣得池萬林臉紅脖子粗，盡說混話，哪裡有半點將門虎子的氣度？雞鳴狗盜之流的做派他倒是門兒清。

看看神色認真、與自己同仇敵愾的大兒子，再看看一進來就沈默不語的老二，耳邊是老三惱人的分析，不由得火大。「行了，一派胡言。你們兩個先回去，榮興你留下。」

不管老三說得對不對，這件事還是得慎重。池萬林看著那沒心沒肺的哥兒倆，心中惱火。哼，若被打的是池榮嬌，這兩個小子早就一溜煙殺回城了。

被父親驅逐的兄弟倆反倒鬆了口氣，池榮珍的爛事不參與也罷，至於府裡進人會不會對母親有影響，池榮厚壓根兒沒想到這——又不是母親的緣故，誰引來的找誰去；再說這是護衛失職，與母親有什麼關係？

母親管家不假，但府衛歸外院，素來是由父親親理的，父親不在府中，就由外院總管事暫領；況且事發到現在，外院總管事與母親都沒派人來，可見此事不嚴重，搞不好是池榮珍自己院裡人幹的，平時她對下人尖酸刻薄、非打即罵，被人記恨在心，伺機報復也是可能的。

楊姨娘那個女人慣愛告狀，唯恐天下不亂，池榮勇倒是想到母親或許要擔責——父親向來愛重臉面，堂堂大將軍府的內宅被人來去自如，其羞惱可想而知，不是因為最嬌寵的庶女被打臉，而是尊嚴被藐視。

父親寧願相信這是他某個對手暗中所為，也不願相信是池榮珍招惹是非。前者至少是勢均力敵，輸在明暗之差；若是後者，顯得他多沒用？治家無能、教女無方。

池榮勇萬分肯定不管結論是哪一種，父親一定會責怪母親管家不力，而楊姨娘向來不遺餘力，把握一切機會往母親身上潑污水。

隨便楊姨娘怎樣煽風點火、父親怎樣偏心，最好終有一天，母親能看透，這一切的根源與榮嬌無關，相反的，妹妹才是最無辜、最不幸的那個。

所以，父親若為此事遷怒母親，他暫時選擇袖手旁觀。

此時，母親一定在忙著調查、善後，她向來是盡心盡責的好夫人，可惜，父親未必領情。池榮勇的嘴角閃過淡淡的諷笑，稍縱即逝。

事實上，他猜得沒錯，康氏差來送信的人已經在路上了。

對康氏而言，這件事可大可小，池榮珍被打，只是小事，府裡被人潛入才是至關重要的，看似惡作劇，但背後可能隱藏著陰謀。

身為當家夫人，自然要先排查，有初步的結果後再給大將軍送信。

於是她會同前院大管事、護院首領分頭調查，得出初步結論，才由康氏手書一封，大總管安排心腹，前往京東大營給池萬林送信。

楊姨娘搶先送信的舉動，康氏是知道的，並不是很在意。送信有什麼用？難道讓大將軍放下軍務自己回來查嗎？

殊不知在她的好夫君心裡，她這個處處能幹的夫人已經被打上管家不力的印象，而只會添亂的楊姨娘，卻因懂事機靈，又一次成功獲得了男人的偏心。

榮勇、榮厚相偕回了池榮勇的住處，榮嬌派來的聞刀也正好到了。

看完妹妹的來信，再看看附帶的銀票，哥兒倆四目相覷，不約而同地爆笑，這丫頭……太淘氣了！

「二哥，妹妹真能幹，太痛快了！」池榮厚笑著一拍大腿，看楊姨娘吃癟，要不要太解氣？

他早就看那對母女不爽了，只是堂堂男子漢，不便糾纏於內院女人的恩怨中，況且又是父親的女人、同父異母的庶妹，只要不是太過分，他不好計較，只能不情不願地忍了。這回好了，栽在妹妹手裡了。

哼，也是她聰明，不然憑池榮珍的行為，小爺能放過她？還好她識相，早早拿了銀錢消災，不然就不是賠錢這麼簡單的了……等等，不單是賠錢？池榮厚的腦中突然想到一種可能。「二哥，是不是……」

池榮珍被打臉，不會是銀子之外的另一項賠償吧？

想到這兒，池三驚愕得跳腳。不會吧？將老爹氣成那樣的元凶，居然會是妹妹……

「很奇怪嗎？」

池榮勇在看信的同時便猜到了這種可能，冷峻的面龐上一派淡然。

嬌嬌，幹得好！

第三十五章

對上二哥與有榮焉的神情，池三少真心想哭。這樣真的好嗎？嗚，誰能告訴他，原先那個乖巧的妹妹哪裡去了？

池二少雲淡風輕。「哪裡不好？再好不過！恩怨分明，債不過夜，果然長進了，我心甚慰。」

如過去那般被人打了左臉，還要把右臉湊上去，那樣才叫好？妹妹無論怎樣都是最好的，不過，如小鵪鶉似的總是讓人不放心，關鍵是他們也不能時刻待在內宅護著妹妹，所以，必要的凶悍還是要有的。

「可是……」

池榮厚糾結，難以描述自己的感受。

池榮勇淡淡瞟了他一眼。「你覺得不好？」

池榮厚搔搔頭。不是不好，這小丫頭越來越脫離自己的認識了，心裡有點患得患失。妹妹變了，這是好事還是壞事呢？她這些招數，都是跟誰學的啊？

「我是擔心……二哥你說的恩怨分明、債不過夜，我統統沒有異議，大丈夫恩怨分明是應該的，只是妹妹不是大丈夫，女孩子半夜跑出去，萬一暴露了行跡，豈不是糟糕？若她習慣了這種方式，更不好吧？」

「還不是跟你有樣學樣？」池榮勇掃了他一眼，也不知道是誰，但凡吃了虧，不能當場討回公道的，回頭下黑手沒得商量。近朱者赤，近墨者黑，榮嬌看了這麼多年，不用學也會了。

池榮厚受到哥哥的指責，頓覺頭上一片黑。不帶這麼冤枉人的吧！怎麼就跟我學的了？教養妹妹的策略一直都是二哥制定的啊！

「你是說我把妹妹教壞了？」這下，池二哥的眼神更冷了。

「不是。」池榮厚否定，須臾，臉色忽然沈靜下來。「二哥，你說，我們這樣對不對呀？」

到底什麼樣才是女孩子該有的模樣？像池榮珍那樣當然不行，大嫂那樣的，也不怎麼舒服。這些年，別人家怎麼教養女兒，他倆也打聽了一些，甚至還跟人家詢問了下大家閨秀的作息，日常學什麼、做什麼，該注意什麼，能打聽的都打聽過，可妹妹到底應該學哪些才符合池府嫡長女的身分，兩位哥哥似乎一直沒找到門道。

養妹妹不容易，吃穿用度尚在其次，關鍵是教養。

「我也不知道。」池榮勇明白，卻給了個不負責的回答。「現在這樣挺好。」

在兩個哥哥看來，養妹妹比練武領兵難了數倍不止。

「你想太多了，妹妹做得很對，不就掉了顆牙嗎？又不是捅破了天。」

池榮勇是真無所謂，捅破了天，做哥哥去把窟窿補上就是，沒什麼大不了的，又不是做了傷天害理的事情，不就是私下打了池榮珍幾下又訛了楊姨娘的銀子？那是她們作惡在先自作自受，妹妹的手段還是很溫和的。

「銀票給妹妹，另外讓聞刀去櫃上支錢，把砸壞的東西添補上。吳寶安一直吵著要來送馬場的紅利，過幾天得閒，我們一起回城走一趟。」

吳寶安是鎮西侯家的小霸王，有一回不知深淺，到大青山打野味，險些被老虎吃了，多虧池榮勇救了性命。所謂合夥的馬場，池榮勇投入不多，對方只是想名正言順給他好處。

「行，我跟大哥說一聲。」池榮厚頓了頓。「另外找個藉口，二哥，以後我跟你的那些朋友，明面上不要太熟。」

自從二哥一改以往的低調內斂，大放異彩之後，大哥就有些不對勁，經常打探二哥的事情，令他很為難，說也不是，不說也不對。池家並非是世襲的官職，父親能為大哥鋪路，卻不能力保他坐上大將軍的位置，二哥如此卓爾出群，大哥恐怕坐不住了……

三省居裡一片安和寧靜。

欒嬤嬤的臉已經消腫了，正飛針走線，忙著給榮嬌做硬底厚棉靴。

「嬤嬤，這是給妳的。」榮嬌將一個小荷包塞給她。

「什麼？」欒嬤嬤打開，裡面是幾塊銀子與兩張銀票。「姑娘快收好，嬤嬤不要。」說著，像被火燒了手似地將荷包推給榮嬌。

「是給妳壓驚的，拿著，缺什麼、有喜歡的，上街買。」

這是嬤嬤應得的，是她從池榮珍房裡特意拿的、給嬤嬤的壓驚銀子。

「有姑娘在，嬤嬤幾時短缺過東西？我要銀子沒用，姑娘收好，拿去做正事要緊。」

前些日子姑娘還想賣了首飾湊錢呢，可見是外頭的生意缺錢。

「現在不想買的，先放著，等以後再說，手裡有錢，心裡不慌。」

哥哥們把楊姨娘賠的那兩千兩銀子退給她了，她留下五百兩應急，其餘的都交給李忠。

「那姑娘也收著，嬤嬤跟著姑娘不需要銀子。」

欒嬤嬤的表情與語氣令榮嬌心裡暖呼呼的，打趣道：「嬤嬤，妳的銀子是我的，我的銀子可還是我自己的。」

欒嬤嬤似乎有一絲不解。「姑娘的話真奇怪，您的銀子自然是您的。」

她這條命都是姑娘的，她的銀子當然是姑娘的，姑娘是主子，主子的銀子自然是主子的，姑娘怎麼淨說些古裡古怪的話？

榮嬌被欒嬤嬤疑惑的眼神弄得有些尷尬。的確，她剛才說什麼傻話，昏頭了不是？

話說，這兩天府裡戒備森嚴，不好頂風做案，外面的事都安排妥當，她便沒出去，老老實實待在府裡；而康氏最近盯得緊，她是繼續裝病偷溜出府呢？還是找個合適的由頭搬到外頭住？

但榮嬌的心思被哥哥們知道後，兄弟倆態度一致，斷然否決了她想要出府獨居的打算。

在府裡雖有諸多不便，但至少是在家裡，對池榮勇而言，榮嬌著男裝在外做生意與獨居在外，完全不同。

「妳想自由，在府裡一樣可以，二哥來安排。」

妹妹有需求，做哥哥的責無旁貸。

康氏覺得自己最近走霉運，事事不順，先是鄒氏跳出來要管家分權，雖然已著了她的道，不足為慮，可整天在眼前蹦躂，也是添堵；接著是池榮珍不知得罪誰，被人潛到屋裡教訓了一頓，本與她無關，偏偏楊賤人使陰私手段，害得大將軍責怪她管家不力。

還有王夫人謝氏，不知哪根筋出了問題，那熱乎勁彷彿彼此是老交情。講真的，她絕不承認每回見到謝氏，她都有種莫名的侷促，謝氏身上那種世家名門特有的做派讓她自慚形穢，既羨慕又排斥。

儘管康氏不情願，也得裝作熱情，都怪池榮嬌那個喪門星，若沒有她，就沒有這門親事；謝氏也是個會裝模作樣的，明明兩家都清楚婚事內情，她還當成正經姻親走動？

康氏憋著一肚子的鬱火無處發，等收到二兒子的來信後，突然恍然大悟——怪不得她事事不順，就是被池榮嬌這個喪門星沾染上晦氣了。

勇哥兒說她身子骨弱，要靜養，管家或探病之類的就全免了吧，讓榮嬌在三省居安安靜靜地調養身子，不要打擾……呸，當她願意稀罕那個小賤人、喪門星不成？

都是康嬤嬤出的餿主意，什麼叫有心就好，探視慰問就免了吧？難道這段日子府裡有什麼人去三省居探視慰問？

康氏滿腹狐疑，早把自己當初的吩咐忘了一乾二淨，叫了康嬤嬤來一問，才知從池榮嬌生病那日起，正院這邊每天都有婆子打著她的名號去三省居探視。

「妳、妳……誰允妳自作主張的？」

康氏陰著臉，怒視康嬤嬤。見她面帶戾氣，康嬤嬤心知不妙，腿一軟就跪了下來。「夫人，是老奴的錯……大小姐剛病時，怕是與飲食有關，老奴想著凡事謹慎些，就派人去探望了幾次。上回三少爺回府聽說此事，很高興，就繼續著……」

康嬤嬤誠惶誠恐地解釋著，心底卻不慌張，夫人不會把她怎麼樣，頂多斥責幾句。

「繼續什麼，以後別管了。」

康氏也想起當時加料的棗茶來，包括康嬤嬤對自己的建議，厚哥兒的確因為她對池榮嬌有所表示而開心，只是……小喪門星剋人太歹毒了，這才多長日子，自己就連連倒楣，最好是趕緊與王府成親，早日嫁了出去，才算清淨。

榮嬌不知康氏的心情變化，她也不在意，只要康氏不搞事，衝著兩位哥哥，榮嬌不想與她有衝突，若不能相處，彼此眼不見為淨也好。

她這些日子都在讀書，鮮少外出。李忠能幹又有經驗，差事辦得俐落，曉陽居與酒坊有岐伯坐鎮，無須她時時盯著，她現在有新的任務。

自從那次玄朗問她喜不喜歡讀書，而她順嘴答喜歡之後，曉陽居裡就多了間書房，裡面擺放著玄朗借給她的書。

每隔幾天，她就會收到玄朗讓她讀的書，除了書上帶有注解之外，還有筆記奉上。

一開始，榮嬌沒在意，她正想多讀書增長見識，池府藏書有限，哥哥們不在家，她也沒資格去書房，玄朗的好意來得正是時候，榮嬌便如饑似渴地讀書。某日才陡然意識到，不對呀，她只是想多看幾本書而已，玄朗開給她的書目怎麼有種要苦讀備考的感覺？這厚厚的四書五經，需要讀熟背過還要能引經據典做策論，是什麼意思啊？玄朗以為她要考狀元？

還真讓榮嬌猜對了，不是玄朗以為她要考狀元，而是玄朗認為她應該考，先鄉試，有了秀才功名再一步步往下走；至於殿試，玄朗認為以小樓的年紀，現在想這些有點早，首務還是讀書，有了基礎再拜師，只要有名師指點，憑小樓的聰明必有所成，何況還有他呢，只要小樓想上進，他就能一路扶持他。

玄朗頗為疼惜小樓，先前他說不讀書只做生意，原來不是不想，而是怕求學無門……想到他說自己也喜歡讀書時的躲閃，開口借書時的侷促不安，玄朗越發下定決心，小樓之心願，他必助其完成。

這是個美麗的誤會。榮嬌說喜歡讀書時的心虛之相，緣於底氣不足，天知道她沒讀過幾本書，還是被小哥哥硬逼著塞進腦子裡的，要說喜歡，自己都害羞。

借書就更是誤會了，玄朗是謫仙般的人物，骨子裡散發著文雅，向他借雜記、傳奇之類的閒書，榮嬌真心覺得有褻瀆之感，難以開口。

這就是躲閃與侷促的真相。

玄朗吩咐岐伯在曉陽居整理出一間小樓的書房，為他精心挑選書籍，又根據他的基礎，親自規劃進度，凡事親力親為，指點課業。

公子還真是……阿金看著案頭那一摞摞待批的公文，再看看認真批改作業的玄朗，真心想哭。公子這般好為人師，真的好嗎？

忍了又忍，終是忍無可忍。「公子，那幾份兵部急等著，您看……」

「嗯。」

「公子，這是陛下著令宗人府送來請您過目的。」

「嗯。」

玄朗八風吹不動，心思還在文章上，小樓的文風太過詭異，若不改風格，師父的人選要慎重。

「公子，這是等著要的……」

「無須理會。」

玄朗頭也沒抬。諸部遞來的批文，真以為他沒看過？以各部現有的許可權，完全可以自行批覆後抄送他一份即可，之所以送到他的案頭，無非是想拉他扛大旗。

想到這裡，清冷的俊臉越發冷冽，抽出幾份公文。「哪裡來的回哪裡去，告訴他們，若是這點事都不敢拿主意，這個主官也別幹了。」

「那……宗人府……」

阿金嚥嚥口水，原來公子都看過了呀？那，宗人府送來的……

玄朗目光如炬。「宗人府許你什麼好處了？」

「沒有。」阿金兩手亂搖，臉色都急得白了。

「是嗎？」玄朗冷哼。

阿金頭冒冷汗。「真、真沒……那個、就是，就是宗人府挑了幾個好的，陛下希望您務必看看，有、有合適的，就、就……」

在玄朗清冷目光的注視下，阿金鼓足勇氣，還是沒敢將「有合適的就娶了」這句話說完。

「你操心不少啊……」玄朗淡淡的語氣聽不出喜怒。「男大當婚，我讓莫叔給你操辦操辦。」

不要啊——阿金直接跪了。「屬下沒想娶啊！屬下再也不敢了……屬下以為您想要個小樓公子那樣的小少主，光想不行啊，得娶妻才能早生貴子啊！」

第三十六章

什麼？把小樓當兒子？

玄朗表面依舊清冷，內裡整個人都不好了。這個混小子，講的是人話嗎？他幾時想要小樓那樣的兒子了？他幾時拿小樓當兒子了？

那是他視為弟弟的小朋友，是能令他心軟，忍不住要處處用心著想的特殊人兒……

他淡淡瞟了一眼在自己腳邊偷偷抹汗的阿金。「脖子上頂著的是水桶嗎？」

慘了、慘了。阿金悔得要死，他怎麼就好死不死地把心底話說出來了呢？

「沒有——不是，屬下頂的是水桶，屬下是——哦，屬下是說像小樓公子那麼出色優秀、難得一見的少年公子，誰家不想要呢？」阿金的腦子前所未有的靈活起來。「生在哪家府上，必定是要被爹娘、兄長引以為傲的……」不然公子您也不會紆尊降貴與他兄弟相稱嘛！

玄朗神色依舊淡然，輕輕瞟了形象全無的阿金一眼。「倒也不全是水……」還知道拿小樓說事，也不是傻到沒救。

「給宗人府退回去，下不為例。」

玄朗的眼裡流轉著深不可測的光芒。每年宗人府都要來一、兩回，皇上那裡也隔三差五地提，舉著親情大義，無非是想讓他娶他們希望娶的女人而已。

「是！」阿金爬起來，大聲應道。

嘴上答得乾脆，腳下卻有些不情不願。以公子的年紀，別人家早就妻妾成群、兒女滿地了，公子如今還是孤家寡人，也沒個親近的長輩幫忙張羅，依照公子這冷淡性子，小主子的娘不知何時才能有，沒有娘，哪來的小主子……

想到這裡，忠心壯肥了狗膽，鬼使神差地又來了一句。「公子，要不，您看看？就一眼……您，您自己剛說了男大當婚……」

「嗯？」長小聰明了，知道拿他的話來噎他？

「公子，屬下腦笨口拙，就是一根筋，屬下看小樓公子聰慧俊秀，就想若是有個像他那樣的小主子該多好。」

反正不該說的已經說了，伸頭一刀、縮頭也是一刀，阿金眼一閉，噼哩啪啦將自己的想法都倒了出來。「反正公子您早晚得有小公子，不能總一個人，更不能香火無繼。」

這麼多年，公子都是孤零零的一個，身邊除了屬下就沒別人，偌大的府邸只一個主子，清冷得磣人，難怪公子幾乎不回去。

玄朗的神色有著微不可察的鬆動。傻小子，腦子裡多半是水還自以為忠心耿耿……想要懲戒的心思卻消了幾分。「此事休要再提，我自有主張，下去做事。」

阿金委委屈屈癟著嘴，屏聲息氣地出去了。

唉，公子什麼時候才能有成親的打算啊？不成親就不會有小主子，不會有小主子，公子就會將心思放在小樓公子身上。關心小樓公子沒什麼不好，只是小樓公子也不知道是什麼來歷，雖然看上去是沒壞心眼的，但他再好也是別人家的孩子，與自己家的小主子是不能相比的……

阿金的心思忽東忽西，如風中的羽毛，想到哪裡沒個定形。

玄朗見他出去，復又拿起小樓的文章仔細批閱。

阿金的心思他也明白，不是阿金一個人有這種想法，他身邊親近的屬下明裡、暗裡都提過這件事，皇上和宗人府也沒少過問，朝官們盯著此事有想法的不在少數，是真心為他著想也好，別有他圖也罷……不論目的如何，總是殊歸同途，對此，他的回覆始終如一：不娶。

至於身後的香火——生前事都不在意，還管什麼身後？

他的身分注定不能過平常人的日子，孑然一身已受提防與猜忌，若是有了子嗣，更會添波瀾。麻煩他是不怕的，只是不想，不想隨便與一個女人成親，隨便孕育血脈，生一個不知所謂的兒子……沒意思，他不想。

什麼傳承、什麼香火，他在意的從來不是這些。

在阿金向主子進言娶妻生子之時，池榮勇也在思考相似的事。

兩天前，他與父親商量榮嬌的親事。

「這幾個人，說給榮嬌不合適吧？」父親聽完他的人選，幾乎不假思索地否決了。

榮勇微微默了默。這四名人選裡，沒有一個是他各方面都滿意的，父親不同意也在預料之中，畢竟再不喜榮嬌，她也是嫡長女。

「勇哥兒，為父理解你為妹妹操的心思，不過這種相看的事，你不適合也不會，榮嬌的親事，還是讓你母親多費心吧！」池萬林一副語重心長的慈父姿態。「做父母的，也希望她能姻緣美滿，你將心思放到帶兵上就好……知道你們兄妹感情好，等你母親相看好了人家，一定讓她知會一聲，你來把關如何？」

「多謝父親體恤。」

池榮勇應下，父親至少有一點說對了，他確實不擅長這件事。

「母親相看的人選，在合八字前請務必告訴兒子。」池榮勇表情認真。「知人知面不知心，有些看著好的，內裡未必是合適的。」

「這個自然。」池大將軍一口應允。什麼合八字之前？八字早合過了！

池榮勇仔細回想父親的神態語氣，似乎沒有不妥之處，只是，無緣無故的，池、王兩家的女眷為何會有來往？據他所知，王夫人以前與母親素無交情，王府與池家，文武不同，向來是涇渭分明，除了同朝為官外，唯一的牽扯只有那樁已平息的親事謠傳……

不單是王夫人，王三那小子也奇怪得很，據兵器鋪掌櫃所說，他這個月已經帶了四批人到鋪裡照顧生意。如王豐禮那般的文人，向來是用裝飾劍的，而自家鋪子賣的是實打實的真傢伙，是給習武之人用的兵器。

文人的劍是風雅之物，與武人用的不同，劍身輕，不在乎鋼口，太鋒利的不受歡迎；劍鞘要精美特別，花樣別緻的劍穗，繡工精緻的劍囊等等……總之，除了劍本身外，無不要精美高雅，池榮勇實在看不出自家鋪裡的劍，怎麼能得到王豐禮與他朋友的青睞……他想幹麼？

池二少的戒備絕非空穴來風，池家與王家分屬不同派系，素無來往，忽然傳出結親傳言，之後兩家內宅女眷來往走動，王三對他兄弟示好，莫非真的是項莊舞劍，意在沛公？

池榮勇揉揉眉頭，這似乎是不好的預兆，以王家的身分與地位，實在沒有理由對池府示好。

「不對呀，就算王家要結親，也沒必要這樣做，不是我妄自菲薄，若論家底，咱家不如王家。」池榮厚轉著眼珠，說出自己的不解。「那次在笑春風見王三時，他還滿嘴胡話，話不中聽；上次遇到，他卻前倨後恭，古怪得很。」

若是為了求娶妹妹，似乎也說不通。對王家而言，若無特殊內情，絕不會與池府結親；若是有目的的聯姻，能驅使王家的人對池府而言一樣是大山，因此無論怎麼看，王家都沒有做小伏低的必要。

「或許王豐禮那小子，不知從何處知曉了妹妹的好，榮嬌可是才貌出眾……」池榮厚分析了半天，最後以神來之筆收尾。

池榮勇不禁笑罵道：「胡說，他從哪裡能聽說妹妹的事？等練兵結束，我回趟大樑城會會王豐禮，看他打的什麼主意。」

與其這樣不著邊際地猜測，不如開門見山問個明白，即便他不願意奉告，也能從接觸中探得有用的訊息。

王三多次光臨池家兄弟的鋪子，是為了示好。

自從他受傷昏迷醒來之後，一改往日的做派，變得潔身自好，每日埋頭苦讀，絕跡於青樓歡場。

池、王兩家親事落定，王侍郎沒有瞞他——身為男子，若透澈其中利弊，仍不能坦然面對，也不配為王氏子孫；而他心平氣和地接受了，王侍郎頗感快慰，對他近日的好學上進更是讚賞。

雖說王氏子孫有風流的本錢，但若過於放縱歡場，恐是有礙未來官聲，對禮哥兒改而喜歡去茶樓的行為，王侍郎是贊同的，尤其他去的是曉陽居，緊臨國子監，談笑皆鴻儒，對人脈見識均有提升。

而王豐禮之所以往曉陽居跑，是因為在這裡遇上小樓東家的機會最高。

他也說不清自己到底怎麼了，自從那次在庭院偶遇，並機緣巧合地知曉了對方的身分後，便念念不忘，心中莫名有種熟稔；可他反覆在記憶裡搜尋，彼此並沒有任何交集的蛛絲馬跡……

但是這個少年對他而言有種詭異的吸引力，神秘又熟悉，想到他，心就會怦怦跳得失常，生出想要接近的慾望——他喜歡的從來都是溫香軟玉的美嬌娘，絕對不是俏郎君，但以往，絕色天仙也不能令他如此身不由己。

可惜，小樓東家神龍見首不見尾，鮮少出現，曉陽居的茶博士口風又緊，打聽不到任何消息，除了常來光顧，別無他法。

又聽說小樓東家最近尤喜讀書，或者能以文會友？王豐禮想到自家的藏書樓，似乎這是個好理由……

榮嬌津津有味地看著玄朗給自己的作業評論，一邊讚嘆他的學識淵博。瞧瞧人家，旁徵博引，信手拈來，要不要太厲害？一邊對他的鐵畫銀鈎暗生豔羨，本來她對自己的字還是有自信的，但與玄朗的放在一起……唉，都是人，怎麼差這麼大？

想想老天還是善待她的，雖然爹娘不給力，好哥哥卻有兩位；萍水相逢的偶遇，又送來一位真心待她的大哥，她很滿足，很感恩。

她曾託岐伯給玄朗帶過話，表明她不走科舉之路，讀書只是為了讀事明理；玄朗卻回覆，考不考尚在其次，多讀些書總歸是應該的，既然要讀，就應讀懂、讀透，文章必須要做的，會用才是真懂。在理出閱讀書目的同時，擬出文章題目，囑她讀完後以此做練筆，寫完與他分享，如此拳拳厚誼，榮嬌無言以對，只好做個乖寶寶。

所謂分享，實際是批閱修改，在她的印象中，玄朗可是很忙的，哪裡來的時間給她做啟蒙老師？

「你寫的，公子再忙也要看。」岐伯的話聽起來有點意味不明。

「哦……大哥沒出去？」

榮嬌雖然從不打聽玄朗的身分與差事，可在她的印象中，玄朗應該經常不在大樑城，但每次他批作業的回覆都挺快的，不像在外地。

「公子在婁城。」岐伯指了指桌上的食盒。「這是他讓人捎來的婁城特產桂花酥糖，公子說小樓年紀小，糖不能一下吃太多，省得壞了牙齒。」

自家謫仙似的公子捎了小孩兒的零嘴回來不說，還特意連牙齒都關照到了……

「哦。」

榮嬌點點頭，知趣地沒有追問他人去了婁城，自己的文章是怎麼送到他手上，又是怎麼送回來的。岐伯見她如此識趣，鬆了口氣，卻又有點不痛快。憑什麼自家主子勞心勞力，連海東青都使喚上了，得了好處的人還這般若無其事？

小孩子太識趣了也挺不討喜的，他不問，讓自己想給公子表功都沒法開口。

岐伯心頭千迴百轉，面上卻不露聲色。隨著玄朗對小樓的看重，身為屬下，岐伯等人對小樓的態度也隨之產生微妙變化，從最初的懷疑戒備到如今，已由不得他們有半分的不敬。

公子明確表示，小樓是他的異姓小兄弟，至於小樓夠不夠資格做公子的兄弟，由不得人置喙。

提起公子對小樓的看重……原來公子的清冷性子是因人而異，對上他的小兄弟，就是一副手足情深的好兄長模樣。

「公子準備了幾塊好皮子，說是今冬嚴寒，讓你做袍子……」

看吧，公子是多看重這個弟弟，連過冬的禦寒之衣都提前想到了。跟了公子這麼多年，何時見他操過這種心？他對自己的衣物都從未上心，遑論別人？

今冬嚴寒？榮嬌的心神瞬間被這幾個字眼抓住，玄朗大哥也知道今冬有寒流？他怎麼會知道？難道他也是重生的？

意識到這種可能，榮嬌全身的血液彷彿突然凝固，似乎有一隻手攥住了跳動的心臟，她手足僵冷，好半天才說出一句。「大、大哥……說今冬有大寒？他、他能未卜先知？」

「這還用未卜先知？」岐伯略帶詫異地看了她一眼。「都城的冬天自然是比江南冷很多，公子擔心你是南人，初居北方，對此不知，皮袍子、毛坎肩、披風大氅準備不足。」

這是其一，與其說公子擔心他是南人，不知都城冬天的酷寒，不如說公子更擔心沒人給他置辦寒衣。

公子覺得他年紀尚小，未必會有這心思，大樑城的冬天說冷就冷，等一夜大雪、天寒地凍時再跑出去買現成的毛皮，難免不方便，況且輕暖柔和的上好狐皮成衣，也不是有銀子就能買到的。

哦……這樣啊……榮嬌咧咧嘴，勉強扯出絲笑意，原來是自己想多了。

臉色依舊是白的，手腳卻漸漸找回知覺，心也恢復跳動。她沈默了好一會兒，才輕聲道：「大哥真細心，真好……」

毛衣裳她有，小樓卻沒有，玄朗真是有心了。

怕你不知都城冬天冷——如此簡單，卻將玄朗發自內心的關懷表達得淋漓盡致。

榮嬌的掌心傳來那上等白狐毛的觸感，蓬鬆、柔軟、輕暖，彷彿會呼吸一般，帶著陽光的暖，輕盈的愉悅。

這一刻的滋味，不僅僅是感動，連空氣都透出溫柔，亦濃亦淡，在心裡細水長流……

第三十七章

榮嬌走出曉陽居大門時，心緒依然複雜。

她自問從頭到腳沒有哪裡值得玄朗覬覦，要錢沒錢、要人沒人、要家世，嗯，也沒家世，除了女子之身——嗯，這個也不必考慮，以玄朗的年紀，家裡定是早有嬌妻，何況以他的人品才貌和身價，要什麼樣的美女沒有？何至於在她這個乾癟的小姑娘身上花功夫？

所以，唯一的真相就是玄朗把自己當兄弟，以誠相待，真心相護。

唉，怎麼兩下相比，人家那麼光輝高大，自己像個縮頭縮腳、淨想占便宜的猥瑣之輩？

跟在她身後的綠殳，一手提著個鼓鼓囊囊的大包袱，裡面裝著玄朗送的皮子，另一隻胳膊下挾著來自婁城的酥糖盒子，聽自家姑娘邊走邊長吁短嘆，不由納悶，想問又騰不出手來比劃。

「小樓東家。」對面傳來一道驚喜的聲音。

榮嬌微不可察地蹙了蹙眉，怎麼又遇見他了？

抬眼望去，就見旁邊駛來的馬車掛著王府的徽章，車子尚未停穩，一道寶藍色的身影便從車廂跳下來，面帶笑意，快步而來，正是榮嬌避之不及的王豐禮。

「真是巧遇，小樓東家有些日子沒見了……」

王豐禮帶著春風般的微笑，拱手迎上。今兒運氣真是不錯，還沒進曉陽居的大門，居然就巧遇了。

「是，好久不見，王三公子越發手采照人。」

伸手不打笑臉人，何況還是曉陽居的貴賓常客。榮嬌臉上浮現標準的微笑，因為手上拿著書袋，沒法拱手行禮，她微微低頭欠身，回了一禮。

「小樓東家謬讚，慚愧。」

王豐禮復拱手，臉上飛滿笑意，看不出哪裡有慚愧。

真是奇怪，每回看到小樓東家，他的心就充滿喜悅。

他查過這人的底細，除了知道他姓樓行四，從江南來的之外，其他的一無所知，乾淨得彷彿憑空出現一般；而曉陽居的東家更是深藏不露，以他太原王氏嫡子的身分竟查不到絲毫的信息，甚至就連大掌櫃岐伯亦是如此。

王豐禮不是不知深淺的庸才，明白對方或許深不可測，不是他能打探的，若想接近小樓，交好他本人才是上策。

「聽說小樓東家喜歡讀書？」王豐禮看到榮嬌手裡拿著書袋，恰好的機會焉能不用？「在下家裡也有些藏書，若是小樓公子需要，盡可開口。在下不才，四書五經也胡亂讀過幾本，不知小樓東家讀到哪裡？或能切磋一二。」

榮嬌不露聲色，心裡卻不明白王豐禮接二連三與自己親近所為何來？上一世是孽緣，嫁他於妻，不得善終，這一世，她不想與王家人再有任何瓜葛。

「多謝王三公子厚愛。」榮嬌笑著婉拒。「小樓乃一介商賈，識幾個字附庸風雅而已，哪裡能與公子交流切磋？羞煞、愧煞小子了。」

不管他是什麼目的、好意歹意，一概拒絕。

王豐禮的臉龐浮現一絲失落，若是別人聽到這番邀約，不知會有多歡喜？太原王氏的藏書，大夏有哪個讀書人不心生嚮往？雖然大樑城王府的藏書閣規格與本家不能相比，但在都城，其書目之浩瀚，也是無可比擬。

榮嬌不想與他再多寒暄，謝絕好意之後立即告辭。「小樓瑣事纏身，不多叨擾王公子了，您請便。」

「欸……」

等王豐禮反應過來，那削瘦的身影已經輕巧地上了馬車，原先跟在他身邊的小廝也消失不見。

這主僕兩人的速度真迅速……王三尚在感慨，榮嬌已撩開車廂簾子，衝他揮了揮手，趕車的包力圖揚起馬鞭，馬走車動，霎時駛出老遠。

王豐禮不由頓足嘆息，眼見馬車拐個彎消失在眼裡，這才撣撣衣袍，轉身負手進了曉陽居。

榮嬌避開王三，馬車疾行出了棠樹街，直奔芙蓉街與李忠見面。

李忠負責之事一切進展順利，他之前提議開米鋪，正在找鋪面，有關開鋪子的細節，他想與榮嬌面談。

榮嬌對開糧店並不熱衷，她只想借著天氣驟變這個機會賺上一筆，囤的糧與炭會在寒流期間盡快脫手，並沒有長久做糧商的打算。

不過她既然將生意交給李忠，用人不疑，開不開鋪子，她會盡可能尊重李忠的意見。

「東家，這鋪子最好是開的，都怪小人先前忘記了這一齣，沒有跟您講清楚……」

李忠滿臉的歉意與自責，聽他講完，榮嬌才明白——哦，原來如此！

大夏對部分商品實行管制，有些極為嚴格，比如鹽、鐵，等同於朝廷專賣，而酒、醋等條件稍微寬鬆，但要拿到引文也不容易；米糧也有管制，只是這個管制的條件寬鬆，普通人在日常生活幾乎察覺不到。

米糧的買賣是否被管制，取決於數量上的限制。尋常情況下，幾斗、幾石的買賣沒有人管，但若是大量收購，超過兩百石以上，需要到官府辦理米糧收購許可的文書。辦理文書的門檻不高，對做生意者而言，只要有糧鋪店面即可。

這個許可規定是大夏初建時頒布的，那時百廢待興，糧食是關係到國計民生的資源，為防止有人蓄意囤糧哄抬糧價，引發動盪，才有了這項規定；發展至今，已是形同虛設，不單是普通人鮮有了解，就連從事米糧生意的，辦這個許可文書的也寥寥無幾。

小本經營的米鋪子，囿於資本與倉庫容量，很少單次收購超過數量的糧食，既然不超過限制，便不用辦文書。

但是，政令雖形同虛設，畢竟是政令，民不報、官不究，若真有檢舉的，官府就會管。

原本是用不到這個批文的，只是又追加了銀兩，加上李忠聽從榮嬌的指示，以收陳糧為主，如此一來，採購數量超過限制，需要辦批文。

「也不是必須得開鋪子。」李忠準備充分。「花銀子找間鋪子借來辦批文也行，若是官府那裡能提前打招呼，批文可以不辦。」

「鋪面你看過嗎？有沒有屬意的？大約需要投入多少？」

榮嬌暗忖，決定還是合法經營，走正常管道辦批文更穩妥。

她想借寒流機會發財，而今冬之所以會米價飛漲、炭火難覓，主要是冷得太早、太突然，時間又長，商家儲備不足，交通運輸不便，才造成緊缺。屆時，她囤積貨物的行為要是被人舉報……恐怕麻煩不小。

待聽了李忠的介紹後，榮嬌直接拍板。「李掌櫃，就選你最中意的那間鋪面，好生操辦。」

回府路上，榮嬌思量著鋪面的經營，既然決定開了，自當盡心盡力做好；只是一間小鋪面、一升米、半斗糧的薄利銷售，她雖不是好高騖遠之輩，也覺得若靠著它賺錢，自己的發財夢是遙遙無期……

欒嬤嬤端著宵夜進來，見自家姑娘正裹著被子在大床上滾來滾去，嘴裡還唸唸有詞。

「這是怎麼了？」欒嬤嬤急忙放下托盤，走至床前。「姑娘。」

榮嬌聽到嬤嬤的聲音，停止了翻滾，嘿嘿一笑，也不解釋，爬起來整理衣服，吃宵夜。

「嬤嬤，妳說什麼生意是最必須的，誰都離不了？」

「衣食住行都是啊！」欒嬤嬤說得直白。「缺了哪一樣也不行。」

衣食住行？範圍真大！榮嬌吐吐舌頭。「比如說呢？具體一些的。」

「嬤嬤哪懂這個？」欒嬤嬤笑了，按著自己的想法說：「柴米油鹽醬醋茶，吃飯穿衣家家戶戶離不了……說起來，嬤嬤覺得醫館、藥鋪最重要，平時不需要，一旦有病有災就是要命的大事，人吃五穀雜糧，哪有不得病的？嬤嬤覺得，這是誰都離不了的。」

想到嬤嬤的遭遇，榮嬌毫不意外，只是開醫館、藥鋪，她暫時還不具備條件。

接下來幾日，榮嬌忙著讀書習文，按時完成玄朗佈置的作業，時間也過得飛快。

這一日，池榮勇忙裡偷閒，輕裝簡從回都城。他沒有先回府，直接去兵器鋪子簡單洗漱收拾一番，帶著隨從小乙，徑直去了與王豐禮相約的酒樓。

雖然他歸心似箭，迫不及待地想見妹妹，但府裡有長輩，請安之後，原本緊張的時間更不夠用，索性先見王豐禮，若能探明其意，回府後可與妹妹商量一二。

池榮勇不喜交際，對於鼎鼎大名的王三只有耳聞，素無交往，待今日一見，嗯，怪不得能在都城一眾世家子弟中脫穎而出，也不算徒有其名——近距離接觸，其人是有可取之處的。

長了副好皮相，待人接物沈穩，不似想像中的輕浮，言談舉止的分寸拿捏得恰如其分。

在王豐禮眼中，池家二少爺果然名不虛傳，冰山似的玉面郎君，目光銳利，言語簡潔，舉止絕無半分拖泥帶水。

王豐禮執意作東，在雙方不動聲色的互相審視中，酒過三巡，池榮勇直言不諱，說到來意。「三公子不知所為何來？」

「二少將軍果然快人快語。」王豐禮看似坦誠。「無非是素來仰慕二少將軍的風采，借此表達交好之意。」

仰慕他的風采？扯淡。

池榮勇不相信這套說辭，自己有什麼風采，值得王豐禮這種出身的人來仰慕？何時太原王氏的嫡子會仰慕少年武將？

「恕在下愚鈍，三公子的仰慕實在不知就裡。」

有話直說，處心積慮地搞這一齣做什麼？池榮勇心底略有不耐煩。他就不喜歡一句話繞好幾個圈子、附帶好幾層意思，面上卻不動聲色，打定主意要與王豐禮計較個明白。

「二少將軍神勇過人，技高絕倫。」

對於有才子名號的王三而言，誇讚池榮勇少年英雄的詞彙簡直信手拈來，要多少有多少。

但池榮勇自始至終保持著同一個表情，沒有自得亦無自謙，彷彿王三說的溢美之詞不是針對他，而是另有其人。

「仰慕……」池二少嘴角露出一絲如碎冰般清冷笑意，微頓之後，唇瓣再度輕啟。「榮嬌？」

如果忽略了他那微微的停頓，四字連起來，就是「仰慕榮嬌」。

「怎敢唐突大小──」他突然提到榮嬌，王豐禮猝不及防，否認在池榮勇冰冷的目光下戛然而止。

失言了，他應該不知道榮嬌是誰才對，王三的臉上露出尷尬與懊惱。
「你如何得知？」池榮勇的神色愈加冷硬，聲音透著絲絲寒氣。
兩家往日河水不犯井水，素無交情，妹妹的閨名……他如何知曉？
大夏女子的閨名是秘密，一般不會被外男得知，除了自己的父母、兄長，另一個有權利知道的是自己夫君；自小玩到大的通家之好、表兄、表弟或許也會知道，但後者顯然不符合池家與王豐禮的關係。
「我……」王三頓時張口結舌。
「是誰告訴你的？」
池榮勇已經怒了。混蛋，居然真的別有用心！更令他擔心的是，若王三是從自己家長輩口中得知，那意味著……
「沒有誰告訴……」王三被池榮勇身上陡然迸散的煞氣激出雞皮疙瘩。
池榮勇沈默著，冷漠的雙眸漸漸升起不耐煩。
「在下所言非虛。」王豐禮定定神，神色間一片認真。「數月前我捲入一場是非，跌傷了頭，昏迷幾日，此事二少將軍是否聽說？」
池榮勇點頭。自然是聽說過的，下黑手的還是親弟弟，聽說王豐禮醒來之後，性情與以往有些不同，只是，這與榮嬌有什麼關係？
「池二少將軍信不信人有前生、後世之說？」王豐禮眼中浮現出奇怪的神色。「生死未卜的那幾日，我作了一場長夢，夢到了自己的一生，知道了大小姐的閨名……」

聽他提到榮嬌，池榮勇眸光幽暗了幾分。察覺到他隱而未發的不悅，王豐禮悵然地輕輕笑了笑。「在夢裡，我們的關係非同一般。」

在夢裡，也是因為政局需要，他娶了她，成為夫妻，卻漠視她，未曾盡到一天為人夫君的責任，甚至助紂為虐……不，不是幫凶，他是虐待她的主凶，最終又棄了她再娶新妻……

後來王府獲罪，全家收監，眾叛親離，唯一來探監的只有早與王家沒了關係的她；而母親在獄中受寒生病，多蒙她送了棉衣與藥丸，僥倖活命……

第三十八章

什麼？

榮嬌睜大了眼睛，小臉煞白。「他說他……」難道王豐禮也是重生的？怎麼可能?!

「是，他說，他作了一場夢。」池榮勇心疼地揉了揉妹妹的頭。「夢裡池、王兩家結親……不過也不能盡信，或許是他刻意為之，故意編造的。」

他對王豐禮所說的亦是將信將疑。

「他還說了什麼？」

榮嬌壓下心底的驚恐，語氣間帶了好奇。若王豐禮也是重生的，他一定知道得更多——二哥最後有沒有榮歸都城、促使兩家結親原因……

「沒有，他只說愧於不曾善待，故而贖罪示好。」

池榮勇覺得這理由真是挺扯的，既然是夢，就不能當真，不能當真的事，又哪來的贖罪示好？

「二哥，王豐禮不是讀書人嗎？他怎麼會相信鬼神之說，不怕被燒？」

榮嬌不懂，她意識到自己重生時，就像揣了個不得了的大秘密，從不敢說，即便是哥哥們，她也沒敢說自己夢到了前生如何如何，王豐禮怎麼敢堂而皇之地說出來？她聽欒嬤嬤講過類似的故事，誰被鬼附身了，淨說些瘋言瘋語，然後被當眾焚燒……

「不是鬼神之說。」池榮勇溫和地解釋著。「只是個夢而已，也沒有逢人就講。」

據王豐禮說，他是第一個也是唯一知道的，除了他之外，王豐禮並沒有與其他人說起。因為夢中情景太過真實，他不想因此糾結，故而選擇主動示好，如此不管夢境真假，皆能破解。

榮嬌眨巴著大眼睛。「聽說他行事與以前很不同……」

「知上進，長輩求之不得。」

王三聰明有才名，只是輕浮風流，於女色之上過於用心，雖說才子風流乃佳話，終非正途，若是將來欲入閣拜相，這等經歷有礙仕途，尤其明年春試他將下場應試，現在收心苦讀，更為長輩所喜。經生死而知事，性情即便有所變化，也有合情合理的解釋。

榮嬌將王豐禮視為危險人物，不管他是重生還是夢見前世，總之遠離為上。

「他的目的，二哥信嗎？」

因為作了惡夢，夢裡對某人不好，夢醒後痛改前非、主動示好？可能嗎？

「只要他沒有惡意，信不信都無妨，靜觀其變就是。」

池榮勇在回府的路上想過了，示好不等於交好，王豐禮如何想，不等於自己要配合。

「妹妹，若是……妳願不願意……」

想到王豐禮的推心置腹，對朝廷政局一針見血的分析，再聯繫到王、池兩家的情況，池榮勇斷定，王豐禮一定知道某些真相，關於夢之說辭，或許是掩飾他真正目的的藉口。

若是聖上有意改變文武各為陣營的現狀，為奉行聖意，文武結親的肯定會有，那王豐禮也算能入眼，他若是真心求娶……

「不願意。」榮嬌果斷拒絕，王豐禮再好，這輩子她也絕對不要再與這個人有瓜葛。

「二哥，你是不是不疼我了？不想管我了？」

說著，大眼睛裡隱約有水光閃現，榮嬌咬著唇，一副委屈的模樣。

「又說傻話，二哥怎麼會不管妳？」池榮勇見妹妹要哭，面露急切，款語溫言哄勸。

「二哥最疼嬌嬌的……」

「那二哥還想把我推給王豐禮那個放蕩不羈的？。」

絕對不行！二哥只不過見了王豐禮一面就對他印象改觀，甚至還認為如果朝野局勢發生變化，王三也不是不能嫁。

「不是，二哥不是這個意思。」

池榮勇眼中滿是寵溺，對上發脾氣的妹妹，頗有些手足無措的無奈。「妳看，剛誇妳長進了，就又使小性子。二哥是看王豐禮還算有擔當，或是經此一病有改變，家世人品都不錯，相貌也好……」

單就才貌氣度，稱得上是翩翩公子，若能收了性子，把那憐香惜玉的心思全放在自己妻子身上，倒不失為好夫婿。

池榮勇長遠考慮，提前來詢問榮嬌的意見，畢竟王豐禮個人的示好行為，與王、池兩府內宅女眷來往，意義不同。

兩家當家夫人的交往，意味著背後有兩家當事人的授意。池、王兩家分屬不同派系，父親歷來以忠臣、孤臣自居，若沒有他同意，母親是不敢擅自與王夫人來往的。而父親的決定，很可能來自上意，若真是如此，縈嬌的親事很難如他先前所願……

「二哥，我不會嫁的，不管出現何種情況，都不嫁！」

縈嬌斂了神色。之前半真半假的嬌縱之氣蕩然無存，她認真地注視著池縈勇，語氣鄭重而堅決。「我不嫁他。」

不管出現任何情況，哪怕不姓池，她也不要重蹈覆轍。

縈嬌聲音不高，語氣中的決然卻格外分明。

對上她平靜的小臉，池縈勇目光溫和地望著她，嘴角帶著一絲微笑。「傻丫頭，二哥何時說非要嫁他了？二哥只是問妳的意見，不是要逼妳答應，不願意就不願意，二哥記住了。」

沒見王豐禮之前，他對結親是徹底排斥的，一心一意要給妹妹找個家世簡單的良配；待見面之後，與他一番詳談，印象改觀，態度略有鬆動，結合王豐禮所言以及家中長輩的行為，若是上意無法更改，王三品性尚可，縈嬌許他，倒也勉強可以。

若在以往，池二少爺不會有這種念頭——自己的妹妹天下無雙，還愁找不到好男兒？可經過這幾個月的挑選妹婿後，他才發現，與妹妹般配的男子太少了。

平時覺得身邊好男兒不少，去掉已成家的、訂親的、家在外地的等等，一番篩選下來，能入眼的沒幾個，再仔細斟酌，總是會有這樣、那樣的不足，現在就有遺憾，將來怎麼放心把妹妹託付出去？

與王三見過面後，挑剔的池二少爺發現這個一開始就被踢出局的王三，除卻分屬不同陣營外，似乎是目前唯一滿意的人選。

不過，既然榮嬌不願意，他再好，也是不好。

「王三長得不錯。」

池二哥中肯評價，雖然他認為男兒皮相好不好無關緊要，但厚哥兒說小姑娘都喜歡俏郎君，在池二哥看來，王豐禮長相出色，雖然有些文弱。

「那也叫好看？」二哥的審美標準還真是不分文武，隔了三尺遠，都能被拳風震倒的人，他居然會給好評？她以為，二哥認為長得好的，至少要陽剛十足、氣勢如虹，五官尚在其次。

王三長得不差吧？池二少略有不同意見，仔細思考話中意味，嗯？不對……

「妳見過？」

池榮勇目光微凝，妹妹什麼時候見過他？難道王豐禮那小子見過榮嬌，起了覬覦之心，編造出謊言騙他？

「他是曉陽居的常客，與小樓東家認識。」

榮嬌不介意對哥哥直言。「他對小樓有不明原因的示好之意。」

什麼?!「他認出妳了？」好小子，竟敢騙他！池二哥捏緊拳頭。

不對，他怎麼知道小樓是榮嬌？他若知曉了這個秘密，何必還處心積慮地接近？

「應該是沒有。」榮嬌搖頭。「他沒有認出來。」

難怪王豐禮對化名小樓東家的自己，說是一見如故，如果他今日對二哥所言屬實，他應該是見過池榮嬌的，只是次數不多又未正眼相看，對她的樣貌記不真切。

見到小樓時有熟悉感，並非奇怪——兩者本是同一人，她扮小樓時，雖有易容，五官改變的地方並不多，大致上還是本來的樣貌。

見妹妹回答得毫不遲疑，池榮勇信了，重現輕鬆。「那就好，以後小樓儘量少與他見面。」

沒認出最好，若被他發現端倪，恐生事端。別看王豐禮嘴上說得好聽，誰知他心裡真正的算計？

雖然池榮勇向來光風霽月，可論起對陰謀詭計的了解、對人心的防範，亦是精通得很。聽說王豐禮對小樓有興趣，他心底的弦立刻被拉緊，這比王豐禮說夢裡的前世娶了榮嬌更令他緊張。前世與夢都是虛幻的，聽聽就好，他對小樓死纏爛打，這可是真實發生的。

池榮勇瞬間就將王三對小樓的行為視為糾纏，原先對其的好印象也瞬間沒了。

「嗯，一直儘量迴避。」

榮嬌嘴上應得痛快，說要避讓王三，心裡卻有了新的打算。她該去探王豐禮的口風，若他真知前生之事，或許知道二哥後來的情況，是榮歸故里還是杳無音信？

對於前世裡，二哥的結局，榮嬌耿耿於懷。

二哥的生死是她心裡未解的結，重來一回，她沒想過復仇，沒想過借助重生的優勢去謀算誰，只想好好地重活一回，護住自己愛著的人，不讓上一世的悲劇重演。

池榮勇數月未見妹妹，況且這是榮嬌病後兩人第一次見面，妹妹的種種變化雖然從信中及榮厚的描述中盡知，但終究不比面對面真實。

榮嬌依舊是那個軟軟甜甜的妹妹，會拖著長音軟軟地撒嬌，鼓著小臉、癟著小嘴大發嬌嗔，滴溜溜的大眼睛依舊澄澈明亮，比以往更靈動，說起正事來，條理分明，一針見血，毫無往日的拖泥帶水，以及永遠抓不住重點的混亂……

脫胎換骨。

池榮勇的欣喜溢於言表，嘴角噙笑，哪裡還有半分冰冷模樣？他是真高興，頗有種雲開見日的喜悅與成就——妹妹終於長大了。

長兄為父，他雖不居長，可自從榮嬌生下後，對她是亦父亦兄，榮嬌的任何變化在他心目中的意義都非同一般。這些年，他雖不贊同榮嬌的性格，卻全盤接受，不是他不想教導，然而只要開口，榮嬌就垂著頭不吭聲，默默掉淚。

而後，母親發難，榮嬌更加惶恐不安，拚命自責，最終生病臥床，如此幾番下來，池榮勇哪還敢再說她？心底再多的無奈，都只能化做一聲嘆息——只要妹妹好端端的，她想怎麼樣就怎麼樣吧，性子綿軟、腦袋糊塗，不算什麼大缺點吧？在她身邊安置幾個忠心能幹的，做哥哥的多操些心就是。

府裡逼她的人已經夠多了，哥哥是她唯一可信賴的人，若因愛之深、責之切，令她生出誤會，以為哥哥們對她不滿，這樣的結果不是他想要的。

誰知在他已經接受現況之後，妹妹卻突然轉變，破繭成蝶……謝天謝地！

像池榮勇這種信我不信命，平常幾乎不與老天爺打交道的，也忍不住虔誠地感謝蒼天佑之。

「開藥鋪？這主意不錯。」聽到妹妹說起計劃中的生意經，池榮勇沈吟片刻。「李忠早年做過藥行，是他提議的？」

哦，李忠以前做過藥行？榮嬌一愣。「原來他有經驗？那太好了。」

每次見李忠都來去匆匆的，因為是哥哥給的人，人品、能力都值得信賴，竟沒有仔細問過他的經歷。

「妳不知道？」池榮勇有點意外。

「是我沒時間，來去匆忙，正事還商量不完呢，他想說也找不到機會。」

榮嬌倒不是有意替李忠說話，李忠剛到芙蓉街，頭一回見面時，簡單介紹過自己，當時她趕著要去曉陽居，他只揀著重點的介紹，早年的事，想來他自己也忽略了。

李忠現在忙著收購糧炭、開米鋪的事，手下得用的人手不多，新買的人要調教，這兩件事占了他全部精力，在沒完成之前，未必有心力籌劃別的。

「若有心，總能找到機會。」

池二哥見不得任何人怠慢妹妹，不過，李忠既然是給了榮嬌，褒獎與否自然是由妹妹做主。他決定回頭讓小乙提點李忠，把自己的經歷詳細地寫一份交給榮嬌。

「單做藥鋪，還是請郎中坐館？」

「都行，看條件待定，暫時傾向於請郎中坐診。」

她現在手頭沒錢，需要等冬天過去，才能知道糧炭的生意是賺了還賠了。

「考慮與人合作嗎？」池榮勇想到一人。「給妳看病的徐郎中，他有間小醫館，只一間廳房，地方小，徐郎中一直想換間大些的……」

徐郎中為人耿直、醫術高明，卻一直過得潦倒，經常因實話實說惹怒病家，拿不到診資，又是心地特別善良，遇到家境困難的，分文不取還免費贈藥，故而一直沒錢達成夙願，這麼多年，他的醫館還是祖傳小宅子裡的一間廳房。

他為人固執，池榮勇與他相識後，知其心願，數次想幫他，都被拒絕。

徐郎中？榮嬌眼前一亮，對呀，她可以與徐郎中合作，彼此熟悉，他的為人、醫術都沒得說。

「我有個朋友是藥商，可以介紹給妳。」

二哥果然是萬能，做什麼生意的朋友都有！

榮嬌的小臉神采飛揚，彷彿生意發展指日可待，完全忘記了自己現在沒錢的窘境。

開醫館、藥鋪的本錢所費不貲，池榮勇也沒想提醒她。榮嬌沒錢，他有啊！他的錢就是妹妹的，拿去做生意，他是極力贊同的。

第三十九章

「……榮嬌、榮嬌？」

耳邊傳來二哥的聲音。「想什麼呢？兩眼發直，講話都沒聽到。」

「沒，沒想什麼。」

榮嬌臉一紅。夢作得太美，若是被二哥知道，自己腦中想的是二哥、小哥哥做了大將軍，而她賺了無數的銀子……如此不枉她重生一回。

想得太美，神色間就有兩分羞窘，連忙擺手否認。

「別擔心。」池榮勇默默注視她，態度越發溫和。「妳沒做錯。」

榮嬌瞬間明白他的意思，顯然是二哥誤會了，她並不是為了打池榮珍的那件事擔心，心裡卻驀然湧起熱流。

「二哥……」

被哥哥呵護的感覺真好，榮嬌的眼眶被熱氣熏得發紅。

剛才丫鬟稟告，康氏派人來請池榮勇去正院，要與他商量府裡護衛一事，起因正是由於池榮珍被打。

「二哥，我是不是下手重了？」

她當時氣不過，惱池榮珍無端欺凌嬤嬤，不但想讓她吃點苦頭，還想讓她長點記性，所以就……

「不會，妳已經手下留情了，掉顆牙比起斷腿、燙傷，已經太便宜她了。」池榮勇微微一笑，語氣甚是若無其事。「妳呀，心就是太軟。」

二哥這是嫌她讓池榮珍掉一顆牙太少了？榮嬌的小臉上呈現出茫然。

她原先還擔心二哥會不會怪她下手沒分寸，畢竟是還沒說親的小姑娘，缺牙或鑲牙都不美觀。這招其實挺狠的，特別是對池榮珍這種愛美的小姑娘來說，絕對比打她十棍子還崩潰。

「妳八歲時，從假山上摔下，跌斷了腿，躺了三個月才敢下地，養了大半年才去了枴杖。」池榮勇神色平靜，眼底卻流露疼惜。「當時妳說是自己踩滑了摔的。六歲的除夕家宴，妳打翻了一盆熱湯，手與胳膊全是燙起的水泡，父母罵妳笨、不懂規矩，此後一整年的家宴都沒讓妳參加。」

池榮勇平淡地說起往事，榮嬌臉上的笑容凝住了，彷彿遺忘的往事再次浮上心頭。

「徐郎中給妳挑破水泡，擠出泡裡的水，妳疼得全身打哆嗦，還急著要去給父親、母親負荊請罪。那次多虧了徐郎中的燙傷膏藥效好不留疤，不然妳的手上、胳膊上，都會有難看的疤痕……類似的事情有過多少次？到底是妳自己不小心，還是別人陷害的？妳不說，還一味替她隱瞞，哥哥們不追問，不等於我們不知道。」

想起這些，池榮勇微露怒容，如今好不容易開竅了，只是一顆牙而已，居然為此患得患失？他搖搖頭。

池榮勇訓完了妹妹，提步去了正院。

榮嬌很有自知之明，沒去湊熱鬧。康氏平時視自己為眼中釘，此番又是與楊姨娘母女有關，在這節骨眼兒她不出現還會被遷怒呢，若往前湊，不是自找不自在？

母親的心思，池榮勇也心知肚明，安慰地衝妹妹笑笑。「妳再想想開藥鋪的事，二哥去去就回。」

他雖不願理會，卻不能不去——母親有召，不管情不情願，總要走上一趟的。

池榮勇在正院陪康氏說完正事，又閒話幾句家常，母子相對無言。池榮勇不似弟弟榮厚那般會說話，除了面對妹妹之外，在母親康氏前也向來寡言沈默。

冷場片刻，借著婆子向康氏稟事之故，他乘機起身告辭。

池榮勇又回了三省居，榮嬌拿了幾張寫滿字的紙獻寶似地給他看。「二哥，瞧，我剛才整理了開藥鋪的細則。」

榮嬌本來就聰慧，又融合了兩世兩人的記憶，再加上岐伯的指點，以及親自操作的經歷，她現在對於做生意、擬定計劃頗有些心得，計劃做得有板有眼、方面俱全，看得池二少連連稱讚。

他雖沒做過藥商，但總歸有自己的產業，做東家的眼光還是有的，何況是妹妹寫的，必須一定是好的。

不過有一點，當哥哥的要事先提出。「徐郎中與妳相熟，小樓東家暫不宜與他直接碰面，我將李忠介紹給他，就說東家先派他來，以後是否要以實相告，視情況待定。」
妹妹扮男子行商，若暴露出去，少不得要掀起風浪，知道的人越少越好。
「二哥做中人牽線，徐郎中不會懷疑，屆時說東家不方便露面，他不會刨根問底的，讓李忠全權負責，妳在幕後就好。」
榮嬌對此無異議。她是東家，做生意本就不必事事親為，在背後主持大局就好。現在回想起來，之前與玄朗合作，是有些操之過急，或者還有幾分任性的好勝心在吧——不想事事倚仗著哥哥們，想做給哥哥們看，想盡快證明自己。
如今再看，她若一心想經商開鋪子，即便找不到機會，哥哥們也會助她達成心願；幸好玄朗是好人，不然她是欲速則不達，自己還是矯枉過正，太冒進了。
「過幾天，我會讓人把銀子送到芙蓉街，交給李忠。暫時先給他五千兩，開藥鋪，藥材總得進全，有些藥材進價也不便宜……先用這些，回頭再添。」不待榮嬌開口拒絕，池榮勇豎起一根食指，對她做了個噤聲的手勢。「是借，回頭妳賺了錢，二哥是要連本帶利回收的。」
他知道榮嬌這數月間賺了銀子，但聽說李忠正在做米、炭生意，想來妹妹手裡可周轉的餘錢不多。
「二哥，我不要，我有錢。」
二哥說借，將來要還利息，只是顧及她的面子，想讓她應下而已，榮嬌還是要推辭。她的生意還沒正式做，這幾個月，哥哥們已經陸續給了她好幾千兩了，還不包括宅子與人手。

估計二哥、小哥哥這些年積攢的小金庫全為她掏空了，他倆月錢不算高，二哥俸祿也不多，三哥根本沒餉銀；哥哥們沒大自己幾歲，鋪子才開幾年，除去開銷能餘多少？

榮嬌不是那個不知世事的傻丫頭，池府是新貴，從祖輩當初窮困潦倒，為生計不得已從軍，到如今，家族興起才幾十年，做的又是太平年間的太平將軍，沒打過大仗，沒機會發戰爭財，故而家底不會太厚；康氏嫁妝雖然可觀，卻不會現在就分給三個兒子，頂多平時塞些零花。

「妳現在沒錢，等妳有錢就還我。」池榮勇笑笑，毫不客氣地揭穿了榮嬌。「二哥暫時沒有要花用的地方，放著也派不上用場。」

「可是……」榮嬌有些遲疑，二哥從哪裡來的銀子？不就是與小哥哥共有一間兵器鋪子和一座田莊嗎？

「小孩子，別學大人亂操心，」池榮勇見她微微皺起的眉頭，深深覺得妹妹還是不要太老成的好，既然她好奇，又不肯老實地接了銀子去用，告訴她也無妨。「二哥在別處還有些生意，收入不錯，府裡人不知道。」

哦……嗯？「小哥哥也不知道嗎？」

兩個哥哥感情好，她一直以為他們之間沒有秘密，原來二哥也有事會瞞著小哥哥？那小哥哥是不是也會對二哥有所隱瞞？

榮嬌臉上的驚愕過於明顯，池榮勇擔心她多想，忙解釋。「我的事很少瞞他的，有些事看起來他不知道，這樣可免他為難。」

看起來不知道？那就是實際上是知道的？榮嬌有點錯亂，免他為難是什麼意思？

池榮勇微微嘆息，伸手摸了摸榮嬌的頭髮。「妳小哥哥是個聰明的，有些事，難得糊塗。」

榮嬌明白了，同時，心頭忍不住酸楚與難過。本是同根生啊，何況二哥志不在此，素無相爭之意……難怪近兩年，她感覺二哥與小哥哥在人前表現得似乎不像往日那般親厚，雖還是兄友弟恭，卻總透著股淡淡的疏離；私下裡相處時，這種感覺又消失不見。

她是個笨的，沒多想，以為是自己的錯覺，原來是刻意為之嗎？

「嗯。」池榮勇點頭。以往妹妹不理這些，多說無益，現在她既然問起，遂避重就輕地講了幾句，讓榮嬌心裡有數。

原來二哥、小哥哥早有預防……那是不是說池榮興早就在打壓二哥？

「談不上打壓，大哥對有些事情太過在意了，我又不習慣事事解釋，可能有些小誤會……厚哥兒跟著大哥做事，不好與我太過親近。」

池榮勇不想讓妹妹擔心，何況兄弟面和心不和也不是什麼光彩的事，難道他要告訴妹妹，大哥一直對他防範甚重，有意、無意的刁難不計其數？如今更嚴重，竟然在軍中夥同外人陷害自己的親弟弟。

就那麼容不下嗎？明明他早就坦誠對大哥表示過，池家是大哥的，他永遠不會生出染指之心，一份家業而已，能重過手足情深？

池榮勇的眼前浮現出大哥的面孔，那張臉上滿是濃濃的嘲諷與嫉恨。「老二，你是把我當三歲小孩看嗎？你沒有野心？現在誰不知道池大將軍後繼有人，你池二少的英勇無敵傳遍整個大營。以前我信你，把你當兄弟，你是怎麼對我的？我就是太在意手足之情，才會被你當傻子騙了多年。你眼裡早就沒有我這個做大哥的，還要我怎麼信你？繼續當傻子嗎？」是嗎？在意手足之情的表現，就是他永遠低調平庸？如此才能做兄弟？何至於此？

池榮勇有軍務在身，不能久留，只在府中住了一晚，次日一早就匆匆離了都城，趕回京東大營。

儘管如此，他也沒忘記考校榮嬌的身手。

他記著厚哥兒說過如今的妹妹突飛猛進。「……反正我要盡全力才能與她旗鼓相當，還要仗著力氣比她大。」

榮嬌的確變化巨大，昨日見了人就感覺到了，一改往日的侷促，眉宇間洋溢著自信，言談舉止流露著慧黠與大氣，舉手投足散發著令人難以忽視的氣勢。

人還是往日的那個人，感覺卻是完全不同，的確應了「女大十八變」。

「不錯，果然大有進益。」

三省居後院的練武場上，池榮勇收住攻勢，俊臉一片溫和，眼中是讚許的笑意。

「還是二哥厲害。」榮嬌喘息著擦拭臉上的汗珠，再看二哥，面色如常、氣息平緩，額頭不見半分汗意，顯然剛才的較量並未盡力，不由得驚嘆、羨慕加上些許的失落——二哥果然厲害，以為自己長進不少，結果還是差了許多。

「傻丫頭，別妄自菲薄……二哥比妳年長，拳腳、體力上自會勝出一些，妳一個小姑娘家的，有這樣的水準才叫厲害。」

奇怪，榮嬌的對陣招數似乎不僅是因為練得嫻熟，越發得心應手，還有別的功夫套路在裡面；可妹妹的功夫是他和榮厚教的，按說不應練出他也想不到的變化，倒像是另有他人教導似的……

難道是近幾個月，她以小樓的身分在外行走時，曾與人切磋學來的？感覺不同於大夏的功夫路數，倒有些異族的打法，某些招數似是脫胎於馬上功夫？

池榮勇放下心中的疑慮不提，不吝讚美。

「嗯。」榮嬌微喘著點頭稱是，紅紅的小臉上綻開燦爛的笑容。「二哥，你步下厲害還是馬上厲害？」

二哥頂盔掛甲、銀槍在手的馬上英姿，她百看不厭。

「二哥是馬上武將，步下近身會略遜色些。」

哦……就是說馬上更厲害，榮嬌轉了轉眼珠。「二哥，我也想學。」

以前的池榮嬌從沒學過馬上技術，想想就熱血沸騰。

「好，二哥教妳。不是有人送了妳一匹小馬嗎？有空先練練騎技，戰馬是最忠誠親密的同伴，就像自己身體的一部分，神意相通。」

對於妹妹的要求，池榮勇永遠不會敷衍了事；至於一個女孩子惦記著躍馬揚鞭，是不是不妥，對他而言完全不是重點——妹妹的要求，永遠都是正確的，做哥哥的總要想辦法滿足。

池榮勇走後，府裡暫時沈靜下來。池老夫人照例吃齋唸佛，萬事不理，唯一操心的就是池榮興的子嗣，派呂嬤嬤提醒康氏，興哥兒納妾的事情要抓緊。

此事鄒氏略有耳聞，除了暗自惱怒之外，也沒有更好的辦法。既然自己肚皮暫沒動靜，進人勢在必行，與其阻攔無效還落得善妒的名聲，不如以靜制動，任其折騰，等妾納進來了，再做計較。

榮嬌遠在三省居，對府裡這些暗流湧動漠不關心，一心唯讀聖賢書。

與她的氣定神閒相比，李忠的心情卻頗為焦躁，嘴唇上起了一圈泡。

東家指示收糧、收炭，他照做不誤，銀子全砸進去了，糧鋪也開起來了，生意平淡無奇，指著糧鋪銷售，囤在庫房裡的糧哪時才能賣完？還有那炭，九牛沒賣出一毛。

李忠欲哭無淚，難道東家的第一筆生意就要血本無歸？

但急也沒用，每日都是秋陽高照。

榮嬌坐在窗前，曬著暖洋洋、明麗耀目的秋陽，偶有忐忑。

應該是沒有記錯的，過不了幾日，遲遲不結束的暖秋就會戛然而止，氣溫驟降，猝不及防，炭價暴漲，銀霜炭更是絕跡市面，有銀子也難求，米價隨寒流之持續也日益暴漲……記憶裡是這樣的，但現實呢？

她押上全部身家，可謂豪賭，不知輸贏……算了，與其想這些，不如好好籌劃開藥鋪之事，正好也分散李忠的心思。

第四十章

「大哥請我赴宴？」

這天來到曉陽居，榮嬌不明所以地望著傳口信的岐伯。「有什麼喜事？還是大哥慶生？我應該怎麼備禮？都會請些什麼人？」

玄朗前些日子還在外地，沒聽說他回來，忽然要請客吃飯，她身分有鬼，並不想與太多人接觸。

榮嬌接連拋出數個問題，面露遲疑之色。

「不是東家慶生，無須備禮。」

岐伯笑笑，能得自家主子主動開口邀約是何等榮幸？公子剛回都城，諸事待理，卻先想著約他赴宴。「至於客人，沒聽說還有別人。」

所以說，玄朗只請了她一個？心放下了，好奇卻倍增。

玄朗剛回都城，等著他的依舊是鋪天蓋地的事務，他卻先讓人訂了「在雲宵」私廚的雅間，要約小樓吃飯。

阿金嘟嘟囔囔的，又好奇、又不解，卻沒膽量詢問，更不敢指望公子解釋原因，只得派了得力的手下去「在雲宵」安排，心裡感慨小樓公子上輩子燒了高香、積了德，這輩子居然能入了公子的眼，得公子如此看重——他是公子親口認可的小兄弟，換言之，也是他們的半個主子。

榮嬌得知玄朗請自己到「在雲霄」吃飯，意料之外又是情理之中，對他的身分又有一層認識與好奇。

「在雲霄」的酒席與桃花觀的素齋齊名，都是千金難求，每日的接待桌數少得令人髮指，再有錢也得按規矩排隊。

這樣的兩處地方，玄朗卻可以想訂就訂，榮嬌的好奇之心又多了分忐忑——以玄朗的能力，想要查明她的身分應該很容易吧？

或許自己千方百計設法隱瞞的身分，他已經知道了？不說破是給自己留面子，不想她尷尬不自在？

想到自己的秘密在他眼裡或許早就無從遁形，別提她有多彆扭了。

哪怕她強行克制，面對玄朗，舉止和神態間還是有些許不自然。

玄朗本是察言觀色的高手，何況他本來就認定小樓有心事，遂半開玩笑、半認真地道：「小樓有心事？嗯，小孩子硬裝老成持重，當心華髮早生……」

「啊？沒，我哪有心事？」榮嬌否認，順便將球踢了回去。「我是在想大哥因何事設宴。」

她抬頭環顧，清雅闊綽的包間裡，只有自己和玄朗兩人，如果是閒來小聚，何必來這裡？在曉陽居就是了。曉陽居雖是茶樓，也備有小廚房，掌勺的林廚手藝好得很，比一般飯館的大師傅還要勝出數籌。

玄朗目含揶揄，噙笑道：「有人早在數月前要請我，誰知我一等再等，也沒見諸於行。山不來就我，我便去就山……」

啊？榮嬌轉了轉眼睛，方才領悟他這個「有人」指的是自己。

她是親口許過改日要請玄朗吃飯的承諾，但她那裡亂七八糟的瑣事一直沒消停過，而玄朗向來神龍見首不見尾，通信不少，見面的時候卻不多，她竟是忘了。

榮嬌的臉色瞬間爆紅，明知玄朗是開玩笑，還是拱手陪罪。「對不住，都是我的錯，讓玄朗大哥見笑了。擇日不如撞日，不知今天這個機會，大哥可肯割讓於我？」

小孩子真不禁逗，玄朗見他如火燒雲似的臉，暗忖自己是不是太過促狹，小樓明顯是羞愧相加了。「還是不要吧，你可別想圖省事，第一次請我啊，不好借花獻佛吧？」

榮嬌一縮脖，好吧，不好臨時換人作東……

她知道玄朗不是不給她機會，而是「在雲宵」的宴席太貴了，玄朗是在幫她省錢；也幸虧他沒有直接應承下來，她隨身沒帶那麼多銀子，到時還真的沒錢結帳。

不過更窮的時候，玄朗也見過了，榮嬌不介意在他面前展現自己囊中空空的現狀。「多謝大哥體諒，這裡呀，我還真請不起，改日等我選一個與自己財力相符的，再來請大哥吧！」

玄朗笑笑。「好，若我在都城，定不推辭。」

他喜歡小樓的坦蕩直白，愛財貪利不是缺點，與那些裝腔作勢的人相比，他更欣賞眼前孩子的坦率自然。

「在雲霄」的宴席絕非虛名，榮嬌吃得眉開眼笑。這是與欒嬤嬤的家常菜迥然不同的風格，同樣一道炙豬柳，口感焦香、爽嫩酥滑，但這裡多了幾分韌勁，入口有種獨特的風味，似乎是未曾品嚐過的，卻又有些似曾相識，彷彿是從記憶深處泛起的熟悉……榮嬌微閉上眼睛，認真品嚐。

「說得不錯，這裡的炙豬柳醃料乃獨家秘製，與別處的不同。」玄朗誇讚他的好味覺。「是借鑑了西柔國炙牛柳的做法，其中幾味醃料也是西柔特有的，與大夏的做法不同。」

「西柔炙牛柳？」榮嬌喃喃低語，無意識地重複了一遍。

「西柔與大夏不同。」玄朗以為他是對牛柳兩字心生不解。「西柔多畜牧，牛馬羊是主要出產，以肉類為主食，可隨意宰殺。大夏以農耕立國，故嚴禁宰殺耕牛，老弱病牛亦須官府審查同意後，方可到指定的地點屠宰，是以大夏的菜餚中以牛肉為食材的甚少。這道炙豬柳比起炙牛柳來，還是要差上幾許，豬肉的口感畢竟要遜色幾分。」

「是嗎？」

炙牛柳啊，好像曾經是她餐桌上的常客啊……榮嬌的神情微微恍惚起來，彷彿有些蒙紗罩霧的場景在腦中浮現，若有所思的表情襯著當前的場面，不由流露憧憬。

於是玄朗誤解了，嘴角帶了幾分縱容與寵溺。「若是喜歡，改日有機會，讓人做正宗的給你嚐嚐。」

小孩子嘛，總是對禁止的東西充滿探究與好奇，想要親口品嚐一下也在意料之中。

「大哥對西柔的風土人情很了解嗎？」

「略知一二，昔年曾去西柔遊歷過……」

席上的氣氛極好，玄朗心情輕鬆，與榮嬌邊吃邊談，見他對西柔有興趣，便主動介紹起西柔的風土人情和自己對西柔的了解，說到興起之處，忽然想到一事，越發款語溫言。

「哦，對了，你這個樓姓，可是西柔最尊貴的姓氏，為皇族所有。在西柔，但凡是樓姓，一定是皇室宗親，身分貴極。」

欸？是嗎？

「可惜我沒生在西柔……」

榮嬌幽幽接了一句，好奇中透著毫不掩飾的遺憾與惋惜，心中似驚訝又似了然。原來如此，難怪樓滿袖所居的環境是那般富麗堂皇，那麼，樓滿袖是西柔的公主？郡主？還是沒有封號的宗室女？

她似幽怨的語氣令玄朗發笑。「幸好沒有，小樓，大哥要給你陪個不是……」

陪不是？榮嬌微怔。「大哥為何？」她審視著玄朗的神色，溫和中透著認真，眼中並無打趣之意。

「說來慚愧。」玄朗清雅俊逸的臉上浮上一絲歉意。「當初起意與小樓結交，為兄帶了一些私心，如今想來，有失坦蕩。」

私心？榮嬌的神色並無變化，瞳孔卻微縮了兩下，難道他已知曉自己的身分？

「當日問大哥，答曰順眼，難道不是這個原因？我可不認為自己有什麼值得大哥謀算的。」

她微微一笑，以退為進，拿玄朗當初的答案回他，心卻一下子提了起來。以玄朗的能力，要查她是輕而易舉，她知道小樓的身分並非無懈可擊，有心人要查出些蛛絲馬跡再順藤摸瓜，極有可能識破她的身分，所以一開始她就與玄朗的侍衛聲明過，有緣投契，無關身世門第，更無須盤查祖宗三代。

「順眼為真，我並無惡意及謀算，只是不及小樓的坦蕩單純，思及慚愧。」玄朗坦言自己當日的想法。

榮嬌分外驚奇。「就是為這個？」

因為看自己順眼，因為自己對賺錢有執念，因為自己心有不甘急於改變處境，他就給個機會，看自己會做到什麼程度，是否能堅持本心？

「這沒什麼呀，我不在乎的。」

榮嬌不以為意。她早已想透，從來沒有無緣無故的善意，玄朗能向完全陌生的她伸出援助之手，即便有些私人的考慮也無妨，何況他並無惡意，也算不得是別有所求。

「我在乎。」玄朗神色認真。「我最初與你結交，目的不純，我不希望這份心思對你有所隱瞞。君子可欺之以方，我素來行事雖有誠心，亦不乏手段相佐，但不想也把這份心思用在你的身上，小樓，對不住了。」

「沒那麼嚴重，大哥你對我的關照又不是假的，沒什麼好對不住的，朋友相交，以誠相待，未必就要事事坦白，就算你當初有一點小心思，也不是惡意，我不介意的，大哥言重了。」

「小樓心思坦蕩，為兄自愧弗如。」玄朗自嘲一笑。「可能我在夜裡走久了，習慣了，卻忘記了陽光明媚沐身的滋味。」

嗯？語焉不詳，似有內幕？榮嬌如今最怕的就是秘密，故作輕鬆一笑。「大哥說得好誇張，你這般光風霽月，怎麼看也不可能做殺人越貨的生意，就不要故意逗我啦！」

「你呀！」玄朗失笑搖頭。「殺人越貨？你是偷看了話本還是看戲文裡說的？無非是為自己求條生路，謀個安身立命罷了。」

他的眸光彷彿望向遠方，眉宇間染了一絲忡然。

榮嬌的小心肝撲騰跳起來，他起的這個話題，她真心不敢接招。這是要交換秘密嗎？可以拒絕嗎？她的秘密暫時說不得，對玄朗的秘密也沒有好奇心，知道的越多，死得越快。

「是吧？生活是挺不容易的，無論貧賤富貴，各有各的難處，萬事皆順的人少之又少。」榮嬌扯了扯嘴角，露出感同身受的笑意，接了句是人都知道的至理名言。

見他小大人般老成又有點不自在地說出這句話，玄朗頓覺好笑，那點因思及往事而生出的悵然立即雲消霧散，點頭贊同。「說得是，順心與否和貧富貴賤無關，想我——」

「停。」

見玄朗似乎要順勢說出真實身分，榮嬌急急喊停，她不想知道，一點也不想！

「小樓？」被打斷了話頭的玄朗愕然地望著榮嬌。「有何不妥？」

不妥？現在沒有，再說下去就有了。

「大哥，你我相交，不論門第、只論情分，我想問大哥一個問題，還請以實相告。」榮嬌前所未有的正色。「大哥可曾派人查過我？」

「沒有。」玄朗收斂了眼底的訝色。「初次相識，小樓就曾對我的屬下表達過此意，為兄自不會枉顧你的意願；不過，我既已認你為兄弟，我的身分自不該再瞞你。」

「別，不用！」榮嬌搖頭加擺手。「千萬不要，想來大哥的身分定是非富即貴的，我怕自己知道後會自卑，你府上的門檻太高，我怕邁不過去。」

「何出此言？我——」

玄朗似乎鐵了心要將實情相告。

「別說，不准說。」

並非是她矯情，素來投桃報李，玄朗說了他的出身來歷，自己難道能一點表示都沒有？她現在還沒辦法以實相告，或許以後有機會，可目前與玄朗的交情還沒到揭露秘密的程度。

若是非要編造出一番謊言，以後又要用無數的謊言圓謊，想想就苦不堪言，倒不如像現在這樣，彼此輕鬆自在。

「大哥不必多言，我只須知道你是玄朗，是生意人，是曉陽居的東家，是我酒坊的合夥人，是我的大哥，這些就足夠了，其他的，就待以後有機會再說。若你是了不起的大人物，折節與我相交，我聽了只會倍感壓力，無法再與大哥自在相處了。」

也虧榮嬌機靈，轉眼就扯出一串充滿孩子氣卻不乏赤忱的歪理，聽了這段話，玄朗著實硬不起心腸拒絕。

罷了，他的真實身分也沒什麼好說的，真要說開了，小樓未必會自卑，但無法自在相處倒是極有可能，那樣真是得不償失。

就依這孩子的想法吧……

「好，此事就依小樓，日後你何時想知道，大哥絕不隱瞞，至於你的身分來歷，你不說，大哥絕不問，也定會約束屬下不許任何人私下探詢。」

每個人都有自己的秘密，情若手足也未必就得據實以告，只是……

「小樓，你既視我為兄，遇到難處，為何不肯讓大哥幫你分擔？小孩子的心裡不要藏太重的負擔……」

嗯？難處？什麼難處？榮嬌滿頭霧水，她幾時有太重的負擔了？

第四十一章

啊？榮嬌愣了愣，仍然有些迷惑，不明白玄朗此話何意。

「沒有嗎？」玄朗似乎要轉換話題。「那你之所以焦躁不安，是因為秋冬相交，節氣變化所至嗎？」

從來都是患有舊疾的病人或生機不旺的老年人，受換季時的天氣變化影響較大，沒聽說十來歲的小男孩也會悲秋傷春，健康少年不都是純陽之體，陽氣最旺的嗎？不應該啊？焦躁？表現得很明顯嗎？大哥怎麼會知道？

榮嬌清澈的大眼睛裡充滿了不可思議，帶點羞澀的發窘，笑了笑。「大哥真厲害，你還會相術？」沒有否認也沒有承認。

「古怪機靈。」玄朗伸指點了點他的額頭。「你倒是會裝，小小年紀不動聲色的本事倒學了個七、八成，不過，在大哥面前還欠了些火候。」

「呵，大哥火眼金睛。」榮嬌體貼地奉上一記馬屁，拍得玄朗很受用。「我沒裝啊，難道有什麼事發生，我自己還不知道？」

她最近確實很煩躁，等待最是煎熬，宛如停在懸崖旁邊，向前是柳暗花明還是山窮水盡，皆是未知。

也知道自己有失淡定，不就是銀子嗎？虧了再賺就是，話雖如此，她還是不想血本無歸。

這份壓力深埋在心裡，她在人前儘量克制，克制自己不去預測失敗後的局面。她告訴自己，即使失敗也沒什麼，自己都重生了，她是現在的榮嬌，與以往的榮嬌完全不同，她還有樓滿袖的部分記憶，就算這一世與前世不同，沒有寒流嚴冬，也沒什麼大不了的，至少她用銀子親身檢驗過今生已與前世不同，那些最悲慘、最不想經歷的事情不會再次重演。

榮嬌裝作若無其事，連欒嬤嬤都被成功騙過，也同樣給了李忠莫名的信心，可以說她成功掩飾了自己的壓力，為何偏偏是玄朗這個許久沒見的人，卻一眼看出了端倪？

她自問從今日見了玄朗之後，根本沒有想這件煩心事，自然也不該露出馬腳。

「小樓，大哥無意去探究你的秘密。」玄朗的目光裡有著醇厚的溫暖，彷彿細細密密的羽絨，輕飄飄又不失悠然地將暖意灑向榮嬌。「具體何事你不說，我不會問，我想告訴你的是，任何時候都別忘了，你還有大哥，有事別對我客氣。」只要你開口，不論是何事，我都會想辦法幫你擺平。

「我……謝謝大哥。」

榮嬌感動得無以復加，慚愧得無以名之，人家是如此光風霽月，自己卻縮頭縮腳……不過，感動猶深，暖意澎湃，不該說的話還是不能說。

「有一點小事，暫時還能應付。」她覷了覷玄朗的臉色，見他並沒有對自己的不識抬舉露出失落，又繼續說道：「如果真無能為力了，必會找大哥求助的。」

嗯，真沒銀子了，肯定要去曉陽居支取的。

「隨你，我若不在都城，找岐伯給我捎信。哦，若是十萬火急等著救命的事，等不及我回信，你直接差遣岐伯，我已吩咐過他。」

小孩子總愛逞強，又是初生之犢不怕虎，他願意自己獨當一面，也應該任他放手一搏，不經挫折不足以成長，自己也是從這般年紀走過來的，非常能理解少年的心思，只要不危及生命，摔幾個跟頭也無妨。

玄朗唯一擔心的是事涉內宅陰私，其中彎彎繞繞極多，他一個小孩子又不識婦人心性，稍有不慎被暗算，屆時就算他出手相援，取幾條性命也挽不回小樓的損失，就悔之晚矣。

榮嬌哪裡知道玄朗心裡揣了這麼多的念頭，已將他定義為遭排擠陷害的庶子或外室子，她想知道的是自己哪裡露了破綻，被玄朗察覺了情緒。

「哪裡？很多，課業文章、遣詞立意、字裡行間，無一不是。」

玄朗對他的刨根問底很是無奈，也不想再逗弄他，當場揭曉了答案。他後幾次的習作仔細品讀，彷彿籠罩著淡淡的愁霧與躁氣，有失往日的明朗。

在他的印象中，小樓年紀雖小，性格卻是極好的，雖稚氣而正性不辱，豁達樂觀，文若其人，即便他只是初學作文，行文之間也必是會情不自禁地流露出個人的性格，如小樓往日的表現；玄朗覺得他即便是抒懷感慨，也絕不是悲秋傷春的，同是詠懷秋色，他一定是寫「我言秋日勝春朝」，而不會吟誦「長江悲已滯，萬里念將歸」。

玄朗正是從習作與文字中感受到了小樓的情緒，心中擔憂，又聽岐伯說曉陽居安穩無事，由此猜測或許是在家中遇到難為之事，心生愁苦又無可信賴之人言說，這才一回都城就要見面，借宴請之名詢問現況。

「大哥，我……讓你擔心了。」

榮嬌聽了原因，垂下腦袋，既為玄朗的心思敏銳驚嘆，又為他的關懷用心所感動，還有那麼一點為自己的眼光暗自竊喜——看吧，萍水相逢結識的大哥，比自己所謂一母同胞的親大哥還要強了數倍，簡直不可相提並論。

這樣的大哥，才有點像二哥和小哥哥嘛，她現在的眼光與運氣，真是好到不能再好。

心中百感交集，一時複雜，不由又想到，他日若玄朗知曉她的真實身分，可會怨恨她的欺瞞？

「有些事現在不方便告知，請大哥原諒我有情非得已的苦衷，無論如何，請大哥相信即便我有所保留，但絕無惡意，亦無算計之心。」

「小樓言重了，我信你。」

雖然板著小臉、鄭重其事的模樣很可愛，玄朗還是覺得自己更喜歡豪放不羈的小樓。

「來，嚐嚐酸辣湯，別看它平淡不出色，味道卻出奇的好，尤其適合這個節氣……」

正好小二端進湯碗，玄朗迅速轉移了話題。小孩子，還是多吃飯、少思慮，才能長個子。

「在雲宵」的菜果然名不虛傳，一道道精心烹飪的食物端上桌後，帶來的滿足絕不僅於飽腹。榮嬌鮮少在外面用餐，本就喜好美食，「在雲宵」的菜色或異香動人，或精緻綿密，或入口獨特，總之，她吃得眉開眼笑。

而玄朗雖是常客，對著他那副饜足的模樣，胃口也好了幾分。

賓主盡歡，直到與榮嬌告別後，回到住所的玄朗，眼底還存留著絲絲的笑意。他更衣淨面，著一身家常袍子在書房處理公務，堆積在案前如小山般的公文，似乎也順眼了許多，惹得到書房回事的阿金連連偷覷——他被派了別的差事，今日沒跟著出門。

公子心情很好，素來清冷的眉宇染了一種難以描摹的柔和，襯得本就俊美的面龐越發耀目，整個人彷彿都閃著光似的……

小樓公子的確與眾不同，自從公子與他相識之後，好像謫仙慢慢沾染了人間煙火；以往公子雖俊，卻沒人將公子往美男子上聯想，更多的是令人望而生畏的威名。

公子自己也是，一本正經，連玩笑都沒得開，說到再有趣的話題，他也不過意思地扯了扯嘴角——想來若不是為了給人面子，連扯動嘴角這樣的動作，公子也是懶的。

自從在南城門撿了個弟弟，亦兄亦父，衣食住行無不過問，連他是誰家的兒子都不知道呢！早知道公子有如此愛心，弄幾個小兒跟著他，七情六慾早都有了。

話說，小樓公子給公子灌了什麼迷湯？公子目泛柔光，是喝酒了，還是酒不醉人人自醉？

呸，小樓公子又不是美嬌娘，虧他不是女子，不然弟弟變妹妹，公子這個大哥還怎麼做？

「我臉上有字？」玄朗頭也沒抬，邊批手上的公文，漫不經心地問道。

「啊？沒，沒有。」阿金慌亂地搖頭否認。

「你沒用午飯？」玄朗繼續不抬眼，語氣淡然。

「用了。」阿金老實規矩地答道。

「那你為何對著我流口水？」

玄朗這次抬頭瞥了他一眼。

「啊?!」阿金被嚇得差點跳起來，舉起袖子就在嘴角、臉邊胡亂抹了幾把。「屬下流、流口水了？不、不能吧……」

「嗯，差一點，下次注意。」

玄朗淡淡掃了他一眼，埋頭繼續處理公事。

這個阿金，不知道哪來那麼多不著調的念頭，剛才對著自己傻笑得要流口水的樣子，還以為他沒發現？

之前阿金私下在其他幾個屬下面前胡言亂語的帳，還沒跟他算呢，以為事過境遷就萬事大吉了？再這麼不靠譜，就將他派去刑部幫忙，專門審查那些疑案、難案、死案。

「好了，別杵在那裡了，有事就說吧！」

「是。」

說到正事，阿金神色肅然，陡然間像換了個人，他從袖袋中取出一張薄紙侃侃而談。

「公子，屬下整理分析了近期都城的資料，包括六部及內宮動態，朝野局勢……」

玄朗垂目靜聽，眸色隨著阿金的彙報有些許輕微變化，或凝神或微斂，間或飛快地閃過諷刺或讚許。

「哼，他倒是機靈。」

聽到阿金說到在皇上的三令五申下，近期文武間的交往似呈緩和趨勢，而王來山與池萬林兩家更是私下結為姻親，玄朗的嘴角微翹，露出似笑非笑的諷意。

「公子所言極是。」阿金頗為贊同。「雖說摒棄文武成見是國朝喜聞樂見的大事，然而冰凍三尺非一日之寒，即使從上而下倡導，多方軟硬兼施，絕不會在短期內冰消雪融；緩和交好之舉多不勝數，現在就結兒女親家，變數太大。成親與朝堂政事不同，分分合合、吵吵嚷嚷皆是常態，上一刻可能老拳相向，下一刻又能笑泯恩仇、聯手合作，夫妻焉能如此相處？」

「王來山並非冒進之人，怎會有如此舉動？」

而王家那個嫡三子王豐禮並非不學無術之輩，王來山用他聯姻，其意為何？

「王來山雖向來以純臣自居，不過屬下認為，他此舉雖迎合了聖意，未必沒有別的目的；若王家或王來山本人已站隊，也有可能是幕後之人授意……」

自太子薨逝，東宮無主，皇長孫年幼體弱，成年的皇子難免心思浮動，表面上不管是靜觀其變還是蠢蠢欲動，看似平靜的朝堂下，奪嫡的暗流已經洶湧。

「哦？可知他與哪方親近？」

王來山雖非六部尚書，但他背後是太原王家，是股不容小覷的力量。

「屬下確定的情報尚且不足，暫不敢妄言。」

手頭已掌握的訊息不足以得出結論，這種大事，阿金不敢無憑無據亂猜，若是他猜錯了誤導公子，關鍵時影響了公子的決策，這是最要不得的。

「將他列為關注對象。」隨即，玄朗又問起另一方。「依你方才之見，素以孤臣自居的池萬林也未必是揣測了聖意，才與王來山一拍即合？」

「屬下先前並未懷疑池萬林。」阿金據實以告。「他與王來山不同，背景簡單、身家單薄，祖上並無家底，蒙聖上恩典才有今日的地位，眼下聖上春秋鼎盛，他不可能昏了頭去站隊吧？」

「嗯……也是個薄涼的。」玄朗露出嘲諷之色。「不論原因為何，此貪功冒進之舉絕非慈父所為。」

王家老三是男兒，將來尚有餘地，池家的女兒就可惜了，可回轉的餘地盡無。

「公子，那池萬林要不要多加關注？」

「不用，常規即可。」

他不是舉足輕重的人物，投機鑽營之輩，不足為慮。

第四十二章

聽到玄朗對池萬林的評價，阿金的眼中閃過了然。公子關注王來山，是因為他背後的家族，及他所承擔的職務，奪嫡之爭，局勢無不詭譎多變，王來山的異動才需要注意；至於池萬林，現在不是奪嫡的最後關頭，不會有哪個皇子昏了頭要用武力解決問題，京東大營的五萬軍士，只有到了逼宮這種非常時刻才有用處。

「那這樁婚事，我們要不要……」阿金輕輕揮了揮手掌，做了個斬斷的手勢。

「無須多管。」

玄朗搖頭。雖然有些不齒池萬林的行為，不過這件事符合自己推行之事，從朝政大局來看是有益處的，他沒有立場也沒有理由干涉這兩家的結親。

「東宮那邊，情況如何？」

皇長孫的體質與先太子相似，生來孱弱，每逢換季，就要折騰一番。自太子去後，太子妃、皇長孫連同原東宮人等並未搬離，仍居於東宮，但情況畢竟不同，儘管太子妃試圖力挽狂瀾，陛下也時有維護，未成年又體弱的皇長孫依舊沒有能攏住先太子派系的實力。

同樣是未成年，若是小樓坐在了皇長孫的位置上會怎樣？

玄朗知道這種假設的比較是毫無意義的，他只是突然想到那小傢伙靈動的黑眸，單薄削瘦的身子裡卻蘊含無窮的能量，似乎再難的處境，即便心有畏懼，他也不會放棄，不言敗。

想到這裡，話題就轉了。「小樓在芙蓉街那邊的宅子，左右鄰居可都是穩妥人家？」

啊？阿金正在彙報皇長孫的病情，猛不防聽公子問起小樓公子的鄰居，不由怔了怔。

「嗯，您之前不允許查小樓公子……」

「誰讓你查小樓了？」玄朗眸色微沈。「是左鄰右舍。」

雖說小樓未必是住在那裡，但總歸是他落腳的地方，鄰居們是什麼情況、做的什麼行當，有無作奸犯科之輩，了解一二是必須的。

「是。」

阿金明白了，只查鄰居，不打聽小樓公子，不能驚動小樓公子宅子裡的人。

與玄朗告別之後，見時辰還早，榮嬌決定去新開的糧鋪看看。

日光極暖，因為未有明顯寒意，馬車的簾子仍用的是靛青薄布。光線隔著簾子透進來，曬在身上暖洋洋的，馬車平穩前行，榮嬌午飯吃得太飽，在這一晃一晃的行走中，不由昏昏欲睡。

「公子，到了。」

馬車慢下來，綠殳輕輕推了推迷糊中的榮嬌，低聲喚她。

「嗯……到了？」

榮嬌初醒，神色間還有一絲愣怔，看了看身上披著的薄毯，這一會兒工夫，她居然小睡了一覺？

「前面就是。」

因為米鋪門前停著輛馬車，包力圖在那輛車前停下。

「走，去看看。」

榮嬌下車，外頭暖乾的氣息撲面而來，熱呼呼的。

「這都快冬天了，天怎麼還這麼熱？」綠殳輕聲嘟囔了一句。

「今年冬天恐怕是個嚴冬，別看現在熱，說冷一下就冷了，保不齊明天就凍得徹骨。」

趕車的包力圖聽到了綠殳的抱怨，樂呵呵地接了句。

「哦？」榮嬌現在對「冷」一字最敏感，聽到包力圖的話，止住了向前邁出的腳步，面露好奇之色。「包管事還會看天？」

包力圖見榮嬌問起，恭敬地答道：「小人只是對照著以往的經驗，信口說說的。」

「以往的經驗？」

「小人老家是山區，以前在老家時，若逢長時間暖秋，有經驗的老人家就會提醒要早些備好米糧、柴火，說天該冷的時候不冷，若是冷起來，就是一夜間的事。小人年輕時就有過一次，頭天穿著夾衣，晌午一幹活兒還冒汗，夜裡卻大雪封門，第二天穿起棉襖還凍人。」

榮嬌抬頭看了看天，暖呼呼的太陽掛在天上，按照節氣，確實暖和得出乎意料……

「明天不一定會冷吧？」

綠殳不相信，這天的確是穿著夾衣一動就熱，不過，天氣也不會驟降到要直接換棉衣的程度吧？

「或許吧，我不了解都城的氣候，也許這邊與我們老家不一樣也說不定，我們那邊是山區，山多林密，與這繁華地界不同。」包力圖沒有堅持。

「嗯，我倒覺得你說得有道理，往年大樑城這時間也沒這麼熱。」

榮嬌得了玄朗的開解，這會兒又在無意間聽到包力圖的話，頓覺之前隱藏在心頭的憂心忡忡蕩然無存，一片輕鬆。

冷或不冷，老天做主，她只要盡人事、聽天命。

「您來了！」

正在鋪子裡忙碌的李忠，見了進來的居然是榮嬌與綠殳兩人，急忙從櫃檯後面轉出來，上前見禮。

「今天午間有約，忙完了時辰還早，就想到你這裡轉轉，辛苦了。」

這鋪子全是李忠跑前跑後，一手操辦的，她這個甩手東家做得徹底。

「公子請裡面喝茶。」

李忠在人前不便透露小樓的東家身分，跟夥計打了聲招呼，將兩人請到後面的小間。

「東家，您若是不來，我也正想著這兩天要尋您呢！」李忠邊倒茶邊對小樓道：「承蒙二少爺引見，昨兒我已經與徐郎中見過面了，正要向您彙報。」

李忠經商多年，管理一間米鋪對他是大材小用，故而鋪子雖是新開張，經營之事均理得清楚，規矩定得明白；至於賺不賺錢，眼下開張時日不多，配合些銷售手段，每日去掉費用，還是有少許賺頭。

「……咱這間米糧鋪子，東家若想迅速回本，還是有難度的。」李忠直言不諱，賠錢未必，可若想賺大錢，須另闢蹊徑。「收糧之事已完畢，是否需要尋找買家？」

除了用於鋪子周轉之外，榮嬌給的銀子均已換成米炭，躺在庫房中。李忠雖然相信榮嬌胸有成竹，不過如此多的貨品囤積在庫房中，其中絕大多數是上一年的陳米，饒是李忠見過世面，望著堆積如山的倉庫，心裡也少了幾分從容。

「不用，放幾日再說。」

榮嬌過了最焦慮不安的階段，心態反倒輕鬆了。「鋪子這樣做著就很好，庫存不急於一時，有派上用場的時候。你與徐郎中談得如何？」

「有二少爺引薦，徐郎中同意合作，」

李忠將會面內容詳細說了一遍。「徐郎中醫術、醫德的確沒得挑，只是性子稍嫌執拗了些……」

何止是執拗了些，榮嬌失笑。「你是想說他脾氣壞、講話直接，容易得罪人吧？」

徐郎中是倔脾氣，不知委婉，別的大夫碰到必死之症，總是先拽一段醫理，讓家屬聽得雲裡霧裡的，然後再作惋惜遺憾狀，開幾副太平藥，聊慰心意，如此家屬心中有了緩衝，即便悲傷不捨，也多半不會遷怒到大夫身上。

徐郎中從來不說類似的話，能治的他必竭盡全力，不能治的，太平藥方也不開。「喝那些勞什子做甚？臨死前若還能吃喝，自然是吃想吃的、喝想喝的，人都要死了，再講良藥苦口利於病有何意義？」

他的這番理論頗不能令家屬接受，一來二去的，在坊間的名聲就成了極端，說他好的是打心眼裡認同他，說他不好的提起他是真的深惡痛絕。

與這種性格的大夫合作，李忠真心覺得需要脾氣好、能力全面的人與他配合，讓他只精於專業，不與人打交道。

「徐郎中是個好大夫，些許毛病瑕不掩瑜，屆時讓其他人多幫襯，若是出診，就找機靈、會說話的跟著……」

榮嬌的想法與李忠一致，只要人好醫術過硬，不會說話不算問題。徐郎中之所以守著小醫館沒發展，不是他故步自封，主要是沒有財力僱人做自己不擅長的，一來二去的，得罪的人多了，路似乎越走越窄了。

「是，糧鋪我再盯幾日，李明也跟了我一段時間，鋪子的事逐漸上手了，我想讓他做二掌櫃，負責這邊的買賣。」

李明是隨李忠一起來的，同樣是二哥給的人，榮嬌當即同意了李忠的舉薦。「可以，你安排。」

她視李忠為得力臂膀，就算他自己不提，榮嬌也不可能讓他埋沒在這間米鋪裡。

「二少爺說你早年做過藥商，對於我們介入藥鋪買賣，你有什麼看法與打算？」

榮嬌與李忠正說得興起，卻見綠殳在旁頻使眼色，不由奇道：「綠殳，有事？」

綠殳指指窗外的天色。

榮嬌明白了。「時辰不早了，今天到此為止吧，李掌櫃說的這些極好，待我回頭仔細想想，再與你商量。」

再不回府，嬤嬤又要抓狂了。

「還有一事，東家，我們要不要改改姓名？」李忠忽然想起另外一樁不大要緊又始終疏忽的事情。

「為何？」無緣無故的怎麼想到這個?榮嬌目露疑色。

「東家姓樓，小人幾個身為東家的奴僕下人，理當由公子賜名。」

唉，也是他疏忽了，還為這事被二少爺教訓了。二少爺說了，給了小樓東家，他們幾個就是小樓東家的人，必須忠誠於他，任誰也不能排在小樓東家的前面，主子只有一個，就是小樓東家。

榮嬌打量了李忠兩眼。「不必了，我看你們幾個的名字都挺好，繼續這麼叫著吧，李忠可比樓忠好聽；再說，我只想做幕後東家，別人以為你們的主子姓李，沒什麼不好。」

李是大姓，大夏滿地都是，上自達官貴人，下至販夫走卒，姓李的皆不在少數，不像樓姓少見，隨便被人問起幾句，編造假話的餘地都沒多少。

「你們的意思我懂，但忠心不在這上面。」

榮嬌淡然一笑，轉身離去。

走出米鋪時，天色已近黃昏。包力圖將馬車停在門前，綠殳撩開簾子，榮嬌踩著凳子上了馬車，綠殳手裡的簾子尚未放下來，有人從對面緩步而來，目光隨意地掃了過來……

唉，人生總會有些出其不意的偶遇！榮嬌哀嘆，在車廂裡衝那人淡然一笑，隔著車廂拱手示意。

「小樓東家。」

對方驚喜之餘，顯然不想錯失機會，加快腳步迎了上來。

傍晚的陽光落在他的身上，將其身上玉白的袍子染上淡淡的金紅顏色，他整個人似乎也被鑲了道金邊，襯得其人越發高潔奪目。

「王三公子。」榮嬌露出生意人的微笑，向這位曉陽居的老客戶打招呼。

「小樓東家，近日少見，一向可好？」

王豐禮面含笑意，走到近前，拱手欠身，舉止間甚是溫文爾雅，確有一番雅士風範。

「託福，三公子幾日不見，越發丰采照人。」

對於這個經常出現的王三，想到他對二哥說的話，榮嬌的心裡就有些糾結與矛盾，既不想與他多接觸，又想從他嘴裡套出更多的前世之事，尤其是探知二哥後來的情況。

前世的榮嬌沒有扮過小樓，自然也就沒這個人的存在，那麼王豐禮對小樓的關注，應該不是有所懷疑……或許只是覺得面善，湊巧而已？

榮嬌的臉上掛著恰到好處的笑容，一邊與王豐禮寒暄，腦子裡卻千迴百轉，如何拿捏與王豐禮的親疏呢？

「多謝謬讚，小樓東家亦然。」

王豐禮滿面春風，心情極是愉悅。

他最近確實神清氣爽、春風得意。老實說，自從昏迷中醒來，對於夢中事，他似信非信，分不清眼前的一切是真是幻，只因那場夢太真實了，令他幾欲信之。

好在眾人皆以為這是他頭部受傷引起的症狀，太醫也說他剛醒來會有幾分神智不清，畢竟後腦受到重創，顱內有些微瘀血屬於正常，靜養幾日會逐漸恢復。

他聽從醫囑，在床上躺了幾日，將夢中情形反覆思慮，咀嚼數遍之後確定，這確是一場匪夷所思的夢。

因為在這個夢裡，所有他夢到的片段皆是與池家大小姐有關，自婚事起，至王家敗落。與池家大小姐成婚前的事情，一件也沒出現過，其後亦然。

若這是他的前世，怎可能如此潦草？難道他一輩子就只做了一件事：娶妻，虐妻，和離，家敗？人生裡的重要人物只有池大小姐池縈嬌？其他的，統統沒有單獨出現過，只在有池大小姐的場景中才出現。

所以，這是一場夢，是上天昭示他不得錯待池家大小姐吧？

或許自己上輩子欠過池家大小姐的情債，或許今生自己與池大小姐乃天成姻緣，但因為時局，月老恐自己對其薄待，這才提前借夢預警？

人有七情六慾，莫不是自己命裡七情或缺一，故有此夢？

王三雖自詡風流，但流連花叢皆為逢場作戲，內裡用了幾分真情，他最是清楚不過，看似有情卻最是無情，倚翠樓，紅袖招，無關情意只有美色宜人。

既有此夢，他且用心就是，縱使將來對池大小姐亦無男女之情，既然娶了，理當善待。

他不相信夢裡自己竟會如此涼薄，想他王三風流而不下流，對髮妻，不喜、不動心或許有之，虐待侮辱卻是過了吧？

對於這場夢，他將信將疑。

不過他倒也豁達，這種事寧可信其有，不可信其無，既然與池家訂親之事已與夢中對應，對池大小姐及她兩個哥哥的態度，他會以誠相待，與夢反之。

心有決策，是以不怕自暴其短，除隱下王家敗落之事，其他能說的，他都斟酌著與池榮勇坦言。

似乎是分享了秘密，心情驟然輕鬆，他遂擇日訪友，這麼隨便一出門，居然偶遇小樓東家，這真是人逢喜事，處處皆順。

第四十三章

「公子，那王三公子是什麼意思？」回程的馬車裡，綠殳終於忍不住問道。不是她裝啞巴憋得慌，實在是那人太奇怪了。

「怎麼，妳討厭他？」

榮嬌妙目微斂，斜靠在寶石藍繡碧桃的軟靠墊上，聲音裡透著股懶洋洋的意思。

「沒有，就是覺得奇怪。」

綠殳也說不出那種感覺，不是討厭，總之王三公子長得好，為人也斯文有禮，綠殳很難昧著良心說人家賊眉鼠眼，可就是對他有股發自內心的戒備。

「奇怪？哪裡奇怪？」

看來有這種感覺的不只自己一個，榮嬌想聽聽綠殳的看法。「不就是比較想與妳家公子親近嗎？他不應該被妳家公子丰神俊美的丰采所吸引？」

「公子，哪有這麼誇自己的……」

綠殳小聲嘀咕，她聽著就覺得面紅耳赤，不過看姑娘有開玩笑的心情，她也高興。

她歪著頭，仔細思索起王公子的表現。不能說他有惡意，或者說與姑娘交往時，分寸把握得不好，讓人心有不悅；看上去一切都好，謙謙君子溫潤如玉，舉止言談恰到好處，進退有據……

簡直是無懈可擊，就是如此才令人不安——他為何對小姐有股莫名其妙的熱忱？

比如姑娘與玄朗公子，第一次見面就是玄朗公子替她們解了圍，還請吃飯，不過幾面之識，就邀請姑娘替他管茶樓，可一切似乎是再自然不過；而自家姑娘與王三公子，怎麼看都有種剃頭挑子一頭想的感覺。

自始至終，一直是王三公子想湊上來，姑娘始終保持著客氣疏離，但王三公子又不是個傻子，怎麼可能感覺不到？為何不以為意？

「奴婢覺得什麼事都要講個你情我願，王三公子於情於理都沒有必要這樣做……」

他是曉陽居的客人，姑娘是曉陽居二東家，斷沒有他反過來硬貼的道理。

「總之，無事獻殷勤，非奸即盜。」

非奸即盜嗎？

榮嬌唇邊泛起淺淺的笑意，王豐禮這態度還真讓人摸不著頭緒，那麼，靜觀其變吧！想知道二哥的事情，也不是非要問他，只要二哥沒有因她與長輩鬧翻，憤而前往邊關，就不會有陣前失蹤之事發生，自然也不會生死未卜。

「姑娘，您可回來了！」欒嬤嬤急得如熱鍋上的螞蟻。

「出了何事？」

榮嬌從後窗躍進屋裡，就見欒嬤嬤驚喜中透著鬆懈的神色，紅纓站在樓梯外面，一副隨時候傳的模樣。這看似隨意的站位，既能居高臨下觀察樓下，又能隨時聽到動靜而進屋。

屋裡燃著熏香，還有股濃濃的藥味，內室裡，床幃遮遮掩掩，隱隱約約能看到床上被子鼓起一團人形，應該是假扮自己的丫鬟繡春在裝病，臥床不起。

「夫人今天過來了。」

欒嬤嬤將榮嬌迎進內室，張羅著遞毛巾，服侍她淨面更衣，餘悸猶存地道。

繡春聽到動靜也爬了起來，撩起床幃，探出半個身子望過來，白白的臉上塗抹得紅紅青青的，宛如開了顏料鋪子，看上去甚是噁心，讓人望而卻步。

榮嬌神色微頓。「她來做什麼？可有為難妳們？」說話間，她打量著欒嬤嬤。上回池榮珍突然來鬧過一場，累得嬤嬤挨了打，沒想到康氏也搞這一齣。

「姑娘別擔心，沒有為難我們。」欒嬤嬤見榮嬌面色不好，急忙澄清。「有繡春支應著，夫人上來後，只在門口遠遠地看了一眼就下樓了。」

提起康氏來時的情形，欒嬤嬤心有餘悸，要是被夫人發現床上躺著的不是大小姐，可就要人命了！

她們幾個受罰尚在其次，糟的是暴露了姑娘的秘密，若是被康氏拿到了這個把柄，不知會怎麼鬧騰呢！但康氏心血來潮搞這麼一齣是為何？

正院裡，康氏正在向康嬤嬤抱怨。「真是喪星！衣服吩咐人處理了吧？還有鞋，都扔了，什麼味？點的是清靈仙草的熏香吧？得好好去晦氣，別沾帶了不乾淨的髒東西過來。」

真是，若不是大將軍在信中吩咐，要自己對小喪門星上點心，她何至於紆尊降貴走上一趟？說起她最不願意做的事情，給池榮嬌做臉面絕對是其中之一，她寧願對不相干的陌生人施以善心，也絕不願意對那個孽障多看一眼。

這些年，甫一有孕就該早早落胎的念頭，如毒蛇一般噬著她的心，每每思及，悔恨得無以復加，幾欲成狂。當年自己怎麼就一時心軟猶豫，沒有痛下毒手呢？

康嬤嬤對自家夫人的秉性了然於心，讓她去三省居探病，也就是大將軍的意思，若是別人敢這樣進言，早拖下去打板子了。

「是清靈仙草香，老奴親手點的，不愧是香中珍品，這味道聞著就不一樣。」

「那當然，這可是千金難求的好東西……妳又不是沒見過世面的，沒得小家子氣，丟人現眼。」

康氏順著康嬤嬤的話往下走，沒意識到她轉移話題了。

「不會。」康嬤嬤陪著笑。「這不是在夫人跟前嘛……您看天色不早了，是不是讓她們準備擺晚膳？」

「擺吧！」康氏有氣無力地揮揮手。「左右也沒什麼胃口……」

每回想到小喪門星，都是胃口不佳，何況今天還親自去了一趟三省居，哪還吃得下去？連喝口湯的心情都沒有了。

大將軍的信裡說得明白，近日聖上連番在朝堂提及文武合作乃國朝根本要務，朝野風向顯而易見……雖然此類的話，聖上以往也沒少說，但從未說得如此頻繁，兩派因此都收斂了許多，往常動輒吵罵的局面已是數日未見。

照此情形下去，池、王兩家結親的意義更不同了，於是囑她要對榮嬌好一點，切不可節外生枝，有病該治當治，別因病誤了大事；與王府亦如是，王夫人既主動示好投我以桃，池府當報之以李。

大將軍還說，王來山乃是老狐狸，早早洞察到聖意，搶先一步，不然他那個出身陳郡謝氏的夫人，慣來是目中無人，怎麼可能會折節相交？

折節相交……怎麼就折節了?!

康氏忿忿不平，不就多讀幾本書、多識了些字嗎？她康氏一族也是戍守一方的將門，怎麼就比她低一等了？

兩家因聯姻有了關係，一方娶婦、一方嫁女，怎麼自己就成了屈居人下的那一方了？尤其還是因為池榮嬌那個孽障；若是為了厚哥兒娶妻還差不多，她伏低也沒什麼，小喪門星哪配？

但池萬林的吩咐，她向來是奉為圭臬的，既然大將軍要她問一下池榮嬌的病情，做做慈母，她再厭惡，也要捏著鼻子貴腳去踏賤地。

夜已漸深，新月如眉。

星子暗淡，一顆顆不知隱去了哪裡，只餘淡月，帶著一抹撩人愁緒，清冷冷、孤零零的。屋裡有涼意，白天的熱度似乎消失了……榮嬌搓了搓手。

孌嬤嬤見了，倒了杯熱茶遞給她。「姑娘暖暖手，明天得把暖手爐找出來，這天畢竟到時候了，說冷馬上要冷的。」

「嗯。」榮嬌心不在焉地接了過去，隨口應道：「也好，說不定明天就下雪，嬤嬤安排就是。」

「姑娘，天不早了，忙了一天，早些安置吧？」

孌嬤嬤看了看若有所思的榮嬌，不由心疼，對無故來扮慈母的康氏生出幾分不滿。好端端的，探哪門子的疾？若是真想對姑娘好倒也罷了，哪個當娘的來看望生病的女兒，陰著一張臉，不是嫌屋裡藥味重就是嫌姑娘沒用，好吃好喝供著，還能病了？生怕別人不知道她好命，投生為大小姐，這到底是來探病的還是來找碴的？

原本她和紅纓幾個提心吊膽，生怕被看出破綻，哪知康氏聽說最近姑娘臉上長了東西，可能會過人，站在門口便停住了，連屋裡都沒進，不鹹不淡地說了兩句，或許連帳子裡有沒有人都未必注意，就被康嬤嬤攙扶著下樓，在丫鬟、婆子的簇擁下，大隊人馬走得一乾二淨，連交代下人好好服侍大小姐的場面話都沒有，更別說問問大夫的診療、用的什麼藥。大張旗鼓地來探病，病情卻是問都沒問。

孌嬤嬤想想也挺矛盾的，擔心康氏問多了要露餡，壞了姑娘的大事，可她什麼也不問，就是來做做樣子，令人受了場虛驚，孌嬤嬤的心裡也不好受，替榮嬌難過。

「嬤嬤，這事古怪，必定事出有因。」

榮嬌這半天都在思量康氏的舉動。記憶裡，康氏一向不假辭色，在她病得要死時，康氏也未曾踏足三省居半步。

綠殳今天說王豐禮無事獻殷勤，非奸即盜，說起來，這句話放在康氏身上亦然，以康氏對自己的厭惡，再無聊也不會心血來潮想到探望她。

不處心積慮地除掉自己，已經是她的善意了，哪裡還會弄出個探病的名頭？

「最近這一、兩天可有外客拜訪過？」難道康氏是聽到了什麼話，還是受了誰的影響？

「沒聽說過啊……」欒嬤嬤搖頭。「要不我明天去打探打探？」

「信差呢？」

「信是有的，有好幾處，聽說夫人娘家派人來信，好像是舅少爺的喜事已經辦完了，夫人陪嫁莊子上的管事也來過府裡，大將軍那裡也送過家信。」

欒嬤嬤將知道的一一道出。自從榮嬌讓她看好院子，注意府裡，特別是康氏的動態後，她便故意支使小丫鬟們到人多的地方勤走動，機密的事或許打聽不著，無關緊要的消息，但凡新鮮出爐，她總能透過小丫鬟們知道。

這麼多地方都有信來……榮嬌沈吟，到底會是什麼消息，是誰影響了康氏？

與其沒有頭緒地亂猜，要不要晚上潛入到康氏房中，偷出信件來瞅瞅？她認真琢磨起這個可能。

「算了，不想了，明天再說吧！嬤嬤擔驚受怕一整天，也趕緊去歇息吧！明天不出去，咱們再合計。」

榮嬌伸了個懶腰。要不要去盜信，得瞞著嬤嬤，總得先讓她下去安置，左右夜還未深，就是去康氏那裡，也得再等等。

欒嬤嬤掩好門下去了，今天留在院子裡的幾個心腹丫鬟被康氏攪得人仰馬翻，綠殳在外頭跑了一天，是以夜裡沒留值夜的丫鬟，用完晚膳後，就早早將她們打發回房歇息了。

榮嬌上了床，熄了燭火，只留一盞小夜燈，仔細思量，還是放棄去偷看信件的打算。正院那裡不比池榮珍的明珠院，守衛更嚴密，康氏又慣來愛擺當家夫人的譜，院裡、屋裡留值夜的丫鬟、婆子不少，要想不露行蹤，不驚動任何人地去康氏的屋裡偷信，有些難度。

榮嬌覺得自己冒這麼大的風險，就是為了偷看一封不確定是否有用的信，萬一失手，太得不償失了，不如再等一、兩天，或許嬤嬤、紅纓幾個能打探到什麼，二來看康氏那裡接下來有何動靜。

榮嬌有不大好的預感，池家與王家的走動、康氏一反常態的行事、王夫人對池家的格外關照……這一切都是前世沒發生過的，卻無一不指向那個前世的結果——兩家聯姻。

有了！康氏那裡不好打探，不如去探探王三的口風？無須刻意，下次偶遇時隨意提到親事，或許就能得個準話。

據她所知，王豐禮在與自己訂親前，並未議過親，她以小樓的身分簡單套問幾句，想來他不會特別防備；即便結親的事要私下進行，只要王豐禮不否認，態度模糊，就是十有八九已成定數。

想到這裡，榮嬌倒是頭一次對於巧遇王豐禮，生出前所未有的期待之感。

第四十四章

次日，榮嬌醒得很早。

她是被凍醒的。昨夜裡，越睡越覺得被子薄，簡直像一張輕飄飄的紙，全身感覺不到半分暖意，鼻尖都沁著涼意。榮嬌發冷，迷迷糊糊地打開床頭的被櫃，隨意拽了條薄毯加在身上，心滿意足地躺下再睡，沒多久又醒來。

怎麼這麼冷啊！她在半夢半醒間嘀咕著……冷？

榮嬌打了一個激靈，一下子睡意皆無。天冷了？來寒流了？

一隻素白如玉的手從被子裡探出來，擺了擺，彷彿在感受寒意——真的冷了！

伸在半空裡的手彷彿僵住，定在半空，緩慢落下，她裹著身上的薄被，心緒複雜。

寒流如期而至，意味著，今生與前世並未有所區別。

榮嬌心頭沈甸甸的，可不管怎麼說，米炭的販售有著落了。

天冷炭價高，從來如是，有了銀子，就有更多自保的可能，有錢能使鬼推磨，銀錢，對她、對哥哥們的前程，都會有幫助的。

賺錢的熱情慢慢驅散了心底的擔憂與不安，榮嬌輕笑著，吟了句。「羅衾不耐五更寒，簾外銀子白花花。」對已經沒熱氣的被窩再無留戀之意，披衣下床，窗外天色微明，淡淡的光透過窗紙，加上小夜燈的微光，勉強可視物。

榮嬌趿著鞋，慢悠悠地點亮了蠟燭，燭光一起，室內頓時亮了起來，似乎也暖和不少。

榮嬌裹著被子打開箱籠找衣服，天冷了，得找更暖和、更厚實的衣服穿。

「姑娘，醒了嗎？」

榮嬌正埋頭在箱籠裡翻找著，一陣輕巧的腳步聲停在門外，隨之傳來的是紅纓低柔的聲音。

「紅纓呀，妳來得正好，快進來，幫我找找今天穿的衣服。」

「是。」伴隨著開門聲，紅纓應聲而入，見榮嬌披著被子，正在箱籠旁找東西，嚇了一跳，緊走幾步上前。「姑娘，地上涼，您快回床上，讓奴婢來。」不由分說，半扶半拽地將榮嬌送回到床上。「姑娘您稍等，奴婢馬上就好。」

紅纓也是冷得睡不著，爬起來洗漱，想到榮嬌屋裡沒生暖盆，房間又空曠，想必冰冷入骨，於是趕緊將自己收拾索利，過來當差，沒想到還是晚了一步。紅纓心裡多了幾分自責，從箱子裡找出絲棉小襖、狐皮背心、厚襪子、厚底的靴子。

榮嬌見她取出的衣服，露出一絲不贊成。「天是冷了，不過，不用穿這麼多吧，等下還要練功呢！」

天才剛開始冷，這是頭一天，之所以覺得受不了，只是因為久暖乍寒，身心皆沒適應。

「姑娘，外頭冷得很，您多穿點。」

紅纓不為所動，轉身又將大披風找了出來。

她服侍榮嬌更衣，略帶感慨與欣慰地道：「總算是冷了。」

榮嬌的生意沒有刻意瞞著幾個貼身人，紅纓雖不了解詳情，也知道她大量採購炭糧的事。

是呀……榮嬌輕輕暗嘆。

雖然她想去外面看看情況，但之前答應嬤嬤今天不出去，只得安下心，老老實實在屋裡讀書，認真完成功課。

一上午平靜無事，午後，欒嬤嬤進來，面色不大自然。

「怎麼，又被誰為難了？」

榮嬌停了筆。嬤嬤早膳後就等著管事處來送炭火分例，天冷成這樣，況且已經立冬，按例可以取炭了，只是天氣暖和，管處事沒送，大家也沒去催要。

等了大半個上午，沒見動靜，欒嬤嬤坐不住，打發人去問，對方答應著盡快送來，可就是沒見人影。

欒嬤嬤捨不得榮嬌受凍，決定自己帶人去領，結果竟是空手而歸。

話是說得很好聽，態度也放得很低，困難一大堆，總之，就是沒有。

「前些日子天熱，沒讓人全送來，只備了不多的量。天氣乍冷，銀霜炭只能給主子用，其他人暫且要等一等……」管事的嬤嬤如是說。

欒嬤嬤當場就惱了。「給主子用?大小姐不是主子?」

對方不惱不怒，依舊陪笑臉。「瞧嬤嬤說的，大小姐自然是主子，我一個下人，按吩咐辦差，妳問我也沒用啊，庫裡存的眼下都分到各院了，有異議就去請示夫人。」

不就是沒炭嗎？慣用的伎倆，沒有新意。

縈嬌放下筆，站起身，微笑著拉欒嬤嬤坐下。「嬤嬤，不氣了，來，坐下喝杯熱茶。」

按康氏向來的作風，發生這樣的事再正常不過。

「我、我也不是氣……」

欒嬤嬤的身體不知是冷還是激動，微微顫抖，她接過縈嬌遞來的熱茶，緊緊捧在手裡。

「我明白。」縈嬌默了默，伸出柔白的小手，覆在欒嬤嬤握著杯子的手上。

嬤嬤不單純是生氣，她懂的，嬤嬤是心疼她。

這麼多年，經過康氏無數次的打擊，嬤嬤對康氏的期待雖說降低，卻未消失，她心底總盼著，康氏會有改觀的一天。

欒嬤嬤心疼自己養大的縈嬌，總盼著她能得到最好的、最想要的——因此即便康氏做了那麼多罔顧親情的事，欒嬤嬤還是對她抱有期待。

因為有期待，就會被傷，就會難過，屢受打擊……

「對不起，姑娘……」

欒嬤嬤很自責，自己總是好心辦壞事，在姑娘面前說這個，不是更讓她傷心嗎？她暗自懊惱，原本是想找個藉口將沒炭的事圓了，與姑娘商量先從外面拿些進來——姑娘收了不少炭，先應應急，只是現在的大小姐太敏銳，一下看出了端倪，想要隱瞞的事也瞞不住，只好以實相告。

「嬤嬤。」縈嬌嗔怪。「又不是妳的錯，妳替誰道歉？」不就是炭嗎？「嬤嬤，妳忘了，咱們現在還稀罕那點炭火？」倉庫裡堆著一座炭山呢，還能缺了自己的分？

「那是，姑娘能幹！不過，那是用本錢進的，不能浪費。」

欒嬤嬤心情好轉，想起別的事了。姑娘的炭是要做生意用的，雖然自己用不了多少，那也是錢啊！

「姑娘不能凍著，屋裡的銀霜炭盆要生起來；至於下人們用的，該府裡出的，不能不要，我明天再帶人去要。」

「嬤嬤呀！」

榮嬌想笑，嬤嬤居然也這般孩子氣！不過，她若想做，就該支持，康氏既做了，想來是不在乎被人知道的。

「好吧，不過別與她們爭執，吃虧或挨了打就不合算了。」

總是忍氣吞聲也不是辦法，尤其康氏一邊想扮慈母、一邊又耍手段，她不在意，可是小哥哥卻被她的行為蒙蔽，以為康氏有修好之意。天下無不是的父母，小哥哥雖然沒有在信裡明說，但字裡行間的期盼，榮嬌懂，也希望自己能主動向前一步，給康氏機會。

唉，小哥哥始終不相信，不是她對康氏沒有孺慕之情，是康氏視她為罪魁禍首，是康氏不要女兒，不是她不要母親。

但康氏想演戲，她偏不配合，為何自己要忍氣吞聲，陪她演這一齣母慈子孝的戲？

榮嬌瞬間決定。「嬤嬤，想要就去，咱也不能乾等著受凍。我讓人將炭送到府裡給聞刀，就說是二哥訂給我們的，哥哥那裡，我會寫信。」

若能井水不犯河水，各自相安最好不過；康氏不願見她，那就不要見，不能釋懷，需要她這樣一個遷怒或怨恨的對象，就隨她吧！

次日，又冷了不少，徹骨的寒意令人無處遁逃。

今朝郡齋冷，更念炭價何。

一整天，榮嬌都惦念著李忠那邊的情況，寒流突襲，沒備炭的人家不少，想來鋪裡的生意應該不錯……

她猜得沒錯，從昨天早上開始，來打聽買炭的人絡繹不絕，次日來得更多，也不再是秤幾斤，正經地問大量採購價。

可李忠按著榮嬌的吩咐，大量採買的一概婉拒。「實在抱歉，我們也沒多少存貨，這天還不知道要冷幾日呢，東家自己府上也要用，不敢多賣。您看秤上十斤、八斤，夠一時急需就好，天一冷，賣炭的馬上就多起來了……」

就算沒有榮嬌的吩咐，李忠也不可能大量拋售。

眼下的炭價，雖說因為寒冬驟至，炭量不足，價格比往年同期要貴上幾文，但扣除成本、人工，利潤還是太薄，沒多少賺頭。生意人開門做生意，雖不能昧著良心賺黑錢，但也不是開善堂，總還是要有利潤才是。

況且天剛冷，遠遠沒到清貨的時候，這冬天才剛來呢！

李忠不賣，買家也不以為意，誠如他所說的，也就是天冷得太突然，凍得大家措手不及；既然天冷了，時候也到了，自然不能少了這樁事，扛過這一、兩天，屆時什麼樣的好炭挑不到？何必非要搶在一時。

悶在家裡，榮嬌有些坐不住，可是又怕康氏突然出招，欒嬤嬤幾個應付不來，故而一直沒出府。

因為某些計劃，三省居還沒有用炭盆，只是換上了棉簾子、棉墊子，榮嬌裡外包裹了好幾層，披著大斗篷，原本苗條的身形也圓得跟球一樣。

屋裡冷，她又有心事，坐立難安，欒嬤嬤笑言，她現在終於有這個年紀應該有的心性與表現，甚是欣慰。

欒嬤嬤的調侃，無意中解開了榮嬌的心結。

她原先以為江山易改，秉性難移，私下常恐自己今生也難徹底改變。

一個人即便重生了，也不會立即性格全變，所有的缺點全部改成優點，轉瞬間成為一個與前世迥異的人。她一直擔心自己的懦弱卑微很難徹底擺脫，可是若沒有徹底的改變，若不能變得強大，她還是無法扭轉前世的命運，無法護住自己想要守護住的人……

重生以來，白日裡看似胸有成竹，夜裡常有惶恐不安、五內焦灼之感，卻忘了自己現在不僅僅是池榮嬌，還是樓滿袖。

她收斂了心思，認真讀書，間或翻看從曉陽居帶來的醫書，靜等前院傳來的消息。

正院裡，康氏所居的正屋，門上換上了朱紅厚錦繡寶瓶的冬簾，屋裡的炭盆子燒得紅紅的，烘得內室溫暖如春，座椅與床榻也都換上了與冬簾相配的厚墊子。

「不孝的東西，生生打我的臉！」

康氏氣呼呼地抖著手裡的信紙，臉色難看。

康嬤嬤早在她發火之前，已經使眼色讓屋裡其他服侍的悄悄退下去了，只留了自己。

「真是豈有此理！」康氏越想越氣。「我這是造了什麼孽，怎麼生了這麼個不孝的東西，枉我白疼他了……」

氣惱之餘，更覺得傷心，眼圈不由泛紅，眼淚落下來。

「夫人，三少爺對您向來是孝順得緊。」康嬤嬤輕手輕腳給康氏拭眼淚，款語溫言勸說著。

「孝順？他這是孝順？這是要生生氣死我！」

「天氣冷，三少爺在大營裡估計受了不少的苦，一時急躁，或許就……」

「就什麼？就衝他娘發脾氣？」

康氏抹著眼淚道。這還是厚哥兒頭一年在大營裡過冬，也不知道受不受得住？一時間又疼又氣，百般滋味齊上心頭。

第四十五章

與正院裡的氣氛相反，三省居洋溢著一片歡聲笑語。

紅通通的炭火驅走了寒氣，屋裡暖洋洋的。

「二少爺對您真好。」紅纓低聲感嘆著，小臉被炭火襯得一片緋紅。

榮嬌笑了笑，也不去點破紅纓的心思，順口答道：「還有三少爺呢！哥哥們對我向來是好的。」

今天這事，估計會把康氏氣得夠嗆……榮嬌絕不承認，她其實在偷笑。

康氏不給三省居撥炭，她在外頭有成堆的，卻沒有合適的藉口送進府裡，正好她也不想陪康氏演戲，遂寫信告知兩位哥哥現狀，然後請他們幫個小忙，以他倆的名義將炭送到府裡，這樣既不用麻煩府裡，她也能有藉口用上木炭，不再受凍。

「夜裡寒意沁骨，三省居冷如冰窖，欒嬤嬤每日催要未果。妹妹實不想捱寒受凍，候此遙無期日，故想借哥哥們之名……」

池榮勇看到信，心疼得無以復加。這個傻丫頭，冷就讓人送炭，府裡不給，就從外頭送進來，管他人的面子做甚？

相比池榮勇的心疼與憐惜，池榮厚更多幾分傷心。母親居然又做出這等事來……若沒有她的授意，哪個奴才敢如此大膽？

偌大一個池府，單單多出一個大小姐不是主子，獨獨缺了三省居的分例，母親真是太過分了……

就這樣，榮嬌還顧念她的面子，沒有直接令人送炭進來，掃了她當家主母的面子；虧他還以為母親改性了，還讓妹妹多想想母親的好，不要對母親做過的事情耿耿於懷。

他前腳說了，母親又讓他自打嘴巴。

失望之餘，惱羞成怒的池三少爺給康氏寫了封語氣尖銳的信，康氏看了果然氣得要吐血。

相比池榮厚洩憤似的洋洋灑灑，池榮勇的信極簡單，只一段話：

池府養不起榮嬌，做哥哥的養。家裡若缺榮嬌那一份，做哥哥的給她補上，必不會讓母親為難。

康氏收了這兩封信，氣得仰倒。她到底是造了什麼孽，一個、兩個都急紅了眼？不就是沒及時給三省居供炭嗎？晚個三兩天就凍死了不成？

「嬤嬤，妳說我這是圖什麼？還不全為了他打算？不領情倒罷了，還生生拿刀子戳我的心……」

康氏歷來最疼池榮厚，越疼愛就越在乎，越在乎也越傷心，只覺得看了么兒的信，宛如天昏地暗，日子沒法過了。

晚膳沒心思用，想到惱處罵上幾句，思及傷心事，又忍不住流淚。

讓他們離池榮嬌那個喪門星遠一點，有什麼不對？妹妹？沒有母親哪來的妹妹？

「夫人，母子哪有隔夜仇？少爺們年輕氣盛，又素來跟您親近，一時想不開，現在不知道多後悔呢！」

康嬤嬤忍著飢腸轆轆，盡心開解著主子，半天下來也說得口乾舌燥。「不過，入了冬，年關緊接著就來了，府裡要採買的東西不少，您看是不是就不要再……」

就不要再放出去……康氏明白她的意有所指。

她想了想，點點頭。「也好，我記著就這兩天了，哪日到期？」

「明天。」

這些要命的事，康嬤嬤記得分毫不差。

「好，明天取回來，年前不動了，採買上短缺了哪些，這兩天趕緊補齊。」

說到這個，康氏神色肅然。這兩個小兔崽子一鬧，定會傳到大將軍耳裡。想到池萬林的臉色，她心情更不美妙了。

「明天趕緊把木炭補齊，其他的，三日內備齊，不能有任何紕漏。」

「是，夫人放心。」

這印子錢絕對是不能再放的，就算來錢快，也非正常所為；若是被人知曉夫人挪了公中銀兩放印子錢，後果不堪設想。

康嬤嬤恨不得馬上天明，趕緊去結清，再也不搗鼓這要命的玩意兒。

以前夫人總擔心大少爺承襲家業，三少爺分不到多少，趁著自己手中有權，想為三少爺多攢些家當，挪了公中銀兩放印子錢，利息投到她的嫁妝鋪子裡再生息。

勸了多少回她都不聽，康嬤嬤想起此事，心就像在油鍋裡滾了幾滾；萬幸以往行事隱密，無人知曉，這回因炭鬧了這麼一齣，倒是令夫人暫時收手，也算壞事變好事，菩薩保佑啊！

這天夜裡，榮嬌睡得很安穩，被窩暖和，心裡也無比踏實。

這回有了炭，三省居不必再受凍，她不會生病，小丫鬟不會凍死，這是不是改變了？在她的努力下，寒流雖然還是來了，但是情況完全不同了呢！

一切都與前世不同了，她還有了鋪子，庫裡收購了足夠的米炭，想想就滿心的暖意與富足，情不自禁地眉開眼笑。

「以後會更好的，加油，池榮嬌。」

她躲在被窩裡，悄悄給自己鼓勵，眼睛酸酸的，有一股熱意。

一夜好眠，榮嬌醒來時，屋裡比往常亮了幾分。

自己起晚了？她慢吞吞地爬了起來，屋裡暖暖的。

「姑娘您醒了？」耳邊傳來綠殳偏低沈的嗓音。

隨著腳步聲，進來的果然是丫鬟裝扮的綠殳。

榮嬌微怔，人剛醒，還有些迷糊。

「綠殳，妳還是穿這身好看……」

綠殳扮小廝久了，榮嬌都忘了她也是俏丫鬟一名。

「紅纓她們幾個呢？」

「下雪了，紅纓領人在掃雪。」

屋裡雖有炭盆，畢竟不比被窩暖和，榮嬌在她的服侍下穿好衣服，收拾妥當。

「下雪了？」

奔到窗前望去，一股寒氣撲面而來，入目是一片白，銀裝素裹，綿綿白雪點綴整片天地。她站在二樓，極目遠眺，所及之處皆是一片蒼茫，青色的屋頂鋪上一層厚厚的銀，唯有飛起的簷角下還有往日的一點青，簷下的銅鈴落滿了白雪，彷彿被凍住了似的。

遠處空山在藍天下迤邐出一道銀線，近處瓊枝玉葉，葉子尚未落光的柳樹上，掛滿了亮晶晶的銀條，片片如玉。

雪已經停了，天是藍的，院子裡，紅纓幾個大丫鬟正指揮著一干人在掃雪、鏟雪，活潑的小丫鬟們邊幹活邊捏了雪球玩耍打鬧著，紅纓也沒訓斥，只是低聲提醒，別吵醒大小姐。

原來，雪是從昨晚上開始下的啊……

她依稀記得，持續的寒流是從第一場大雪開始的，這場雪之後，天晴了一、兩日，不待雪化，又下了第二場雪；連續幾場大雪，徹底封了道路，交通受阻，城裡的炭米、棉衣、棉被等過冬急需之物，一時緊缺，價格暴漲，拿著銀子也買不到。

「綠殳，妳今天去一趟鋪子跟李掌櫃說，不急著出貨，過幾日價格還會再漲，這段日子我沒時間過去，生意交給他，讓他放手去做就好；若有拿不定主意的事，到兵器鋪子給聞刀帶話。」

雖然她有了芙蓉街這個住處，不過若是要直接往府裡傳消息，還是透過聞刀最為穩妥。

「是。」綠殳點頭。「姑娘，曉陽居那裡要知會嗎？」

「順道跑一趟吧，告訴岐伯最近天氣不好，我不到茶樓去了，若他有事，派人到芙蓉街說一聲。」

最近天寒雪大，人人都懶得出門，到曉陽居喝茶的客人必是寥若晨星，況且有岐伯坐鎮，她去不去並非緊要。

「順便幫我把新做的功課拿過去，再帶幾本書來，等下我寫了單子給妳。」

玄朗與岐伯有自己的聯繫管道，每次她只須將自己做的工作交給岐伯，他自會轉給玄朗。玄朗批改之後，連同新的功課會再交到榮嬌手裡。

「好的，用了早膳奴婢就去。姑娘，您還是先洗漱吧？開著窗吹冷風，被嬤嬤知道了，可是要罵奴婢的。」

綠殳笑笑，將熱水毛巾備好。

榮嬌莞爾，想到自己蓬頭垢面地站在大開的窗前，若是不小心被嬤嬤看到，別說是綠殳，她也少不得要被嘮叨。

「嗯，我也怕……嬤嬤呢？」

榮嬌與綠殳交換了一個彼此心知肚明的眼神，飛快地闔好窗戶。

「嬤嬤在廚房弄早膳。」

自從她託詞生病以來，嬤嬤每天親自準備她的餐食，絕不假手他人。

其實，自己還是很幸運的，不是嗎？

「嬤嬤，這麼大的雪，您也要出去？」

服侍的小丫鬟給康嬤嬤找出帶帽的厚披風、厚底的棉鞋，小聲咕噥著。

「去。」

康嬤嬤毫不猶豫，別說是下雪，就是下刀子也去，這事火燒眉毛，片刻耽擱不得。

每次錢沒收回來，她的心就如在油鍋裡煎似的，要是出了事，頭一個倒楣的一定是她。大將軍那般好面子的，若是被爆出夫人放印子錢、治家不嚴之事，她這個跑腿的百死難辭其咎。

好不容易夫人鬆了口，怎麼可能因為下雪就打住？

康嬤嬤心裡揣著事，恨不得插翅而飛，將事情迅速辦妥，出了二門，喚了頂小轎，急急出門。

銀子取到，康嬤嬤揣著銀票急忙往回趕，眼見著積滿落雪的街道，心底暗自擔憂，昨晚她就吩咐了今日要人送炭，不知是否會受這場雪影響？

「嬤嬤放心，說是今天街上的雪未清掃，明天準送來。」

本來就是說好的事，訂金也交了，只是沒付清全款，貨才沒送全，採辦的管事對康嬤嬤的緊張頗有些不以為然。

「那就好。」康嬤嬤鬆口氣，會送來就好。

「車錢漲了幾文，說是雪天送貨得多些辛苦錢。」管事的覷了覷康嬤嬤的臉色。「我看沒多少，就應下了，若是不成，就讓他們等天好再送？」

「不差那幾文，總共也沒幾兩銀子。」康嬤嬤滿口應承，早弄好了早安心。

接下來的日子，與榮嬌記憶中相差無幾，晴了兩日之後，雪尚未化，夜裡又落了一場大雪。

康嬤嬤暗道了聲僥倖，虧她當機立斷，沒心疼那些銀錢，不然炭價還要漲了。

城外炭窯的炭運不進來，市面上能秤到現炭的沒幾家，即使有，店家也不多賣，一天一個價，全部限量供應。

要怪商家不仁不義，人家更有道理。「這怎麼能叫發黑心財呢？您買回去囤著全家暖和了，來晚的就一斤也沒有了得受凍，我們雖是十斤、二十斤零著秤，卻能照顧到更多的人家，這個天，一個炭盆子能救半條命。」

「……這話雖說逃不過個利字，但也有幾分道理。」

聽到阿金報告，身著素面皮袍的玄朗輕輕一笑。這些做生意的還挺會狡辯，限量是為了牟利，倒也有幾分胡攪蠻纏的理。

「朝廷可有動作？」

今冬冷得突然，大樑城雖是都城，素來繁華，但流民乞丐、家境苦寒的貧民也是有的。

每年冬日，官府及達官貴人都會有施粥之舉，尋常年景多是從施臘八粥開始，今年必要提前；不單是粥糧，柴炭、棉衣被等禦寒之物恐怕也須救助。

「議過此事，具體章程由戶部出來，最遲一、兩日便會有所行動。」

「小樓最近沒有過去？」

玄朗沈吟了片刻，對一旁閒著無事、撥弄著黃銅炭盆裡炭塊的岐伯問道。

「沒有。屬下之前與您說過的，前些日子差他的啞僕去了一趟，說是天冷不出門，送了功課過去，挑選了幾本書。」

「天冷不出門？」

也應該的，他那個小身子骨兒要是受了寒氣，容易生病……也不知道他家裡可曾剋扣……玄朗的嘴角泛起溫和的笑意。「你差人給芙蓉街送兩車銀霜炭過去，米麵、風乾的野味也送些過去；皮褥子送兩床……」

「是。」

岐伯一一應下，面上略帶猶疑。「公子，小樓公子未必住在那裡。」

芙蓉街那一片沒有大宅子，小樓公子未必住在那裡，或許只是一個能對外宣之於口的落腳之處罷了。

「無妨。」

他了然於心，也不以為然，總歸是小樓的地盤，送那裡相當於送到小樓手上。

「是，屬下馬上去辦。」

公子是做大哥上癮了吧？柴炭、米糧、皮褥子這等老媽子關心的瑣事都操心……

但岐伯不敢多話，一口應下，在公子這裡，小樓公子的大小事都是重要的。

縈嬌暖暖地窩在三省居裡。天寒宜進補，正好她又沒出門，欒嬤嬤抓住這機會，天天待在充當小廚房的茶水間裡，爐灶就沒空閒過，砂鍋連著炒鍋，湯鍋之後是蒸籠，湯湯水水沒停歇，誓要將縈嬌養肥。

縈嬌一邊享受著欒嬤嬤的餵養，一邊等待著康氏發難。

出乎意料的是，康氏那邊竟是毫無聲息。

許多未盡的事情似乎被寒流凍得凝滯了，詭異地平靜。

第四十六章

意外總是猝不及防。榮嬌怎麼也沒想到，正規經營的生意也會招來橫禍。

自第一場大雪後，半個月過去了，她一直待在家裡讀書練字習武，思忖藥鋪之事。

這一日掌燈時分，聞刀讓人送信進來，道是三少爺給大小姐的來信，榮嬌有幾分疑惑。雪路難行，書信往來困難，幾天前她剛收到哥哥們的信，若無緊要事，不應該又有信來的。

展開信一看，不由大驚，信是李明送來的，說是鋪子惹上官司，大掌櫃李忠下午被突然上門的官差拿走了，罪名是蓄意囤貨、哄抬物價，大發不義之財……

榮嬌急召了綠殳、紅纓進來。「綠殳，跟我去趟芙蓉街；紅纓，妳告訴嬤嬤，今晚若是過了時辰，就不回來了。」

雪積得深，三省居通往正院的路未清理，如無特殊原因，康氏不會踏雪親至，其他人來，欒嬤嬤便能打發。

說話間，榮嬌已匆匆脫了外衣，紅纓取了毛坎肩外袍過來，服侍她更衣。髮髻拆了，簡單梳了男子的髮髻，用頭帶紮緊，待要仔細收拾，她忙道：「不必忙活，早去早回，晚上看不仔細，也沒外人。」

顧不得多說，打開後窗，探頭見後院一片黑暗，左右無人，飛身躍出，順繩而下。綠殳緊跟其後，紅纓匆忙間將手暖爐塞到她的懷裡。「給姑娘，夜裡冷。」

她探出身去，空氣清寒，鼻子凍得冰涼，怕自己在明處露了端倪，忙關了窗戶，將榮嬌換下的衣服收好，被子鋪開，枕頭塞進去，床帳放下，做出已經歇息了的假象。

掩了門，她站在樓梯口讓小丫鬟去喚欒嬤嬤過來。

不提欒嬤嬤幾個如何商量空城計，榮嬌與綠殳出了府，一路前往芙蓉街。

榮嬌心急如焚，然而路滑難行，再著急也不能在大街上奔跑，只好踩穩下盤，儘量疾行趕到芙蓉街。

李明等人見她來了，面露驚喜。「東家，您來了？」還以為小樓東家收到信已經晚了，或許要明天才能來。

「李忠怎麼樣？你將情況仔細說來。」

榮嬌一身寒氣，屋裡不夠暖，她沒卸披風，坐在炭盆旁烘暖冰涼的手。

「忠叔被收監，關在京兆衙門，今天晚了，去了沒讓見，同叔去找鐵掌櫃探聽消息，勇哥帶人守倉庫，鋪子被查封。」

李明雖著急，還是條理分明地先交代了幾個人的動向，然後又將事情原委交代清楚。

「東家，咱這回是得罪人遭陷害了，因為沒主動識趣地讓人家發財。」

聽完李明的講述，榮嬌明白他說的沒主動識趣是何意思了。

原因出在米與炭上，確切地說，是利之一字。真是成也蕭何、敗也蕭何……不，現在還不是言敗的時候，她也絕不會言敗！

李忠照著吩咐，每日限量銷售，隨行就市，價格隨大流，基本位於中、低價位，慢條斯理地銷售貨物，在交通受阻貨物運不進來、大鋪子都斷貨的情況下，不消幾日，榮嬌的鋪子就名聲在外了，雖是限購卻總是有貨，天天開門。

眼見米價、炭價一路飛漲，有貨就意味著銀子和利潤，大商家都因貨運不上來停擺了，你一個新開張的小鋪子，憑什麼賣得風生水起？有貨，也應該轉讓出來才是。

於是就有人來談包售，李忠自然是不肯的，不說他之前得到小樓的授意，主要還是對方開價過低，而且一上來就獅子大開口，米、炭有多少要全包，蠻橫地開出一口價。

李忠行商多年，知道但凡這樣囂張的，定是有背景的，於是婉言拒之，藉口東家不在，他一介掌櫃的，不敢自專。

原是想行緩兵之計，把消息遞給榮嬌，順便探察對方的底細，再行其事，結果對方竟如此霸道，頭天談不攏，次日就把衙門公人引來。

「對方背後是何人？」能在這個時候指使府衙的太多了，本來大梁城就遍地權貴，現時又是非常時刻，受寒流影響，物價漲得厲害，物資不足，京兆衙門為安撫民心，抓一、兩個也不意外，先看看搞鬼的是何方妖魔。

李明面帶澀意，反問道：「東家，可曾聽說過五胡四海晉來財？」

榮嬌心裡咯噔一下。怎麼可能沒聽說過，難道此事與這幾家有關係？自家這小小的鋪子，怎會招惹到這種大老？

大夏疆域遼闊，富商雲集，但真正在整個國朝排得上號的，以「五胡四海晉來財」為代表。五羊胡家，四平海家，晉城來家，俱是數代從商，財力雄厚，生意涉及衣食住行各個方面，是大夏的頂尖商家，但凡從商者，無人不知；即便她借著重生的先知而多囤了些貨物，乘機賺些銀子，但她本錢有限，囤積的貨也有限，在巨富眼裡，怎可能為如此小利以亂市之名陷害於她？

榮嬌有些懷疑，會不會弄錯了？

「沒錯，他們來時是這樣說的，是不是另有隱情，暫且不知，」李明回答得很謹慎，他們也希望這個消息是弄錯了，不然得罪了海家，東家以後的生意幾乎是斷了。「同叔出去打探了，或許能夠打聽到更確切的消息，來找忠叔談生意的，確實自報家門是海家的，旁人也說那人是海家所屬商鋪的管事。」

就算是海家，也不能強買、強賣吧？況且忠叔還不是一口回絕，只說東家沒回來，自己不能做主，給對方留足了面子。

「要盡快把李掌櫃接出來。」

不管是四海還是五海、有沒有誤會，當務之急是先將李忠接出來，天冷，大牢更不好過，一個不當心，凍傷、凍死都有可能。

「你明天一早拿銀子去牢裡打點，務必見到李掌櫃，讓他安心，先將棉衣、厚被、凍傷膏送進去，我會找人爭取保釋候傳。」

在這風口浪尖上，絕對不能坐實罪名，更要盡快把李掌櫃從牢裡救出來。

榮嬌的腦子高速飛轉，盤算著應該找誰，怎麼做才能擺脫困境。

「池二少不在京裡，池府會幫忙嗎？」李明看了看榮嬌的臉色，小心翼翼地問道。

他真的很擔心忠叔，憂心眼前的局面。東家年紀小，在京城舉目無親，除了二少爺兄弟沒別的靠山。二少爺當然是了不起的少年英雄，可一來二少不在京裡，二來池家行伍，與京兆、衙門未必有交情，二少爺年紀又輕，地方官場上的那一套，未必通達。

眼下池府家中並無男丁在，當家的池夫人一介女流，定是不願沾官司，可是若不找池家，又能找誰？

「銀子夠吧？」

榮嬌明白李明的糾結，她自己也沒底，心中頗悔，若不是她婦人之仁，既想賺錢又想多幫幾戶平民，不願一下子將貨全部清出，擔心對方買去後將價格抬得離譜，前幾日就全部清售，也不會被人盯上。

榮嬌的心像熱鍋裡的丸子，上下翻滾著，悔恨與憤怒連番襲來，海家真是欺人太甚，堂堂富豪竟如此恃強凌弱，一言不合即趕盡殺絕……

太多的思緒如岩漿在心頭翻滾，榮嬌克制著不在李明面前流露絲毫。「衙門牢房那裡別捨不得銀子。」

「忠叔讓小人把這個轉交給東家。」李明說著，起身從暗櫃裡取出一個沈甸甸的匣子。

「是這三天的。」

李忠素來謹慎，這些天鋪子裡的收入不同以往，放在自己手上不放心，每隔三日就兌成銀票，託聞刀送至榮嬌手裡。

「你先收著，上下打點需要銀子，你拿著花用也方便。」銀子事小，救人為先。

「謝謝東家。」

隱約門響，榮嬌凝神細聽，一陣急促的腳步聲傳來，去打探消息的李同回來了，同行的還有聞刀。

「公子，這事還真是海家在其中搗的鬼，鐵掌櫃託人打聽了……」

聞刀口齒伶俐，將消息轉述一遍。

海家有位小姐月前上京探親，結識了一些千金閨秀，來往甚密。天氣冷，大戶人家施粥做善事，這幫深閨小姐們也興起要弄粥棚，各自拿了錢出來，採買由海家小姐負責，說是她家經商，路子熟。

海小姐本以為是樁小事，一手包攬地接過，應承之後找管事來派活，才得知都城米、炭價格早就高漲，她們湊的銀子根本不夠。

按說這也沒什麼，說明情況就是，不然缺口自己補上也行，偏這位海小姐不想添補銀子又想辦成事，不願在一干新結識的姊妹面前丟臉，東西要買，價格還不能高。

接了差事的管事揀軟柿子挑，就瞄上了榮嬌的鋪子，要以天冷之前的市價買斷店內存貨。

李忠不賣，所以就誣告?!榮嬌大怒，買賣自由，因為人家不賣，你就斷人財路、絕人生路？簡直強盜行徑！

她皺眉。「他既要買米、炭，為何不待李掌櫃二次回覆，直接將事情做絕？」

按說本意是為施粥，重點應該是做成交易，告官府這種行為損人不利己啊？

「查封的貨品官府是要處理的，不過……」聞刀搖頭。「照現下的行情，人多嘴雜，他想以低價拿到也難。」

搞這一齣到底為何？出氣洩憤？

「想不通就算了，商量怎麼救李掌櫃。」榮嬌將話題拉回。「聞刀，可有門路？」

聞刀明白這是問少爺有沒有這方面的關係，也不敢隱瞞。「池府與京兆衙門鮮少來往，小人明天一早去安國公府上，請張世子出面，公子不必憂心。」

「聞刀小哥，要不要給少爺送信？」李明不知曉榮嬌的身分，聽聞刀大剌剌地說求安國公世子，不知對方會不會給他面子。「能讓人見忠叔，送些東西進去也行。」

「我會給池二少爺寫信，事急從權，同時行動。」

榮嬌心底微嘆，哥哥若有關係，聞刀不會瞞自己；哥哥們在大營裡，知道她這裡出事，少不得要擔憂，倒不如報喜不報憂，暫且瞞下？可是，除了哥哥，她哪裡還有關係來解決此事？

或者，找岐伯，請玄朗大哥幫忙？會不會為難了人家？她又如何解釋自己提前囤貨的行為？

之前她藉口釀酒、備原料，建議酒坊進購糧食，若是玄朗一聯想，懷疑自己的行為，她又該如何解釋？

可眼前的事待解決，多拖一天，多一天的危險，李忠多受一天罪不說，萬一事情鬧大，想脫身就更難了。

「牢獄那邊，鐵掌櫃有關係，明天早上他會直接過去，你們在那裡會合，你把要送進去的東西準備好。」

聞刀已經安排好了。他心裡正憋著火呢，三少爺特意把他留在府裡，就是供大小姐差遣的，兩位少爺的人脈關係交到他手裡，目的是為了讓他給大小姐辦事，結果好端端地做生意，卻被封了鋪子、抓了人，臨了還有可能判個罪名什麼的……真當池家的少爺都是好脾氣的？管你什麼四海、五海的，居然欺負到大小姐頭上，這裡是大樑城，不是海家四平的一畝三分地。

若能沒事最好……榮嬌頭疼。既然聞刀說有門路，她心底的弦也略微鬆緩，或許哥哥的朋友真能幫上忙？對國公世子而言，這不算大事吧？

她暫時顧不上計較被查封的貨，先把李忠從大牢裡弄出來是正事。

「庫裡剩下的貨，有合適的買家，價格合適就全部處理了。」

「是，買家有，小人見過忠叔馬上安排。」

別看惹上官司，查封的只是鋪子，罪名並未落實，況且官府並不知曉倉庫的存在，這時節，只要有貨就意味著銀子，沒人會拒絕。

「小心行事。包力圖家的準備明天帶給李掌櫃的東西，你們驚累了一天，早些下去歇息，明天還有事要做。」

榮嬌打發了李同、李明等人下去，單將聞刀留了下來。

「聞刀，你說實話，張世子那裡行不行？」

國公世子聽起來是嚇人，但這裡是都城，皇室宗親大把抓，張津的面子到了京兆府那裡到底管不管用？海家是經年的巨富，況且他家的銀子是貨真價實的，或許比安國公府的面子更實在。

「小人說不好。」聞刀撓頭。「以前沒跟京兆衙門打交道，那幫兔崽子，這回是把咱當軟柿子捏了。您放心，安國公不行，咱找定國公，再不行找輝郡王，總之與二少爺、三少爺有交情的，小人全找遍，總能找出說話頂用的。」

又不是殺人放火，被人陷害還不興喊冤？聞刀悻悻然，腦子裡已經開始盤算如果明日張津不行，下一個應該找誰。

「不行。」榮嬌嚇一跳。「請託多了，反會弄砸。張世子既然是二哥的莫逆之交，你就把事情全權拜託給他，不要再找別人。你只須強調小樓公子與二哥的交情就好。」

第四十七章

凌晨時又下了一場雪，天地似乎陷入凝滯的白色中。

「聞刀！你這個小子，一大早攪爺的清夢，這麼大的雪也擋不住你的腿?!」安國公世子張津在書房一見聞刀，什麼事還沒問，先開罵。這小子！他最好是真有事，否則爺絕不輕饒。

「世子爺，真有急事，等著您救命呢！」

聞刀給張津見禮，忙揀著緊要處將事情的經過講了一遍。「……世子爺，二少爺吩咐過，若有小人辦不了的為難事，就來請世子爺出面。小樓公子是個安分守己的，沒承想飛來橫禍，世子爺，二少爺視小樓公子為手足親兄弟，這個忙，您無論如何得幫啊——」

「停！爺知道了，多大點事，用得著救命嗎？」

張津嗤之以鼻。海家了不起，那得看是跟誰比，終脫不了個商字，也就唬唬平頭百姓，真有背景的，怕他？這回榮勇的小朋友被人當小菜碟兒，當軟柿子捏了唄。

「讓大管事的拿我的名帖去京兆府走一趟，別讓他們手快，把罪名坐實。」一旦坐實了罪名，再往外撈就費力了，抹黑容易，抹白就要多搭人情，費更大周折。

「您、您不親自去看看？」聞刀小聲喃喃，說完也覺得這漫天大雪的，自己的要求有點不合理，遂垂了頭不再吭聲。

張津卻笑罵道：「笨蛋小子，這種事還用爺親自出面？若爺的帖子不管用，爺也不能自己直接找上門去，該出面該斡旋的，自然都要私下進行。」

「是，小人知錯。」

聞刀關心則亂，著急趕緊平息此事，把李忠從牢裡放出來，以為張津出面走一趟，自然手到擒來，卻疏忽了辦這種事，他堂堂國公世子不能貿然跑過去，應該先派個管事持名帖過去探探口風。若是小事，對方會給個活話，要麼乾脆就讓先辦了保釋；若是不成，那就表示此事不易輕了，應該找誰如何運作，自有另外一番做法。

「……這麼說，徐東野是不給這個面子嘍？」

張津面沈如水。原以為小小的商家之爭，並無實證，有他出面，京兆府應該行方便的，沒想到……

「未必是徐府尹，小人沒見到徐府尹，是師爺接待的，說案子雖小，盯的人多，舉報的頗有身分，他家大人不敢明顯徇私。」張府的大管事據實以告。

「不是海家嗎？還有別人牽扯了進去？」

若只是海家，當不起京兆府尹徐東野口中的「頗有身分」，徐東野慣來會和稀泥，他派大管事去，這麼明顯的暗示會看不懂？不能行方便，還講了一堆他自己的難處。

「你再去趟衙門，帶聞刀去見見被關的掌櫃，上下打點，別讓人在裡面受罪；再找師爺把話問清楚，就說真相如何，大家心中有數，冤有頭、債有主，爺體諒他們的難處，但給爺挖坑、打爺臉的人是誰，總要給爺個明白。別跟爺說身分，安國公府也不是白丁，若是連這個面子也不給，爺無話可說，咱們來日方長……」

張津著實有些惱了，本以為小事一樁，沒想到出師不利。京兆衙門歷來是打太極的高手，凡起糾紛，哪邊都不想得罪，若是幕後沒其他人，不會為了海家不給安國公府面子。

榮勇難得讓自己幫忙辦事，可不能搞砸了，讓他在小朋友面前丟了臉面。

榮嬌夜宿在芙蓉街，輾轉難眠。

屋裡燒著銀霜炭盆，溫暖而乾燥，榮嬌躺在被子裡，盯著床頂。事情發生得突然，從得信到現在，她整個人繃得緊緊的，不確定自己的決定是對是錯、有無紕漏。

終於萬籟俱寂，感覺很睏卻睡不著，被裡很暖，身下鋪的狼皮褥子熱呼呼的，不知不覺間，冰冷的小腳慢慢變得熱起來。

榮嬌強迫自己放鬆下來，將事情從頭細細理過。

她只想賺錢，護住自己想要守護的人、過太平日子，沒想到外面這般可怕，你不招惹別人，不意味著安全。

她知道世事艱辛，謀生不易，只是沒想到會這般難。在此之前，她所能想到的還是如何保證生意不虧、如何能賺到銀子，沒想過會攤上官司。

鋪子被封，李掌櫃被抓，她彷彿陡遭雷擊，雖然強自鎮定、安排善後，心底卻惶恐不安——萬一李忠救不出，萬一事情鬧大了，萬一她的身分被揭穿，萬一……

她不怕小樓公子現了原形，不是捨不得池府大小姐的身分，她既然做了小樓，自然想過最壞的結果，無非是被逐出池家或一死謝罪；前者她接受，若是後者，她就帶著欒嬤嬤逃走，沒有人可以拿走她的性命。

她怕的是連累了二哥、小哥哥，她怕自己沒有辦法改變前世的命運；若是不能改變命運，她做這些、重生一回，又有何意義？

不行，她絕不會因為這點事情就放棄自己的目標，豈能因為這點挫折就倒下去？李忠要救，銀子也還要賺。人不犯我，我不犯人，人若犯我，海家又如何？

有安國公世子幫忙，可保李忠無虞；庫存處理後，米鋪不開也行，被查封的貨不要也罷，本錢早收回來了，待李忠出來後，先休養些時日，再籌備藥鋪……不行。腦中似乎有個聲音在反駁，不能就這樣算了，憑什麼要忍氣吞聲白吃虧？

不這樣算了嗎？

如此息事寧人，似乎有些窩囊，至少官府要給澄清罪名，以後還要做生意，李忠還要做掌櫃，被冠上不良商家的帽子，影響不小，還是等李忠出來，若是沒受苦頭再說吧！

身下的皮褥子越睡越暖，榮嬌想到玄朗。狼皮褥子是玄朗大哥送的，前些日子，綠殳跟她說過，岐伯派人往芙蓉街送了幾大車的東西，說是他家公子給小樓公子的，皮褥子是其中之一……

這件事要不要跟玄朗大哥說？榮嬌思忖了好一會兒，決定暫且不說。

玄朗大哥不一定在京城，平素極忙，既然已經請了安國公世子幫忙，一事不煩二主，不要給他添麻煩了。

她向來是報喜不報憂的性子，若不是這次需要關係疏通，連哥哥們她都不想通知。

不過，發生這樣的事，她若是不寫信，哥哥們估計氣得要揍她的吧？想到以往小哥哥被自己氣得跳腳，卻捨不得說她，只好自己在屋裡繞圈子，禁不住想笑。

一定會好的，一定會的。

凌晨開始下雪，天明後，還有不大不小的雪花漫不經心地飄揚著，聞刀與李明等人一早各自分頭行動。

榮嬌掛念後續，想到回府後傳遞消息不夠方便，遂讓綠殳回去給欒嬤嬤送信，自己等在芙蓉街。

先回來的是包力圖，去時帶著的大包袱還在手上，榮嬌一怔。「怎麼，沒見到人？」不然東西怎麼沒送進去？

包力圖點頭又搖頭。「怕公子擔心，李明管事差小人先回來稟告。」

今天去時，鐵掌櫃事先通融的獄卒一臉為難，說昨天沒弄清楚，以為是樁小案子，捎東西無所謂，如今才知道事不小，上面有人盯著，他們底下人不敢太照顧。

「人沒讓見，捎了件棉襖進去，說是被子太招搖了。」

包力圖將事情的經過講述一番。「李明管事去處理貨了，怕夜長夢多；鐵掌櫃託人打聽消息去了，讓您不要擔心。」

榮嬌的心卻沈至了谷底。老關係的獄卒連放人進去見一面都不敢，說明事情很嚴重，上頭有人盯著，這個人不一定是海家——同樣是錢，海家的好使，鐵掌櫃給的也好使，何況鐵掌櫃身後是池家兩位少爺，獄卒明明知曉，卻仍舊不讓見面，只幫忙捎衣服進去……事情很不妙。

一瞬間，榮嬌的心如空中飄著的雪花，沒了著落。

果不其然，聞刀帶回來的是壞消息。

有張津做保，他見到了李掌櫃，被子也送進去了，可事情卻很棘手。

並不僅僅是關乎海家，買貨的是海家沒錯，生起事端的也是海家，只是其中還有人在推波助瀾。

海家的下人得到李忠的回答後，不以為然。在他看來，待掌櫃報給他背後的東家後，這事情定然是成了，那個東家只要還長著腦袋，就不會拒絕海家。

但是他回報這事的時機不對，海家小姐當時有客人在，就是出了銀子要施粥的那幾個，一聽是關於此事，起了興致，要海家小姐趕緊差人去問清楚。

海小姐以為事情辦妥了，結果待下人回來一轉述，小姐們的臉色都不大好看。什麼意思，這是不賣？當日她們一時興起湊了銀子放了施粥的大話，若是照著市價再出銀子，大家都不樂意，本來就是解悶逗樂兼行善舉，出銀子出到肉疼，誰幹呀？所以，銀子是不能再添了。

海小姐一口應承，不足的銀子她來補齊，有那心眼小的姑娘又不樂意了。大家出銀子，就算她出大頭，會不會最後成了海家小姐施粥，其他都成陪襯了？

還有那官家小姐想得更深，海家不過一介商賈，若是由著她出銀子，會不會掃了自家的臉面？像是要受她施捨似的。

這也不好，那也不成，一時就冷了場。

不知怎麼就有那心思活泛的，將目光投向了先前不肯賣米的鋪子上，就是這幫唯利是圖之輩，藉機發黑心財，哄抬物價，攪亂行情。於是千金小姐們一致決定，施不施粥還在其次，當務之急是不能讓這等宵小發不義之財，逍遙法外。

「……這幾位裡面有戶部錢主事的女兒，二皇子長史的姪女，還有石御史的小女兒。」

聞刀苦笑，張世子也沒想到與這幾家有牽扯，正在想辦法。

「這麼多家都盯上咱們那間小鋪子？」榮嬌寧願相信是聞刀弄錯了消息。

「是那些小姐，不是她們的父兄長輩。」這些女人真是心腸壞又自以為是，聞刀加以解釋。「她們派了下人，聯名去京兆衙門舉報。因為是閨閣小姐，身分不宜外傳，衙門沒備案，明面上是海家出頭。」

但京兆府自然要謹慎對待。天子腳下，勾心鬥角，又涉及皇子、戶部主事、御史等，就算始於小姑娘玩鬧，事已至此，已不能輕易收場，否則失的就是這幾家的面子。本來今日若沒有安國公府出面，京兆衙門是要立即定了李忠的罪，準備拿此事立靶子、樹典型。

儘管官老爺們都明白，遇上這樣百年不遇的寒流，商家就算漲點價也在情理之中，物以稀為貴，手裡攥著緊缺又是必須之物，賣得貴些實乃人之常情；但眼下道路不通，市面什麼都缺，百姓罵官府，他們也需要找隻替罪羊。

誰知半路殺出安國公府，京兆衙門不好肆無忌憚定罪，只好兩不相幫，秉公辦事。

這是府尹徐東野給張津的答覆，意思是：此事我不管，就這麼放著，誰有本事誰使喚，讓我定罪我就定罪，讓我放人我就放人。

「那張世子如何說？」

秉公辦事？要真是查證過了，哪裡有證據證實她哄抬物價、故意壞市？她賣得比別家還低好不好?!

「張世子說，他先去會會這幾家的當家人，李掌櫃怕是還要在牢裡待幾天了。張世子在衙門打過招呼，上下也打點過了，暫不過堂審案，不會受皮肉之苦。」

「可有說需要我們做哪些配合？」

榮嬌對張津早有耳聞，卻未曾見過，按哥哥的意思，是不希望她以小樓的身分與這些人打交道，擔心留下破綻。雖然是好朋友，但自家妹妹女扮男裝的事情，還是儘量少為人知才好。

但這次是自己求人辦事，一直不露面，只讓聞刀跑前跑後的，會不會讓張津覺得自己太托大不懂事，不夠尊重他？

「沒有，只說讓我們別著急，等他消息；不過……」聞刀欲言又止。

「怎麼？」榮嬌看他一眼，猛然想起一事。「哦，對了，是不是應該送些銀票過去？打點的花費總不好讓人家出。」

「不是為這個……就是，世子爺今天提到了您……」

也不算特意提到，張世子只問了句出了這麼大的事，也沒見主家露面，你家少爺的這個小朋友倒真能沈得住氣。

當時他就想，世子爺的這句話，是不是在隱晦地表達想與小樓公子面談？可是，三少爺又吩咐過，有事他跑腿，儘量不要讓大小姐出面，所以他就裝作沒聽懂，替小樓公子說了幾句場面話。

與張津面談？榮嬌有些遲疑。

第四十八章

「若我不露面，張世子可會不盡力？」榮嬌記得哥哥的囑咐，反問聞刀。

「應該不會，他看的是與少爺的情分。」頂多會覺得對方年紀小不懂事，求人辦事也沒個應有的態度，但這抱怨他會留到少爺面前去嘮叨，帳是不會算到小樓公子身上的。

「那就暫時不見面了，明天你帶銀票過去。」

「張世子那人傲氣得很，您若不露面，又讓小人帶銀子過去，恐他多心不悅，人情與花費，不如讓二少爺還。」聞刀比榮嬌更了解張津的為人。「小人明日去把話帶到，要不，您找個不能見面的藉口寫封信？」

人不露面，道謝或拜託的信應該有吧，不然未免有失誠意。

榮嬌也知自己現在的行為，不是誠懇地想請人幫忙的正常態度。

「還是算了，你替我向他道歉，就說這幾日實在不方便，日後必負荊請罪。」

聞刀聽後咧嘴。大小姐這話更沒誠意，親自上門負荊請罪？少爺還不把張世子搓圓了、揍扁了？

說話間，李明幾個回來了，倉庫貨已出清，銀貨兩訖，留了部分米麵、炭柴自用。

待知曉李忠的情況後，大家都一籌莫展。「東家，眼下只能等張世子那邊的消息？」

昨晚榮嬌就說過，一事不煩二主，請託多了，反倒容易壞事，既然拜託給了安國公府世子，就請他全權操作，不再另找別人。那自己能做什麼？就這樣等著？

這個問題，榮嬌也在想，信任張津的同時，她不想將全部希望寄託在別人身上，自己坐以待斃。

「雖然有張世子幫忙奔走，我們也不能什麼都不做，至少準備些證據，爭取主動。」

既然舉報她的鋪子哄抬物價，那自己就拿出證據來，證明與其他商家相比並無違法之處；價格方面，也是隨行就市隨大流而已，定價上從來不高，不曾有哄抬之說。

若無張津介入，這些所謂的證據未必有用處，衙門那裡根本不給她說話的機會；可現在不同，就算他們想扣這個帽子，也得有真憑實據，不能上下嘴皮子一動就坐實罪名。

舉報不等於屬實，單憑海家一家之詞，是不足以定罪的，她完全可以反咬一口，說海家強取豪奪不成，惡意誣告陷害。

「從明天起，你們所有人到外頭搜集證據，從天冷以來，每天誰家賣貨、價格幾許，盡可能詳細調查清楚，每家至少要查訪三到五個買家……不需要他們出庭作證，只須記清名字、住址，以備查驗。」

小姐們舉報不法，張世子說沒有，大家都是紅口白牙，那就拿出確鑿證據，證實自己沒有，是對方誣告。

真是個憋屈的主意。

於此同時，張津也在書房裡大罵。

他沒想到自己居然連連碰壁。本來就是自家女兒不辨是非、魯莽惹事，他這個苦主……

嗯，苦主的朋友找上門，原本以為私下裡將事情說開，一場誤會，榮勇的朋友表明不追究的，他們幾家派個人到衙門一說，這事就結了，大家都有面子……

沒想到，錢主事那個老頭，跟他打官腔說什麼不是不從世子爺之命，那是海家人舉報的，與自家無關；如此天災，囤糧實屬喪盡天良，既有嫌疑，當查！世子爺光風霽月，不知那等小商小販最是利慾薰心……

石御史更是裝腔作勢，擺出一副憂國憂民的樣子，而二皇子的長史沒見著，說是外出辦差了，其他人不知曉此事。

都是些屁！他就不信了，這麼小的事怎麼突然如此難搞？

幕僚稍一琢磨，也明白其中的奧妙了。「世子爺，他們這是打算將錯就錯了。依老夫猜測，他們恐怕早已責罰過家中小輩，但那日官差動靜不小，若是去京兆府打招呼，不是落實了治家不嚴、小輩誣告？索性裝聾作啞，以為一介小民沒有靠山，辦了也就辦了，京兆府徐東野那裡也需要殺雞儆猴，彼此便心照不宣了。您雖出面，畢竟是受人之託，助人解圍，那畢竟也不是咱府上的鋪子。」

安國公府的幕僚將事情掰開了分析給張津聽，張津也聽明白了。也是，在別人眼裡，自己府上的事與替別人幫忙，當然是有區別。

「世子爺說得是，在錢主事、石御史看來，這事可大可小，若是賣安國公府面子，自己折損些倒也無妨，可現在您是受人請託，他那廂卻是關係自己顏面……」

張津眼一瞪。「這事就是爺自己的事，況且本就是誣告！」

幕僚只是笑笑，沒說話。誣告不誣告的，大家心知肚明，說你合法你就是合法，說你乃奸商，你就是奸商，證據要多少有多少。

「你說吧，爺如何才能擺平此事？」

「世子爺願為此事出幾分力？」幕僚見他問得正色，也認真起來。

「自當盡全力，等同於府務。」張津一臉堅決。「爺先頭是太給他們面子了，還親自登門拜訪——給臉不要臉的東西！這就派人去跟他們說，這件事爺管定了！此中是非曲直，大家皆了然，鬧大了，怕他們不成？」

榮勇的事就是他的事，榮勇朋友的事，嗯，也是他的事。

「胡說八道。」

簾外傳來一道威嚴的男聲，張津的父親、現任安國公走了進來。

「請託幫忙，如何等同府務？」

安國公在外面聽了一會兒，實在忍不住，方才出言打斷。歷來幫忙都是視情況斟酌，幫是人情，不幫是常理，哪有像他這樣大包大攬的？好聽點是仗義，難聽點就是個不知深淺的傻子。

「爹，不給我面子，就是不給咱們府面子嘛！」

「我問你，你上竄下跳的給誰辦事？幫誰的忙？」

他在外面都聽見了，到現在拜託幫忙的人還沒露面呢，一個商人在國公世子面前如此託大，真當自己兒子是傻的？

「榮勇的朋友鋪子出了點小問題，他人在大營回不來，找我幫忙。榮勇不是外人，兄弟的事可不就是我的事？」

「鋪子是他的？」安國公瞥了他一眼。

「不是，榮勇朋友的。」張津答得自然。

安國公臉色微沈。「嗯……榮勇人沒來信，託你幫忙的也沒露面，裡外就是池榮厚的小廝指使著你在忙活，我沒說錯吧？」

「也不能這麼說。」張津笑得有些不自然。「榮勇以前特意寫信提過，讓我多照顧的，這不雪大路阻，信件來往不便嘛，事情急，自家兄弟不必計較這個。」

安國公面有不豫之色。「你倒是熱情……這件事，你不要再插手了。」

「為何？」張津驚訝。「還等著救人呢！撒手不管以後還怎麼見榮勇？恕兒難從命。」

「都城遭遇天災，聖心甚鬱，今日上朝斥責各部及京兆衙門，怪他們準備救助不力，連對欽天監都多有微詞，如此大災事先竟無預警。在這個節骨眼上，榮勇的這個朋友被盯上，怕是不好脫身。」安國公將局勢講給兒子聽。「此人至今不曾露面，只差池榮厚的小廝來回傳話，於情理不合，實非君子所為，不值得相交。」

「父親怕是多心了，榮勇的眼光您還信不過嗎？」

對於小樓不露面的事，張津也沒有更好的解釋，但他相信好友。

安國公制止了急欲辯解的張津。「你先給榮勇去信，問明來龍去脈，等回信的這幾天，該關照的還是可以關照，只是不許你打著國公府的名義上竄下跳。」

「這不行，若榮勇回信確有此事，豈不延誤了？」張津卻不同意，萬一徐東野那邊見他沒下文，以為是撒手不管了，直接入罪如何是好？

「你想禁足？」

安國公一瞪眼。混小子！怎麼一點覺悟都沒有？都說了這件事不宜插手！

李明走進小書房，小心翼翼取出懷裡的一疊紙。「公子，這是搜集整理的信息，請您過目。」

榮嬌接了過去，仔細看了一遍。

「聞刀呢？讓他把這個送給張世子——」

「聞刀哥一早就去安國公府了，現在還沒回來。」

這幾日，聞刀也是每天都去安國公府報到，詢問事情的進展。

「哦，那我們正好趕在他回來之前先抄錄一份。」

聞刀每日都去，榮嬌擔心張世子煩他催得急，可李忠還在牢裡，事情懸而未決，只恐拖下去夜長夢多，也就默許了聞刀的行為。

「怎麼了？吞吞吐吐的？」

玄朗掃了阿金一眼，明明話多還做出欲言又止的樣子，有必要嗎？

「公子，小樓公子近日還好吧？」

「小樓？」

玄朗一怔，實在沒想到阿金彷彿忍了好久的話，居然是關於小樓。「挺好，發生何事了？與小樓有關？」目光瞬間變得凌厲幾分。

「也不確定……屬下上午出去，路過京兆衙門大牢時，見到小樓公子的車夫拿了些東西，像是探監。」

於是他一時好奇，逕自去探聽了幾句，守門的差役只說他是來給開米鋪的探監。

「屬下找了衙門的主事問過，開米鋪的叫李忠，備案契書上東家是他。」

「李忠？」

玄朗想到小樓手下有個掌櫃叫李忠，是同名同姓，還是……

「小樓公子的車夫見的就是這個李忠。屬下還打聽到除了安國公府派人打過招呼，池府的聞刀也去過兩次，這鋪子真正的東家會不會是……」

是小樓的？玄朗眸色多了分凝重。「因何犯案？」

若真是小樓的，出了這麼大的事，岐伯那裡怎麼沒有半點動靜？

岐伯不會不報，那就是小樓沒想到要找自己幫忙？

玄朗萬年平靜的心湖宛如被丟了顆石子，泛起點點漣漪。

「沒見著？。」

榮嬌難掩失望之色。

聞刀點頭，也很失落。事情還沒辦妥呢，世子爺離開都城，還怎麼進行？管家說世子爺交代人繼續跟進，可世子爺親自出面都尚未解決，換了管事能行嗎？

竟是離城了？榮嬌的心徹底涼了。「那……咱們的事情？」

「管家說世子爺做了安排，可以去探監。衙門那邊答應緩幾日，到時世子爺就回來了……」聞刀心裡也沒底。「要不，小人再找找別人？鎮西侯府的小公子，二少爺是他的救命恩人。」

榮嬌穩穩心神。「張世子爺有這個意思嗎？要我們另找別的門路？」

「沒有，不過國公府上的管事似乎意有所指，也許是小人悟錯了意也是有可能的。」國公府管事客氣又誠懇，可是他的語氣與表情，讓聞刀不知是否自己多心了，彷彿是在隱晦地告知他，國公府不想管此事了。按說以張世子與少爺的交情，不可能這樣，所以他也亂了方寸。

榮嬌聽了他的話，也難下決斷，他既是二哥的莫逆之交，按說不至於如此，或者其中另有隱情？

兩人正在猜測，忽聽外面一陣凌亂的腳步聲，李明面有驚色地衝了進來。「公子，忠叔被提審，受了刑。」

什麼?!榮嬌大驚，不是說會暫緩嗎？怎麼突然過堂還動了刑？上午包力圖去送東西時還好好的，怎麼突然如此？

「千真萬確。小人今天路過春和樓，想到忠叔最愛吃他家的肉包子，秤了幾個想趁熱送進去，獄卒不讓我進，說是上頭又下了嚴令，還說忠叔被過堂，因為拒不認罪，被上了刑，這一、兩天就要判決定罪了。」大冷的天，李明滿頭是汗。「公子，現在怎麼辦？安國公世子不是在幫忙嗎？聞刀，你快去找世子，問他知不知道這個情況？」

「可張世子出城辦差了。」

驚聞此變，聞刀也急了，這個節骨眼上偏偏張世子不在，找誰救命去啊？

滎嬌震驚過後，已來不及去分辨張津是不是有意避開，現在說這個也毫無意義。

「聞刀，你現在就去找安國公府的管家，問他可有應對之策？把我們準備的證據也帶過去，若他為難搪塞，至少讓我們能給李掌櫃送藥進去；還有，託他打探一下突來的變故是為什麼。」

這種天氣，受了刑傷，真能要了人命！

「李明，你去找鐵掌櫃，讓他也幫忙打聽，快去快回。」

「是。」

兩人匆匆離去。

「公子……」

綠殳面帶憂色。原本說好要回三省居了，嬤嬤都快急壞了，這會兒突起波瀾，姑娘一時半刻又回不去了。

不管張津是有意還是無意，指望他總是不成，要再想法子。

「我們去趟曉陽居！」

即便玄朗不在，岐伯見多識廣，找他問問計策也是好的，總強過她自己失了分寸，慌亂中做出錯誤決策，誤了大事。

第四十九章

岐伯竟然不在——真是諸事不順！

榮嬌心急如焚，哪有心思在此等待，只得給岐伯留了話，沮喪地帶著綠殳返回芙蓉街。

天氣酷寒，街上很少有人走動，北風呼嘯，將沿途商鋪前掛幌子颳得飄來蕩去，身無所依。

有那麼一瞬間，榮嬌覺得自己好像就是風中的布，不管是想停還是想動，全由那風說了算，自己全然做不了主。

若是她不能救出李掌櫃，攤上這樣的罪名，按律沒收家產，流放十年；若是要從重嚴判，或有性命之憂。李忠只是奉命行事，所有的主意都是她定的，只是文書上只能看到李掌櫃的名字，即便她此刻去衙門想要替了他都不行；況且，她若一去，會牽扯出更多……

可若就此放棄了李掌櫃，她終生不得安寧。

榮嬌恨不得潛入那幾個生事之人府上，將其痛打一頓。

「綠殳，我們買些紙墨回去。」

目光掃過牆上被風揭走了大半張的告示，一個模糊的念頭閃過腦海，榮嬌不待細想，先做準備再說。

買東西耽擱了些時間，回到芙蓉街時，聞刀和李明已經回來了。

安國公府那邊只說一有消息馬上通知。

「那藥呢？送進去沒有？」

安國公府的反應在榮嬌的意料之中。

「不行。」聞刀苦著臉。「我和李明都去過了，不讓人見，說是上頭有大人物過問此案，不敢再行方便。藥留在獄卒手上，他答應找機會捎進去。」

「公子，眼下應該怎麼辦？」李明從衙門那邊打聽到幾句。「聽說今天上午有上面的人問到此案，衙門不敢再拖，所以就急忙搶先過堂……」

怎麼辦？她也不知道。

榮嬌抿緊了唇，小臉一片冷肅。

屋內氣氛凝重，外頭忽然傳來稟告聲。「公子，有客拜訪。」

幾人同時一怔，榮嬌更是納悶，誰會在這種天氣來這裡拜訪她？誰知道這處宅子是她的？

「我去看看。」聞刀如一陣風似地跑了出去。

「……玄、玄朗大哥？」

榮嬌看著聞刀請進來的人，吃驚地張大了嘴巴。怎麼會是他？

「嗯，是我，來得太冒昧了？」

玄朗披著黑狐皮的大氅，帶進一股寒意，外頭又在飄雪，油亮的皮領子上沾著星星點點的雪粒。

與她的訝異比起來，他顯得隨意自然，提步上前，幽黑的眼眸迅速打量了榮嬌幾眼。

「怎麼瘦了？臉色青白，沒休息好？」

「啊？」榮嬌沒反應過來。

「啊什麼啊，大哥初次登門，連杯熱茶都不請我喝？」

玄朗一邊開玩笑，順手解下披風，搭在一旁的椅背上。

「不、不是，大哥請坐。」

榮嬌從怔怔中回神過來，掩下意外與驚奇，吩咐上茶。

趁玄朗四下打量著室內陳設，榮嬌偷偷看他，猜測他的來意。要不要求助玄朗？本來她就想找岐伯的……

綠殳奉上熱茶，玄朗捧在手裡，輕撫著杯蓋，關切地問道：「小樓，這陣子過得如何？」

小傢伙肯定過得不好，瞧這小臉瘦的，下巴也尖了，眼睛越發大了，黑白分明的大眼睛輕輕投過來，撲閃撲閃，竟有種動人心魄的光芒。

「還、還好……」

榮嬌的心底泛起一股委屈，勉強扯出一抹微笑。總不好上來就哭訴吧？玄朗又不是二哥、小哥哥，若此時出現在她面前的是哥哥，她一準什麼都不管，先大哭一場再說。

「那就好。」

玄朗眸光微閃，暗自嘆口氣。這個小傢伙，還是拿他當外人啊！出了這麼大的事，沒找岐伯不說，自己都上門當面問他了，還在掩飾。

「我瞧你神色不好……小樓，你可還記得，大哥之前說過，你若有事，隨時都可以找我？」

「嗯。」是說過，不管這句話是不是客氣，她也不能總麻煩他，玄朗又不是自己的什麼人。

唉，小孩子自尊真強，是臉皮薄不好意思說，還是怕自己能力不夠，說了還要多一個人徒增煩惱？想到小樓雖要強卻也懂得審時度勢，不開口求助，想是怕自己為難……玄朗的心就軟了。

「小樓。」玄朗微頓，聲音越發和緩。「阿金上午去京兆衙門辦事，看到你的車夫去探監，鋪子的事，我知道了。」

知道了？榮嬌呆呆地看著玄朗，嘴巴似乎不受大腦控制地說：「大哥有辦法？」

玄朗臉上的笑意變深了。「嗯，有。」

他本來想裝作不知道這件事，暗地裡讓人幫忙把事情擺平了，轉念一想，又怕他著急擔憂，乾脆直接上門明言，讓他放心。

他還藏了個小小的心思，他想知道若自己此時出現在小樓面前，他會不會開口讓自己幫忙。

有辦法？

榮嬌的眼睛迸發出驚喜的光芒，如暗夜裡的星辰，光彩奪目。「大哥，你真的有辦法？

他們說上頭有大人物關注此事，必須嚴懲，可李掌櫃是冤枉的，沒做違法的事。」

玄朗溫和而篤定地點點頭。「放心，能解決。」

是真的嗎？「不會定罪流放？」

「不會。」

「李掌櫃能全身而退？」

「能。」

「那什麼時候可以？李掌櫃身上有傷……」

「很快，最多不過三日。」

本來現在就可以將李忠放出來的，只是小樓無緣無故被欺負了，怎麼也不能就這麼算了。

不過如此就要委屈李忠在牢裡再多待兩天，現在不是放他出來的時機。「我來之前已經安排大夫去了，是皮外傷，並無大礙。」

「謝謝大哥……」榮嬌的聲音裡帶了幾分哽咽，彷彿驟然卸下了心裡的巨石，如釋重負的同時又生出悔意，只恨自己未曾早些找岐伯，那樣李掌櫃便不會受刑，自己也不必急得五內如焚。

看著玄朗溫暖撫慰的笑容，她不由覺得喉嚨又酸又熱，忍不住紅了眼眶。

「沒事了啊，有大哥呢！」

不知為何，玄朗看著他紅著眼睛、抿著嘴，倔強地忍著在眼底打轉的淚，心裡便發軟。

還是個孩子呢，獨自撐著，也難為他了。

他不由自主地放低了聲音，含著一絲未察覺的寵溺與憐惜。「以後不管什麼事，都來找大哥。」

玄朗覺得自己有必要打鐵趁熱，再次向小樓灌輸強調有事找大哥的認知。「小樓，可是大哥哪裡做得不夠？」

「嗯？沒有啊！」

榮嬌愕然，一個不小心，兩顆眼淚就奪眶而出，順著臉頰一路滾了下來，落到衣服上，滲進衣料裡不見蹤影，只留兩處淚漬。

宛如被水洗過的墨玉眼睜得大大的，略有緊張地盯著玄朗，神色間滿是否定、疑惑與認真。

大哥突然登門，主動來幫她，她心裡全是感動，怎麼還會覺得他不好？

說起來，玄朗待她一直很好，亦師亦友亦兄，自己不能以誠相待，感激羞愧還來不及，怎會覺得人家做得不夠好？說句話的應該是她才對。

「為何不告訴我？」

這才是令玄朗不舒服的原因。他一個小人兒，遇事無依，情急之下，能間接透過池榮厚的小廝去找池榮勇的朋友幫忙，卻沒想到來找自己？

小樓是池榮厚的朋友，池榮勇是池榮厚的二哥，張津是池榮勇的朋友，多麼七拐八繞的關係，放著他這個最直接的大哥不用，去求別人……玄朗也不知道自己怎麼忽然就小心眼了，對這事如此在意。

自從聽了阿金報告之後，他心裡就一直不舒服。小樓有事，第一個找的居然不是他？第二個也不是，而是居然沒想到找他！

張津根本就是未曾謀面的陌生人，竟將希望放在他身上，就因為他是池榮勇的朋友？小樓對池家兄弟就這麼信賴？不就是認識得早一些嗎？

不舒服中還有些許的挫敗，是他這個大哥做得不好吧？

「我……我去找過岐伯了，他不在。」

榮嬌也後悔，早知道玄朗這麼有力，她就不去請託張津了。二哥不在府中，她又不認識張津，哪有大哥關係親近？

「哦？」

玄朗挑挑眉，有些意外，他甫一聽聞此事就找過岐伯，岐伯說他不知道。

「我……下午去過，才、才回來……」榮嬌吞吞吐吐，在玄朗的注視下，臉就紅了，垂頭喪氣地咕噥道：「我知道我錯了……我怕給大哥添麻煩……」

玄朗又不是親哥哥，什麼事都會不計代價地替她去做。

「你呀，小小年紀，想得太多，難怪不長個兒。」

玄朗無奈地嘆息了聲，小孩子太懂事了也不好，讓人心疼。

「大哥不怕麻煩，以後記住了。」

看來小樓對自己是大哥的認識不夠，要不要乾脆正式結為金蘭兄弟？

玄朗念頭轉了幾轉，又放下。他自己才是一身麻煩，若小樓是他結拜兄弟的消息外洩，以後別想清靜了。

還是算了，只要他認這個小兄弟，形式不重要。

「是，下回我一定記住了。」最好沒有下回，這種倒楣事千萬不要再來。

榮嬌心有餘悸，心思又回到事情上。「大哥，你準備怎麼做？我這裡搜集了一些信息，你看可有用處？」說著將李明等人搜集到的證據遞給他看。「我們真沒有哄抬價格，是那些人胡亂栽罪名。」

玄朗翻著手裡的東西，臉上露出讚賞的笑容，抬手摸了摸榮嬌的腦袋。「做得好。」阿金的手下已經在查，有了小樓的這份東西，便能更快些。

「你弄了這個，原先打算怎麼用它？」玄朗饒有興趣地問道，就知道小樓不是只會傻等著依靠他人，自己不做半點準備的。

「想託人呈給衙門，做為佐證。」她原本是要遞給張津的。「官府若不用，我就抄許多份，夜裡上街貼公告。」

她知道偷貼公告多半是於事無補，或許還要被列為同黨追究，可至少要為自己辯解；官府不讓他們說話，她就自證清白。

「不錯。」

玄朗看著他認真的小臉，不由心情大好，不愧是他的弟弟，就要有這股不服輸、不甘心的勁兒。官府又如何？不能秉公執法，就算嗑掉自己的牙也要咬一塊肉下來。

「大哥定用這份東西幫你出氣。對於海家，你有何想法？」

海家呀……小樓赧然。「沒想呢，之前只想揍海小姐一頓，誰讓她起壞心！」

揍一頓？玄朗被他這滿是孩子氣的話逗得大笑，到底還是個孩子，被人欺負了，只想打回一拳、反踢一腳嗎？不由得忍不住逗弄他道：「揍一頓豈不太便宜了？好男人不打女人，別為她污了咱們小樓的手，不如讓她給小樓做個端茶倒水的小丫鬟……」

「才不要。」

這話要是從別人口中說出來，比如三哥說的，準是玩笑話；若是二哥……嗯，二哥才不會說這種話，會直接將她父兄揍一頓。

偏偏玄朗看似最端方不過，一本正經，讓人拿不準他輕描淡寫的是在開玩笑還是要動真格的。

「我有得是貼心丫鬟，才不要她。」還端茶倒水呢，萬一往茶裡下毒呢？

「哦，那算了。」

玄朗聽了，眸光微閃，似有所思。小樓說他有得是貼心丫鬟，可自認識以來，他身邊只有一個啞僕小廝，從未見過丫鬟。

他這話是脫口而出，想來貼心丫鬟之事屬實。如他這般年紀的小公子，貼身隨侍的是丫鬟也應該，丫鬟比小廝更體貼周到；只是……玄朗不動聲色地環顧四周，這座小宅子，應該住不下太多人吧？小樓獨居此處？

他越想越覺得疑問甚多，可事涉隱私，他無意多打探。

「天色不早，大哥該告辭了。」

玄朗略有躊躇，不知小樓家裡可有長輩，按說他既然登門，理應請安……小樓沒提，他自己也心有顧慮，不知要不要主動開口。

「大哥，不如用了晚膳再走吧？」

這番躊躇落在榮嬌眼裡，卻想到了他處。已是晚飯時辰，大哥為了自己的事奔忙，不留飯有些不近情理。

「我這裡的廚娘手藝雖不比外頭大廚精妙，家常小菜還是拿手的。大哥留下吧，順便也可嚐嚐我的手藝——」

哦，榮嬌險些咬掉自己的舌尖，一時口無遮攔，竟忘了自己現在是男子，以往犒勞哥哥們，要麼是她下廚房做幾道小菜煲一鍋湯，要麼就是做針線鞋襪，除了吃食衣裳，她也給不了哥哥們別的，久而久之便成了習慣。

玄朗幫她這個大忙，心情驟然輕鬆，一時忘形，竟將與哥哥們的相處習慣洩漏了出來。

「小樓還會下廚？。」

玄朗真的驚訝。君子遠庖廚，他雖沒這些規矩，也知小樓素來跳脫，不可按常理看待，可聽到他要讓自己嚐嚐廚藝，著實意外，誰家的小公子沒事會練烹飪技藝？

榮嬌面露尷尬，眼珠轉動，恨不得摑自己兩巴掌。

「那個……也不是啦，會一點點……自己動手，豐衣足食嘛，這樣若誤了飯點，也不至於挨餓……」

本來就是嘛，若沒有嬤嬤，她就是飢一頓、飽一頓，嬤嬤的好廚藝就是為了不讓她餓肚子才練成的。

這番心虛的解釋，玄朗卻聽得一陣心酸。小樓以往在家裡，竟是受虐的不成？不然誰家的小主子誤了用飯時辰就要挨餓？總不至於家教嚴至如此吧？

「今日就不了，改天再嚐嚐小樓的手藝。」

他想說點別的，又怕小樓難堪，只將手掌落在她的肩頭，輕拍了兩下。「大哥先走了，這幾天好好休息，凡事有大哥，鋪子和李掌櫃都不會有事。」

咦，他竟沒多問？

榮嬌抬頭看了看玄朗，他眼裡沒有懷疑和探究，只有滿滿的憐惜和關心。她輕輕鬆了口氣，又覺有些對不住。「那，大哥有時間，讓岐伯告訴我……」

*別再來這兒了，我不一定在——*玄朗竟然聽懂了這弦外之音，溫和地笑了笑。「好，到時讓岐伯提前與你約日子。」

榮嬌送他到大門，玄朗的目光在她半舊的灰鼠披風上微微停頓。之前給他的皮子沒有做衣服嗎？是捨不得做，還是被別人據為己有了？

「天冷你穿得單薄，快進去吧……」

最終所有的關心與疑問化為心底無聲的輕嘆。還是別問了，萬一有隱情，倒讓他難堪，既送了他，就是他的東西。

「嗯，大哥慢走。」

縈嬌精緻的小臉蛋裹在風帽裡，看上去還沒有巴掌大。「大哥走了我就進去。」

「那我走了，你快回吧！」

玄朗笑笑，順手將她被風吹得有些歪的風帽撫正，手落下時，不著痕跡地試了試披風的薄厚，眼底碎星閃動，卻什麼也沒說。

縈嬌送走玄朗，帶著綠殳匆匆回三省居，臨走前將好消息告訴李明、聞刀幾個，喜得李明咧著嘴笑。

待縈嬌毫無聲息地回了三省居的閨房，欒嬤嬤又心疼得落淚，才三天，姑娘臉上的肉又都沒了……

第五十章

玄朗辦事果然極有效率，第三日，李忠便無罪釋放，鋪子解了封，之前被沒收的米炭因為已移做他用，官府按照時價付了銀子，還多賠付了一倍。

官差當日封鋪子時甚是粗暴，損壞的東西也全部照價賠了銀子。

李忠放出來的同時，衙門去了一個主事，在鋪子前敲鑼打鼓，親自揭了門上封條，貼出正名告示，以示清白。

榮嬌聽說李忠出獄了，特意到芙蓉街探望，見他消瘦不少，雖過堂時被打了板子，行動不便，還好沒有性命之憂。

李忠趴臥在床上養傷，榮嬌去時，他硬要爬起來給榮嬌磕頭。這幾日，一波三折的變故及榮嬌竭盡全力的救助，他都聽李明說了，東家年紀雖小，卻是有擔當、有情義的。

直到這一刻，李忠等人才徹底發自內心地將榮嬌視為主子。

榮嬌並不知曉他們的心思，能出來就好，事情完滿解決，銀子也多賺了一些，說起來算是有驚無險。

「你好好休養，等養好傷再論其他。」

見李忠趴在床上還惦記著鋪子的事，榮嬌出言寬慰。眼下貨出清了，鋪子開門也沒東西賣，索性先關著，李明、李勇幾個這陣子跑前跑後，神色憔悴，天冷也沒什麼緊要事做，大家正好藉此休養幾日，商量後續之事。

「藥鋪的事……」

李忠還想繼續談，公子來一趟不容易，他現在滿腔熱忱，充滿著感恩戴德之情。

「這個不急，養好傷再說，年前咱們只籌備，就是要開業，也得過了年開春後。」

榮嬌理解李忠的心情，不過真的不必如此。「李掌櫃，咱們是一家人，你出事我搭手是本分，說起來，倒是我要給你陪個不是，讓你白受了一遭罪。」

此言非偽，李掌櫃若是有個好歹，她確實良心難安。

「公子，那舉報的幕後之人……」

到現在，李忠也是糊塗的。之前倉皇入獄，接著李明來探監，說是請託了安國公府的世子周旋，很快會沒事的，然後卻突然過堂，挨了頓板子；就在他以為此事斷無善了時，他突然換了單間，有郎中看傷上藥；又過兩日，李明將他接了出來，道是事情已經解決。

李明說是小樓公子請了曉陽居的東家玄朗公子幫忙，但安國公府辦不成的事情，玄朗公子可以？

無罪釋放，還了清白，加倍賠了銀子……這一切像作夢似的。

「這回不會讓你白吃虧的，該討的債咱們一定要討。」

沒等榮嬌有所行動，過了兩天，又一個消息炸了出來——遍布大樑城的通源糧店被查封了，罪名是哄抬物價，以次充好，攪亂市場。

榮嬌聽到這個消息，甚覺意外，拍手稱快之餘又啼笑皆非，這真是作賊喊捉賊啊！

據她所知，通源糧店是海家的產業，全城糧價的制定者，這段時間所謂隨行就市，實際上都是通源賣什麼價，大家跟著賣什麼價，高低漲幅皆在通源的一念之間。

她真想不通，明明海家自己有糧，要施粥幹麼還要出來買米、買炭？難道自己家的米要留著高價賣出賺錢，別人家的米就要仗勢以低價收購？

還有那些個狗屁的戶部主事、御史大夫，搞不好暗地早就與海家勾結、沆瀣一氣，表面上還裝著大義凜然，身在其位，不謀其政，也不是好東西。

還真讓她猜中了，通源被查後，先是戶部錢主事利用職權之便，大肆收受賄賂，跟著落馬的是石御史，素以君子自喻的他，爆出寵妾滅妻的醜聞。一個證據確鑿，抄家受流放之苦，一個罷職丟官。

榮嬌聽著聞刀遞進來的消息，嘴角翹起老高。不是她幸災樂禍，看結過梁子的人倒楣，實在是大快人心！

不行，她得去曉陽居走一趟，即便見不到玄朗，也得讓岐伯替自己帶話，道聲謝謝。無論是不是玄朗的手筆，總之李掌櫃是他施以援手，而幕後黑手逐一落馬，不管是誰揪出來的，反正她是跟著出了口惡氣。

「玄朗公子幫了這個大忙，姑娘得好好謝謝他。」欒嬤嬤對榮嬌的想法倒是贊同。「人情債最難還，非親非故的，能施以援手，這個人情總欠著不好。」

還有些心裡話，嬤嬤沒敢挑明。這位玄朗又不是自家兩位少爺，哥哥幫妹妹天經地義，玄朗可是沒有關係的外男；說是把姑娘當弟弟看待，可這弟弟不是真的，萬一有一天他知道弟弟是女子，生出些不好的想法來，硬要拿人情說事怎麼辦？

吃人的嘴軟，拿人的手短，欠下人情，總是心虛氣短，聽說縈嬌要答謝玄朗，欒嬤嬤是萬分贊成。

「應該的，姑娘得備份厚禮，好好謝謝人家。」

備厚禮？也是，總不能只用嘴巴說說；可是，送什麼好呢？玄朗有錢，看來什麼也不缺，送禮也要投其所好，不知道他喜歡什麼？

「玄朗公子是男子，二少爺、三少爺喜歡的，他多半也能用上，就比照兩位少爺的來。」欒嬤嬤不覺得這是件為難事。

比照兩位少爺？縈嬌忍俊不禁，嬤嬤之前想出一大堆有的沒的，讓人好笑，這會兒倒又簡單直接得令人不敢相信了。

她給哥哥送得最多的就是吃食衣物，難不成要親手做點心、裝個點心盒子送過去？還是動針線，做件外袍、送個荷包的？

誰家的小公子送人這些東西的？這不等於直接告訴玄朗她是女的？

「咳咳，嬤嬤老糊塗了，淨出餿主意……」

縈嬌一揶揄，欒嬤嬤老臉一紅。可不是糊塗了？居然讓姑娘比照兩位少爺的來做，玄朗公子可是外男，送姑娘親手做的東西，這不成了私相授受？

「沒那麼嚴重，要不去二哥店裡找柄好劍或短匕送他？」

也不知道玄朗會不會武，他看起來斯文，一副文書生模樣，好像也沒見他佩劍？縈嬌回憶著與玄朗的會面，確定未見他帶過劍，裝門面的文士佩劍也沒有過，倒是用過扇子。

「這個天要凍死人，扇子不應景，除非能弄把不一樣、貴重的。」欒嬤嬤這回打起十足精神，幫著榮嬌一塊兒出主意。

那倒是，普通的扇子當然送不出手，除非材質非凡或扇面出自大家之手、或是前朝古物，符合這些條件的，她一把也沒有，哥哥們也沒有。

「不如還是送把劍？」

玄朗大哥雖斯文卻不瘦弱，就算不好武，送把劍也得宜。哪個少年沒有仗劍走天涯的夢想，這完全符合小樓公子的身分，到時只說是自己喜歡才送他的。

「也好……不過豈不是又要占哥哥們的便宜了？」

她從店裡拿東西，鐵掌櫃肯定不會收錢，這樣一來，倒成了她送禮、哥哥們掏錢，也不好。「要不我也回他一件毛披風吧？」

玄朗突然拜訪芙蓉街的次日下午，岐伯派人給小樓送了東西，說是公子特意吩咐的。東西是一大包衣物，兩件簇新的狐皮披風，一件玄色面鑲紅邊內裡黑狐裘，一件銀底暗竹紋面白狐裘，用的是上好皮子，輕軟暖和。還有兩件新製的絲棉錦袍，兩雙厚底的小牛皮冬靴，兩雙厚羊毛冬襪，無論衣物還是靴襪，長短大小與榮嬌的身量正相合，明顯是特意為她縫製的，想來是他看到自己身上穿的披風舊了。

收到這份禮物，榮嬌感動之餘還有些尷尬。之前天未冷時，玄朗送過她一些上好的皮子，讓她做冬衣，她覺得自己出門少，又正在長個子，做了衣服穿不了幾回就小了，糟蹋好東西，所以把玄朗送的皮子給哥哥們一人做了一件外袍，自己將哥哥們以前的舊披風改了改，想著反正也穿不上幾次，其實也有五、六成新，而且她裡面穿的毛皮背心都是新做的，很暖和……偏偏讓玄朗看到了……

人家送的東西被她移做他用，雖然送她的就是她的了，心裡還是有些不自在，彷彿做了不好的事情被抓了現行。

結果玄朗當場沒問，反而派人送來了成衣……榮嬌的心裡五味雜陳。

所以，實在沒禮物送，送衣物也沒關係吧，玄朗都送她幾次了。

「那可不一樣。」欒嬤嬤反對。「他居長，可說關愛幼小，他又不知道姑娘的底細，送的也是男子衣物，即便將來說開了也無妨；您若是照樣回送，可是不妥。」

相同的行為，意思卻未必相同。

說起來，玄朗公子倒真是個體貼的有心人……欒嬤嬤暗自感嘆。連她都忽略了裘衣舊了不如新的暖和，覺得姑娘裡面穿得厚暖，外面的大氅雖舊卻也是厚實的，應該不會受凍，卻不想天冷，舊的確實不如新的禦寒。

以後給姑娘準備的衣物要一式兩份，切莫因男裝穿用得少就疏忽了。

可惜玄朗公子年紀大了幾歲，家中已有妻室兒女，不然人品樣貌倒也配得上姑娘……

兩人琢磨了半天，也沒討論出滿意的回禮來，但道謝的事宜早不宜晚，人家幫了忙，自家不能不領情，禮物可稍後再送，表達謝意的話要及早，不能拖。

於是榮嬌認真地寫了封道謝信，正好欒嬤嬤新做了梅花糕，味道不錯，專程去道謝不能只帶封信，應景的梅花糕加上蜜餞果子，裝了滿滿兩個食盒，好事成雙嘛！

蜜餞也是自己做的，欒嬤嬤最愛折騰這些，以前榮嬌太過安靜，整天沈默寡言，唯獨在美食面前還有些笑容，嬤嬤就在這上面鑽研，費盡心思，力求味道特別能得她一笑。

這些年下來，欒嬤嬤做的，就連尋常的桃脯漬梅子也別有一番風味。

榮嬌打開食盒，看過欒嬤嬤的選擇後，忍不住抿嘴笑。

欒嬤嬤不曉得玄朗喜好，根據兩位少爺的口味，甜酸軟酥的裝一盒，鹹脆硬爽的裝一盒，樣樣兼俱，總有一款是他喜歡的；就算他哪一種都不喜歡，也沒關係，反正送禮講究的是誠意與心意，各種口味都備齊，禮輕情意重。

榮嬌用過午膳，換了男裝，這回穿的是玄朗送的大氅。果然人靠衣裳馬靠鞍，銀色素面白狐的大毛領襯得她一張小臉越發欺霜賽雪，眉色如黛、目似點漆、唇紅齒白，好一個俊俏貴氣的小郎君。

欒嬤嬤看了心驚肉跳，姑娘眉眼越長越精緻，這副樣子走出去，實在是太惹眼。

榮嬌自己對鏡照了照，也覺得有點出挑，取了粉膏揉開，往臉上輕撲一層。都說一白遮三醜，反之亦然，這偏黃的粉一敷，膚色變黯沈，眉畫粗，眼線畫至眼角下勾，原先靈動的明眸頓時顯得無精打采，十分的風采立減三分，五官雖沒改變，整個人卻顯得平庸不少。

榮嬌滿意地笑笑，與綠殳人手一個食盒按老路出府，包力圖駕車在後街處等候，兩人上車直奔曉陽居。

玄朗照例是不在的，東西請岐伯轉交，又閒聊了一會兒，取了幾本書，榮嬌順道去芙蓉街看望李掌櫃。

「小樓給我的謝禮？」

玄朗聽岐伯說完，看著案頭的兩個食盒，眼裡浮起淺淺的喜悅，如初雪微霽。

「還有信。」岐伯掏出信呈上去。「小樓公子要屬下轉告，十分感謝公子，改日您若有空，他隨時恭候。還有，他說暫無合意之禮，個人尤愛乳娘做的點心、蜜餞，家常粗製，同好同享，請大哥品嚐。」

「是嗎？這個小傢伙禮數還不少，不知跟誰學的……」

玄朗看完榮嬌的信，唇角弧線拉得更高。還真是挺鄭重的，因為太認真，字跡都比平常拘謹了兩分。他搖頭失笑，心情微妙。知禮是好事，可跟他這麼見外，就沒那麼好了。

好在他送的是自製的食物，若是真金白銀的呈過來，玄朗不知道自己是該高興還是該失落。打開手邊的食盒，是蜜餞，紅綠白黃，顏色煞是漂亮，個個瑩亮潤澤，排放得整齊有序，一看就是用了心。

他隨手拈起紅色的蜜漬紅果放到嘴裡，一股帶著玫瑰花的蜜甜瞬間瀰漫。他的眉頭微不可察地顫了顫，心尖像是被羽毛拂了一下，甜味從嘴裡至咽喉、胃腑，一路芳甜。

他喜甜，小時候對蜜餞、甜食的執著嚮往，身邊無人知曉，甚至連自己都忘了，小樓怎麼知道……

第五十一章

玄朗半天沒吭聲。蜜餞果子做得極甜，含在嘴裡像含著經久耐化的糖塊，甜味芬郁，不僅停留在嘴裡，彷彿五臟六腑都緩緩地浸在了蜜糖中，將他以為忘記了的陳年舊事輕輕地勾起。

他想起當年小小的自己，初嚐這種甜蜜滋味時的情形……

那年，他四歲，住在一間冷清黑暗的屋子裡，有一個不會說話的光頭伯伯照顧他的衣食，他只被允許在屋內活動，偶爾啞伯伯心情好，會放他走出屋門，在小院裡活動。

院子不大，院牆很高，院門很小，院子裡胡亂堆著些石頭、瓦塊，恣意生長著野草，那就是他最快活之處。

這樣的快樂時光少有，更多的時候，他都待在屋裡，盯著高高的院牆、緊閉的院門。啞伯伯不會說話，也不看他，一個人跪坐在蒲團上閉目養神，只有在叩門聲響起時才會起身走出屋子，將院門打開一點縫隙，接著有食盒遞進來，他知道，有飯吃了。

院子外面有什麼，他一無所知。

他曾試著想跑出去，卻被啞伯伯捉了回來。他不打他，捆了他的雙手雙腳丟在床上，任他如何哭喊哀求都不理不睬，直到三天後才將他放了。

這三天，水米未沾，大小解任其弄污衣褲、被褥，啞伯伯看都沒有看一眼。解開繩索的那一刻，他就明白，啞伯伯不在乎他的行為，如果他不聽話，會沒飯吃、沒水喝，會被一直綁著，連在屋裡走動的機會都沒有。

於是他再也沒有不聽話過。直到那天，太陽往西去了，院門還沒被叩響過，早飯、午飯都沒有吃，他的肚子很餓，缸裡也沒水了。啞伯伯可能也餓了，看了看他，出了屋子走向院門，回頭瞪了他兩眼。他明白那是讓自己乖乖等著，不許出門的意思。

他用力點頭，啞伯伯開門走了。他悄悄跑到院子裡，趴在門前向外看，門縫太窄，幾乎什麼也看不到，他心癢難耐，就學著啞伯伯的樣子，拉開了門閂，走了出去。

外面是不一樣的，他睜著好奇的眼睛，看著從未見過的一切，什麼都新奇，什麼都好看；他還聽到與鳥叫不同的聲音，循著聲音找過去，走了很遠也沒找到，他實在餓得走不動了，坐在石頭上休息。

不遠處有一個模樣很怪、與啞伯伯不一樣的人，後來他才知道那是一位來上香的老婆婆。她坐在那裡，手裡拿著東西，好像拿不定主意，然後轉頭看到他，提著籃子踱了過來。

「給你吃吧，年紀大了，甜軟的東西，好吃不好消食。拿著，吃吧，小孩子都喜歡糖，白糖芝麻餡的軟餅最好吃。你家裡大人呢？」

他雖不解，卻明白她的意思，疑惑地接了過去。手裡的東西圓圓軟軟的，與他慣常吃的不一樣，一股好聞的味道撲鼻而來。他看看餅又看了看老婆婆，面對從未遇到過的狀況，一時拿不定主意。

「吃吧，家裡人不讓你吃糖，怕掉牙吧？沒事，吃完喝水漱口就好了，你還小，牙掉了還能再長，不像老婆子，牙都沒了。這誰家的孩子，光顧著上香拜佛，這麼小的孩子自個兒放在這裡也放心……你別亂跑，等會兒你娘來了找不到……」

老婆婆咕噥著，步履蹣跚地走開了。

他盯著手裡的小圓餅，香香的，比平日的飯要好聞。挨不住餓，他張嘴咬了一大口，那股香香的味道變得濃郁，他小小的身子情不自禁地微微哆嗦，牙齒慢慢地咀嚼，一股從未有過的滋味在嘴裡蔓延，是他從未嚐過的，那麼的美好，比暖暖的陽光照在身上還好，比和風吹過頭髮還好，比野草叢裡開著的小花還好……

他慢慢嚼著，原來這就是糖，這就是甜嗎？竟有這麼好吃的東西，這麼美好的味道？

這種奇妙的滋味，給他打開了一扇前所未見的大門，嘴裡是甜的，大滴大滴的淚卻如泉湧般，不由自主地順著小臉滑下。

他近乎虔誠地吃完了有生以來的第一個甜餅，想起老婆婆說的話，吃完要喝水，去哪裡找水呢？

他順著小路漫無目的地走，終於在一處竹林前找到了一眼小泉。趴下來喝水時，有一個光頭的老爺爺過來與他說話，然後將他送回那處高牆小院，啞伯伯這次沒捆他；又過了幾日，他被帶出小院，帶到了光頭老爺爺那裡。

老爺爺說從此後自己跟著他，不必再回原來的小院。

這就是他的師父。他跟著師父識字唸經，師父住在後山，地方很大，他可以隨意玩耍，只要不穿過那片竹林，走到前面。

再後來，他偷聽到師父與老友說到他的身世，從此無法再安心做唸經的小和尚……走到今天，回首來時路，每一步都艱難無比，心中支撐他的，除了不甘於命，還有老婆婆的順手施善，初嚐白糖軟餅甜蜜滋味時的震撼。

「公子？」

玄朗被一塊蜜餞勾起往事，一時神色恍惚，眼眸深沈莫測，岐伯在旁看得心驚，小心翼翼地出聲。「這蜜餞……味道不合？」只在嘴裡含著，不見咀嚼下嚥也不見吐出，這是味道好還是不好？

「極好，甚合我意……」

玄朗眼眸微垂，再抬眼時，眼底已是風輕雲淡。

牙齒咬開果肉，果肉的每一處爭先恐後地開裂，釋放出更多的甜意，味道充盈在嘴中的角落，甜到濃郁的糖汁滑向喉嚨深處。

因為嘴裡含著果脯，他的聲音低而含糊，岐伯只聽清了「極好」兩字。

岐伯放下心來，施禮退下。小樓公子還真是邪門，公子凡是對上他的事就反常，不就兩匣子蜜餞點心嗎？再特別又能特別到哪裡去？何況，公子的口味素來沒有偏好，何時喜歡吃甜了？

玄朗將人遣出，獨留在書房，將食盒打開，難掩欣喜之色，像得了寶藏的孩子，每樣取來逐一品嚐。

甜酸鹹、糯軟酥、乾脆爽、綿硬韌，不大的兩個食盒，幾乎囊括了所有的口感與滋味。

玄朗邊嚐邊忍不住嘴角上揚，這麼多，小樓的口味還真是複雜。

同好同享，這不會都是他喜歡的吧？

幸好，他有個疼他的乳娘……小孩子能有糖吃，真好。

玄朗又拈起一塊蜜漬黃桃放到嘴裡，微瞇起眼睛。

這些年，他將這甜蜜的滋味深埋心底，沒有口味偏好，酸甜苦辣鹹，何味都能入口，盛席華筵坦然享之，粗茶淡飯亦能欣然而食。

以他今日的地位，再罕見稀少的食材也能弄到，世人皆道他無口腹之慾，卻不知心裡執著多年，從未放下的是最初那美好到令人流淚的甜滋味。

在之後的歲月，他從兒童到少年，一路上最期待的禮物莫過於有人與他分享一把糖、一包甜點心……可惜，從未遇見。

等他有能力了，能隨心所欲嚐盡天下糖果時，卻從未對甜之味露出偏愛，曾經年復一年的渴望成了被遺忘的舊夢。

他忘了，自己曾經對甜食的嚮往。

直到今天，小樓用兩盒攢得滿滿的蜜餞、點心，悍然敲開他的心門，久遠的夢在猝不及防間猛然實現。

原來，他的眷戀與渴望從未少過一絲一毫。

小樓，真是貼心。

嘴裡的蜜液順著咽喉一路流下，玄朗的心也化做了一灘糖水，那個小小的身子徹底地印在了心上。

從最初的順手為之，到後來的相交日厚，漸成手足，到這一刻，在他的心裡，小樓已從陌生人成為難以割捨的牽絆，是他為之護佑疼愛的親人。

這番念頭若是被岐伯、阿金幾個知曉，肯定要悔得抱頭痛哭——有沒有天理啊！誰知道主子還喜歡這個？隱藏得太深了，那般巍峨俊秀的人物，誰沒事敢像對小孩子似地塞給他一包糖當零嘴？簡直是褻瀆！

榮嬌不知道自己的食盒誤打誤撞地正中玄朗的軟肋，更不知他連晚餐都沒用，就著一壺白開水漱口，將食盒裡每一樣都嚐過。

榮嬌去芙蓉街看完李忠後回府，路上偶然掀開簾子看街景，忽聽有人喊「小樓東家」，聲音清越而熟悉。

她撫額，是大樑城太小，還是與他有緣，怎麼哪裡都能遇上？

裝聾作啞非君子所為，她深吸了口氣，也學對方的樣子，撩起半截車簾。「王三公子，幸會。」

她微笑向對方拱手，心裡暗誹，不是足不出戶在家埋頭苦讀嗎？這種天，滿大街蹓躂什麼？不嫌冷？

「小樓公子，近日少見，這是欲往何處？」

王豐禮面露笑意，跳下車。

見他下車，榮嬌雖不情願，也只得裹緊披風，下了馬車。

「長輩突有小恙，前往探病，逗留間忘了時辰。」

言下之意是：天不早了，打了招呼就快各自回家吧！

「這陣子天寒，易染病症，小樓公子似乎也清減了些？氣色不如以往。」

王豐禮語帶關切。

「哦，病了幾日，初癒。」榮嬌拉緊披風，裝出一絲虛弱無力。

眼睛還挺尖的！為了鋪子的事，榮嬌確實瘦了些，這幾日還未補回來。

「都說病來如山倒，病去如抽絲，小樓公子還要多保重。」

王豐禮目光誠摯，面帶關切。「今日有幸偶遇，又將到用膳時辰，前面就是豐源樓，不知能否請小樓公子賞光一聚？」

榮嬌搖頭，婉言拒之。「多謝三公子盛情，今日出來盤桓已久，倒是有些體力不支，怕不能盡興，能否改口再約？」

王豐禮看了看榮嬌的臉色，拱拱手。「小樓初癒，是我唐突了，擇日不如撞日，不如明日中午如何？」

不是他非要定日子，實在是小樓公子神出鬼沒、行蹤不定，比閨閣千金還難見。

「也好。」

榮嬌本想回絕，忽然想到自己還想從他那兒套話，在飯桌上天南地北地扯一通，說不定能得到想要的訊息。

「多謝三公子盛情，明日午時豐源樓，不見不散。」

三省居裡一切平安，迎接榮嬌的照例是欒嬤嬤的噓寒問暖與各色吃食。聽她說應了王豐禮次日的宴請，欒嬤嬤想起一事。「姑娘，您套套他的話，看他是否知道兩家府上忽然有了走動，是何原因？」

之前曾傳出姑娘與此人訂親的事，雖然後來不了了之，但想想就讓人心裡沒底，總覺得不是好事。

「哦，多虧嬤嬤提醒。」

榮嬌想著明日該怎樣設套子、製造話題，才能在王三沒有察覺的情況下，成功取得自己想要的信息。

次日天晴，天色湛藍，榮嬌帶了綠殳出門赴約。

豐源樓裡，王豐禮早到一步，雅間裡已經提前準備好暖爐熱茶，榮嬌解了披風落坐。她今日穿著玄色鑲紅邊的外袍，領口處露出黑色的中衣，臉色雖還是不大好，卻比昨日的蒼黃慘白強上幾分。

王豐禮約小樓也無正事，兩人喝著茶，隨意閒聊幾句，待飯菜擺上，他沒要酒，道了聲歉。「小樓年紀尚小，恐家中長輩不允用酒，今日就以茶代酒，來日方長，待以後再把酒言歡。」

噫？榮嬌聞此言心中微愣，對他的言行頗感意外。這人與她記憶中的那個似有天差地別，雖然前世她對王豐禮沒什麼了解，總歸印象是極差的；今生再見，感覺此人雖行事有些莫名其妙，似乎也沒那麼討厭。

兩人用著飯菜，王豐禮有心示好，將世家公子的風度發揮十足，他本身又是有才學的，談天說地，席上氣氛倒也熱鬧。

王豐禮正好問到小樓為何選了經商之道，大夏雖無明令禁止商人出仕，但商人的地位終歸是低的，商家子若要走仕途，還是要受限制的。

「……在下癡長幾歲，托大稱兄，有句冒昧之言，還望賢弟不要見怪。」談興濃，話正酣，王豐禮開始與榮嬌稱兄道弟，言語也放開許多。「若小樓不是出身商戶，以你的年紀，入書院讀書方是正途。賢弟莫誤會，愚兄沒有瞧不起商戶之意，只是世情如此，若賢弟為難，就當愚兄沒有問過。」

見榮嬌面色微凝，王豐禮忙加以解釋，他沒有別的意思，只是覺得小樓聰慧，行商非正途，難上青雲。

「其實也沒什麼好為難的……」榮嬌微微一笑。「只是說出來令三公子見笑，無非是家宅裡的那點事，生不逢時，不為父母親長所喜，不想自生自滅，只好為自己謀條出路，這是最好的選擇。」

莫非是庶子不為嫡母所容？這也是豪門大族裡常有的事。

王豐禮一時愣怔，不知該如何開口安慰。

第五十二章

榮嬌半真半假地編了一套身世說辭，王三聽了唏嘘不已。「賢弟受委屈了。」

「沒什麼，習慣了就無所謂了。子不言父過，上一輩的恩怨情仇本來也不是我能置喙的，倒讓三公子見笑了。」

相比王豐禮的唏嘘，榮嬌倒是神色平和。「世上沒有無緣無故的仇怨，母親不喜歡我，自有她的原因，我雖有心向孝，卻不願意被她棄之如敝屣，隨便找個人訂親……」

啊？王豐禮皺眉。小樓的長輩實在太過分了，不幫他謀劃前程，還要早早給他訂下親事，不用問，肯定不會是什麼得力的岳家。

「算了，不說這些不高興的事了，三公子，訂親了沒有？」榮嬌借勢轉了話題。

「我？」王豐禮聽他問得直白，不由笑笑地點頭。「嗯，訂了。」

訂了?!榮嬌心底咯噔一下，面上卻是一片歡喜。「真的？」一副好奇又為他開心的模樣。「三公子如此丰采過人，想必與你訂親的小姐定是出自書香門第，才貌雙全，小樓提前祝你和嫂夫人琴瑟相調。」

說著，舉起手中的茶杯。「以茶代酒，先乾為敬。」

「多謝賢弟。」

王豐禮對榮嬌的這番話極為受用，清俊的臉龐浮現出一抹溫柔的笑意。「小樓說對一半，才貌雙全倒是不假，不過不是出自書香門第，實乃將門閨秀，詩畫造詣可能差了幾分，人卻是極好的……」

聽話意，對這未婚妻甚是滿意。

榮嬌聽到將門閨秀這四個字時，只覺得好像有重錘迎頭砸下，腦袋裡嗡嗡作響，反覆著「不是出自書香門第，實乃將門閨秀」這句話，後面王豐禮又說了些什麼，已經聽得不真切。

「賢弟？」

耳邊傳來王豐禮的呼叫聲，語氣中透著一絲擔心。

「哦，沒事，我只是，太過意外。」榮嬌的嘴角扯出一道微笑，盡力想要掩飾住面上的驚訝。「我以為以三公子的家世，更會講究門當戶對，不是都說文武不結親嗎，原來是訛傳啊？」

後面幾句話明顯低了許多，像是小聲嘟囔。

「也不能說是訛傳，她雖出自將門，門第卻也是相當的，現在不方便告訴你是哪家的，還請賢弟不要介意。」

王豐禮剛才說出將門閨秀就有些後悔了，在這之前，王家與池府傳過謠言，小樓若是都城人，很容易猜出來，但父親說過，親事眼下還不到公開的時候，時機未到。

「不介意，不知你幾時成親，到時若我還在都城，定當備份厚禮，喜酒就不討喝了。」

太原王氏的門檻對他小小一介商人而言，過於高了。王豐禮明白他這份知情識趣，輕聲道：「還早呢，若無意外，要等到她及笄之後的……屆時賢弟若在京中，定當給你下帖子。」

將門，未及笄……榮嬌的心彷彿被一隻巨手攥緊。這說的，怎麼越聽越覺得是自己？

「還未及笄？嫂夫人年紀還沒有我大？」榮嬌故意扯著話題不放。「我今年十三了。」

王豐禮笑了笑。「是，與你年紀相仿。」池家大小姐今年也是十三吧？與小樓同歲。

「真巧。」榮嬌故意開玩笑打趣道：「我聽說將門都是用拳腳說理的……您可是文人雅士，君子動口不動手，三公子以後可得對人家好，不然少不得會有幾個不好招惹的大舅子用拳頭來說話；一個、兩個還好說，若三、五個兄弟一齊來，您呀，可就慘嘍！」

這番話逗得王豐禮哭笑不得。「原配髮妻自然要善待的，不過倒讓你矇著了，她哥哥不少，不用都上，就她二哥，一根手指頭我也接不下，惹不起！」

池榮勇、池榮厚那兩人，疼妹妹到了令人髮指的程度，他哪敢沒事招惹他倆？

至此，榮嬌已經可以斷定，王豐禮嘴裡的將門閨秀就是她自己。

池、王兩家長輩已悄悄訂下了親事，只是瞞著，二哥還說父親已經應允他商量她的婚事，騙子，大騙子！對自己的兒子竟也欺詐！

榮嬌心中充滿怒火，不全是為了親事。在這之前，她已有所猜測，王豐禮無非是證實了自己的猜測，卻是對池萬林與康氏聯手欺瞞池榮勇的憤怒。不同意就不同意，訂親就訂親，為何還要騙二哥？看他像個傻子似的，費盡心思地給她挑選夫婿，很好玩嗎？對他的人選與詢問一遍遍拒絕，很有意思嗎？

心中的羞惱與心疼猶如熱油沸騰，燙得她的心痛，只得強打著精神應付王豐禮。

王豐禮是個細心的，見他臉色蒼白，似有難耐隱忍之色，想到他病體初癒，恐精力不支，雖談興正酣，還是率先提出散席，各自打道回府。

回程車上，綠殳覷了榮嬌的臉色一眼。「公子，莫非那王三公子說了什麼不中聽的話？」不然為何姑娘的面色這般沈？

榮嬌搖搖頭，沒說話，緊抿著嘴，身子坐得筆挺，努力平息情緒。好一對慈愛的父母！她氣的不是這樁秘而不宣的婚事，池萬林夫婦能做出這種事絕不奇怪，他們不在乎自己這個女兒就罷了，反正他們從來都不曾掩飾，她也不在乎。

最氣的是他們連二哥都騙！

二哥為了她的婚事，費盡心思，不惜一改往日的低調內斂，處處高調行事，展現能力，為的就是讓父親看重；誰知池萬林一邊裝模作樣地答應二哥，一邊又與王家暗通款曲，實在可惡。

榮嬌一想到二哥那麼穩重的人，也曾開玩笑地對她說，定會擦亮眼睛為她挑個好妹婿……恨不能啐池萬林這偽君子一口，居然還能裝作若無其事的樣子，評論二哥挑的人選。以為別人都是傻子，就他一個聰明，將親人玩弄於股掌之上很得意？呸，他眼裡只有權勢，哪還有血脈親情？

二哥、小哥哥為了她的事，嘴上不說，背著她沒少操心，甚至惹來不少的麻煩。可是到頭來，二哥所求的，一開始就是個騙局。

縈嬌氣得身子都微微哆嗦。

一路平息怒氣，回到三省居時，她已沈斂，臉色趨於平靜。

欒嬤嬤知她甚深，見她如此，也明白有事，偷偷將綠殳拉到一旁詢問。綠殳一頭霧水，當時她站在雅間門外候傳，裡面說了什麼聽不真切，但其間並無爭吵或意見不合。臨別時，姑娘與王三公子神色如常，氣氛甚好，不像有齟齬啊？

欒嬤嬤一聽，更擔心了，她知道縈嬌套問親事的目的，難道是……真被姑娘問出些什麼？

縈嬌面露倦色，半躺半坐在暖榻上，欒嬤嬤端著碗熱氣騰騰的紅棗薑茶進來。「姑娘，喝碗薑棗茶，祛祛寒氣。」待縈嬌接了茶，又取了銅箸將炭火撥旺些。「姑娘，天大的事，也別跟自己生悶氣。」

是呀，她知道，自己再生氣有什麼用，不在意的人無關痛癢，在意的人卻心疼她，無非是親者痛、仇者快，道理是明白的，只是火氣上來，一時不由人。

「嬤嬤，氣死我了！」真是氣得心肝痛，氣炸了肺。

縈嬌沒打算瞞著欒嬤嬤，喝著熱茶，將事情大致轉述一遍。「妳說，他們知不知道何為父母長輩？」

在欒嬤嬤面前，她不加掩飾。

「姑娘是說，親事已經定了？」

欒嬤嬤關心的與縈嬌不同，與二少爺的上當受騙相比，她更在意縈嬌的親事，這關係到姑娘後半輩子的幸福。

「是。」

縈嬌吐了口氣。在此事上，雖然中間過程與前世不同，還是沒能改變走向，今生，她還是又與王豐禮訂了親，真令人沮喪。

這說明她半年多的折騰沒有產生任何作用，雖然過程不同，結果卻相同，難道不管她怎麼做，都改變不了既定的事實？

不可能！她又不是原來那個傻蠢的池縈嬌。

若是今生與前世無異，她重活這一遭所為何來？屬於樓滿袖的不羈瞬間釋放，那種不管不顧的感覺又爆發出來了。

池萬林算什麼？康氏又算什麼？有何資格來左右她的人生？

「姑娘，不能急，慢慢籌劃。」欒嬤嬤也慌了。居然毫無聲息地就訂了親，若是門好親，何至於掖著藏著？「姑娘，那人您認識，他的人品才貌……」

「不行，嬤嬤，他人品才貌如何，皆與我無關。」

縈嬌明白欒嬤嬤未盡之言。這人若是還順眼，值得託付終身，親事就這麼認了，畢竟婚姻大事由父母做主。

不，她不會嫁給王豐禮，哪怕他與前世不同，並不令人討厭。他再好，她也不願重蹈覆轍，何況這麼一樁為利益而結的政治聯姻，又能好到哪裡？

朝堂局勢詭譎多變，屆時一句身不由己，就能撇得乾淨，再披紅戴花、另娶新婦，到那時，還有誰會管她的死活？

這樁婚事是導致二哥、小哥哥悲劇的源頭，她絕對不會任其發展。

這親，訂了能退，不退也得退！

退親？欒嬤嬤張張嘴，怎麼退？訂親、退親要長輩出面，姑娘自己如何行事？

「姑娘，急不得，得想個萬全之策；要不，還是先跟二少爺說說？」

「我知道。」

自然是要告訴哥哥們的，只是……榮嬌心口發悶，二哥知道了真相，怕是會很難過吧？他一改多年的行事，就是為了給她求個婚配自主，結果卻是這樣。

退親之事必定是極為棘手，因為這樁親事旨在聯姻，不存在般不般配的問題，即便她願意自毀名聲或王豐禮爆出醜聞，兩家都會彼此諒解，婚事依舊；除非雙方間有一人死了，陰陽兩隔，自然做不成夫妻。

實在不行，她就假死換個身分，離開大梁城；只是這樣就要與哥哥們分開了，而且以後也不得再相認……

「咚！」

池榮勇一拳重重擊在旁邊的桌案上，紫檀木的桌面被砸出碗口大的窟窿，桌腿嘩一聲斷了，桌上的東西噼哩啪啦落了一地。

盯著手裡那張薄薄的信，他的臉繃得寒硬，眼底浮著怒火，信上是榮嬌的字跡，短短一句話：

小樓自王豐禮處得知其已與池家訂親。

這幾個字如重錘連番擊來，一瞬間砸得池二少爺頭暈目眩——怎麼會這樣？榮嬌已經被許給王家？父親怎可如此？

既然已與王家訂親，為何還要哄騙他?!

果然如此！這才是父親、母親慣來行事做派……可笑他明明了然，卻從來不願意去承認。

「二哥，現在怎麼辦？」池榮厚對滿地的狼藉視而不見。「難道任由妹妹嫁給王三？我去找父親去！」

他年輕氣盛，站起身來就要往外走。

「站住！你去找他做什麼？」池榮勇的聲音冷冽。「挑明此事，有何益處？」

怒氣沖沖地去興師問罪，會有什麼好果子吃？指望著父親給個說法還是答應退了親事？

「那你說怎麼辦？」池榮厚知道二哥說的有道理。「裝作不知情？」

「暫時不要說破，妹妹還未及笄，這事，還有時間。」

「也就一、兩年的工夫，況且及笄前出嫁也是有的；要不，我找機會回城讓王三主動退親？」

「沒用的。」池榮勇搖搖頭。「他做不了主，何況，他也無意退親。」

「不退親就揍他，打殘了看他退不退！」

池三少火氣很大，自己老子打不得，王三那小子他還打不得?!

「打殘、打死都沒用。」池榮勇看得透澈。「聯姻也不是非得活人。」

「那、那……」不至於那麼凶殘吧？池榮厚被這句話驚嚇到了，握了握拳頭，絞盡腦汁尋主意。「要不找個合適的對象，與妹妹湊成一對？反正這親事也沒過了明面……張津怎麼樣？給張津英雄救美的機會，他娶妹妹倒也勉強……」

「不行，不能拿妹妹的名聲做文章。」池二少斷然否決。「這都什麼餿主意？若妹妹與張津有了牽扯，又爆出與王家訂親的事，屆時豈不毀了妹妹？親事要退，但絕不能與妹妹扯上任何干係。」

自污清白、名聲退親，這他絕對不允許。

「我知道，我這不是沒轍瞎想嗎？還是二哥你有主意？」

池榮厚頓足，揍王三不管用，妹妹這邊搶先尋得良配也沒用，有什麼好法子？他回府去纏鬧母親？

他搖搖頭，這個沒用，母親也是聽父親的，何況這事不僅僅是池家一家之事。

「沒有……」

池榮勇按著眉頭，難道眼下除了一個拖字訣，別無他法？

第五十三章

「二哥？」

池榮厚等了半天，見二哥掐著眉頭一直沒說話。

「莫催。」

池榮勇姿勢不變，如一尊雕像似的。

唉，池三苦笑自嘲，以往他和二哥能護住妹妹，那是父親懶得理會，才任由他倆折騰，放到與府中利益休戚的大事上，就不同了。

二哥多厲害啊，整個大營無人能敵，真比試起來，父親肯定都不是對手，可這又怎麼樣呢？父親還是照樣能畫個大餅讓兄弟倆空歡喜一場，到頭來，還只能忍了——孝字大過天，父命怎能違抗？

「榮厚，你說為什麼非要給妹妹訂這門親？還不聲張？」

良久，榮勇揉了揉眉頭，啞聲問道。

榮厚眼睛一亮，二哥是要找根本原因，尋求解決之法？

「原因或許有二，一是聖心所向，覲上意而行，試測之舉。」池二壓低聲音，說出自己的推測。

池榮厚頻頻點頭。「我朝將相不和由來已久，雖利於實施平衡朝政，但強敵環伺，已是弊大於利，莫非這是投上意之舉？」

看出皇上有意消除文臣、武將的隔閡，才將妹妹許配到文臣之家？秘而不宣，是時機不到？

「此為其一，怕只怕還有其二……」池二臉色越顯鄭重，壓低聲音耳語道：「東宮空懸，若是私下站隊，此舉因人授意別有內情，就難善了。」

「不會吧？」池榮厚張大嘴巴，難掩驚詫。「父親是純臣，應該不會……」應該不會頭腦發昏去摻和黨爭奪嫡的漩渦吧？成了有功，若有閃失，則是抄家滅族之禍。

「是人都會死，一朝天子一朝臣，入局的，都認為自己不會輸……」

池榮勇語氣涼薄。沒有長生不老的天子，是人都有一死，為了權勢富貴，生出他念，實屬正常。

「榮厚，你對自己的將來有何打算？」

「我的將來？」池三愣了，他的人生規劃？不是在商量妹妹的親事嗎？「沒打算，大哥承襲家業，我估計會管管府裡的庶務，在軍中謀個閒職……做個富貴閒人唄……」

池三語氣甚是漫不經心，長輩們不就是這樣安排的嗎？

「我是問你自己。」池二少語氣嚴厲了幾分。「不是問別人對你的打算。」

「我沒有啊，或許跟小樓合開鋪子，做買賣賺銀子？」

不然呢？他想做別的，也得爹娘同意才行，從本心而論，他不喜歡操辦軍務，他最感興趣的是——

「讀書，參加科考。」

池榮勇清淡如冰的聲音，吐出幾個令池三大驚失色的字眼。

「科考？」池榮厚怪叫一聲。「我可是將門之子！」

「將門之子又如何？」池榮勇淺淺地掃了他一眼，語氣淡然道：「池家祖輩上論三代，乃耕讀世家。」

誰規定祖宗能投筆從戎，後世子孫就不能棄武從文？

「可是……」

「你不喜歡？還是怕寒窗苦讀依舊榜上無名？」池二微翹了翹嘴角。「不敢？」

「有什麼不敢的?!」

被二哥一激，池榮厚頓時脹紅了面皮。他怎會不敢？想他生來聰慧，過目不忘，天生讀書的材料！

「若對退親有用，我明天就拜師去，但這樣有用？」

不是他腦子笨，真是搞不明白這與妹妹的親事有關係啊！

「可以一試，若父親是猜忖聖意，與聯姻比起來，你這個出自將門的嫡幼子有志於文人科舉一道，不是比聯姻更能令聖上滿意嗎？」池榮勇說出自己的打算。「讓兒子讀書進學，比將女兒嫁入文臣之家更有魄力；待你有了功名，再與父親談妹妹退親之事，想來更有立場。只是派別之爭由來已久，你若選了此路，必會引人矚目，少不得要受到排擠打壓，此路艱辛，未必好走。」

「無妨，如二哥所說，我若進學必引人注目，眾目睽睽之下，太過陰損的伎倆反倒不好使，幾句酸話、些許攻擊，我還受得住。」

那些算什麼？他才不怕呢！實在惹急了，小爺夜裡下黑手揍他個鼻青眼腫，他更擔心的是別的。「會不會弄巧成拙，覺得王家可成助力，反而越發抓住不放？」

別人不敢說，母親絕對做得出來。

池榮勇面色一僵，倒是把這種可能忽略了。

「這……」

他只想到父親，卻忽略了母親，以母親對榮厚的疼愛，犧牲榮嬌的婚事來成全榮厚的前程，再正常不過；若為榮厚前途計較，與王家聯姻有莫大的好處，屆時，榮嬌為了榮厚，不願意也會願意……

他只想一舉兩得，殊不知竟有可能做成死局。

池二的臉上少有地現出懊惱之色。

「其實也沒什麼，反將一軍就是。」池三先反應過來。「若是父母不答應，我就不入仕途，重新做閒人就是，反正將來二哥你做了大將軍，護著我就成。」

要他的前途，就退親；不退親，他就止步於此。

「別猶豫了，沒有萬全之策，將來只要我不願意，誰逼也沒用。」

池三堅定道。他雖然也喜歡持刀弄棒，可這是出於將門的自覺，不像二哥那樣，是發自內心地癡迷，相比之下，他更喜歡舞文弄墨，只是囿於出身，從未想過走科舉之路。

二哥的提議，對他而言也是一個契機，不管將來是否出仕，至少能在書院裡正經讀書做學問，也是難得的經歷。

「這……」

池榮勇難得猶豫不決，妹妹要管，弟弟也不能棄，他要的不是顧此失彼，將來陷入兩難之地。

「二哥，不要多想了，現在要操心的是我應該去哪座書院，拜在哪位先生門下。」還有給妹妹回信，目的不必讓她知曉，但他準備讀書進學的事情倒不必瞞著。

「二哥，你可是我們的後盾，有你在，些許變化又如何？」

池榮厚雙眸亮晶晶的，半開玩笑、半認真地道。

「嗯。」池榮勇點頭。他要更努力，在大營恐難有出頭之時，積攢軍功太慢，或者他應該請調邊關？那邊雖無大戰事，小規模的磨擦卻常有，既能上陣殺敵又能快速累積軍功，於公於私都有利。

池二動念，與弟弟合計了半天，大致商量出可行的計劃後，斟酌著語句，給榮嬌寫了封回信。

三哥要棄武從文？

榮嬌皺眉。這件事情，前世沒有發生過，這樣是好還是壞呢？不知他想入哪座書院讀書，可有拜師的人選？

她忽然就想到玄朗。

如果請玄朗大哥幫忙介紹先生呢?他是否願意?

觀他素日的言行,定然認識不少有學識的讀書人,或許給三哥引薦一位德高望重的老師於他而言,只是舉手之勞。

連小樓這樣的商戶,他都說有辦法引薦入學,何況是三哥?反正玄朗自己說的,有事找他,先問問,不成也沒什麼……三哥情況特殊,若能拜在名師門下,益處多多。

榮嬌毫不猶豫地給玄朗寫信,拜託他幫忙。她在信裡簡單介紹了三哥的基本情況,為了更有說服力,又精心挑了一篇三哥做的文章附上。以文閱人,也讓玄朗對三哥的水準及性格有些了解,推薦更適合他的先生。

為示鄭重與緊要,這封信是她親自送去曉陽居的,不像往日那般打發綠殳跑腿。

果不其然,次日一大早,岐伯就派人到芙蓉街報信,說是公子請小樓公子晚上赴宴,詳情面談。

神速哪!

榮嬌痛快應下,下午與欒嬤嬤一起動手,做了一匣子甜味點心,自製的玫瑰麥芽糖也裝了一份,天剛黑,就趕到曉陽居。

玄朗到得更早,已經拿了本書閒候多時。

「小樓,適才說的幾位先生,人品學識皆佳,只是師徒間也講究個緣分,我不了解你的這位朋友,依你之見,哪位先生更適合他?」

玄朗知道榮嬌最關心的是什麼，一見面直入正題。

「我……」

玄朗介紹的這幾位人選，榮嬌瞧著都好。

「你這位朋友性情如何？可有心儀的先生？對進學科舉之路可有計劃？家境如何？束脩方面，可有為難之處？」

見榮嬌一臉無從選擇，玄朗笑了笑，溫和地給她提示。

小樓的這位朋友多半就是自己猜測的那位，若是他，倒真是不好選。

聽完玄朗的問題，榮嬌定定神，開始認真思索。「我三——哦，我這位朋友，性情灑脫不喜拘束，束脩上沒有問題，不缺銀錢；不過他出自將門，走科舉之路多少有些離經叛道，最好選那種能因材施教的先生，門下的弟子也無文武偏見的。」

她可不想三哥找個先生，還要整天看先生的臉色，受同門冷嘲熱諷。

「還有，最好拜個名聲大、學問高的先生，做他門下弟子就能引人注目的。」

小哥哥是有這個意思吧？不然信上說什麼要一鳴驚人？

玄朗清俊的臉上浮現出淺淺的笑意。「他這麼與你說的？」

「他說不鳴則矣，一鳴就要驚人，想來應該是這個意思吧？再說，名師出高徒，先生學識名望高，做弟子的不是受教更多？」

榮嬌被玄朗的笑容弄得有些不確定了，難道自己理解錯了？

「你這位朋友，是池三少吧？」

啊?!榮嬌驚愕地睜大了眼睛，心底湧起波濤，難道玄朗查過自己的底細？

「大、大哥何出此言？」他怎麼知道的？

「稍微一想就知道啊，池榮厚的小廝閳刀不是替你跑過腿？」

玄朗輕聲又耐心地解釋道：「你的朋友出自將門，棄武從文又急於成名，除了他，還能有誰？沒想到池大將軍還能養出這般有情重義，為至親骨肉不計代價的兒子……小樓，池家老二與老三，皆是可交之人。」

什麼？榮嬌越聽越不懂，為至親骨肉不計代價？大哥是幾個意思啊，完全不明白。

「你不知情況。」玄朗見她急於求解，也不賣關子。「池榮厚有個嫡親的妹妹，你知道嗎？」

知道，遠在天邊、近在眼前。然後呢？與他妹子有何關係？

「他這個妹妹不得父母的歡心，倒是池榮勇與池榮厚對嫡妹甚好，他家長輩私底下給他妹妹訂了門親事，估計他是知道了這樁親事，才想要改換門庭的。」

還是不懂，這與那門親事有何關係？

「那門親事不甚穩妥，他定是不願讓妹妹嫁的，此舉便是為退親；只是依他父親的為人……成敗難說，但他能有這個決定，不失為性情中人。我原以為他有意於科舉出仕，如此於化冰老先生便適合，中正平和，門生出仕者多，他既出自將門，想來於文臣間並無人脈，若能得同門師兄弟扶攜，於他未來前程會有益處……」

玄朗將自己的思量說給榮嬌聽。「不過眼下看，倒是大儒莊煙生更適合。先生才高八斗、地位非凡，是位閒雲野鶴般的人物，收徒甚嚴，等閒人不入其眼，若是能拜在他的門下，自能一鳴驚人；即便不能正式拜師，能入門下聽學，得其指點，也足以達成目的。」

「可是，那樣將來怎麼辦？」

若是將來不能入仕途，小哥哥以何安身立命？還要再做回武將嗎？

「將來？」玄朗笑了。「小樓，你是關心則亂，將來他當然可以下場會試啊，誰說莊大儒的徒弟就不能參加會試了？鄉試三年一次，今年八月秋闈剛結束，池榮厚沒有任何功名，就算拜在老先生名下，也沒有資格參加明年二月的春闈；以他妹妹的年紀，未必能等到下一次鄉試，因此他若想要幫其退親，自然是拜在莊大儒門下更有分量。」

小樓還是個孩子呢，哪裡懂得這些彎彎繞繞的？

「這樣吧，為防大哥猜錯，誤了你朋友的大事，你可以把兩位先生的情況介紹給他，讓他自己選擇，畢竟我不了解內情，或有差池。」

根據手中掌握的情報，玄朗不以為自己猜錯了，不過既然小樓不放心，還是讓池榮厚自己選吧！

榮嬌整頓飯都處於恍惚中，好在吃的是涮鍋子，沸騰的鍋裡翻滾著食材，始終熱氣騰騰的，她又埋頭於碗中，坐在對面的玄朗看不清她的臉色。

「小樓，岐伯之前與你講過吧？莊子儲存的釀酒糧食我移做他用了？」玄朗想起一事。

「說過。」前段時間，岐伯打過招呼，她沒在意，本來當初提備糧也是有原因的，用就用了吧！

「岐伯已經按市價核算了銀錢，銀票他備好了，一會兒你拿去。」
「不用了，留著再進糧吧！」榮嬌急忙拒絕。
「這是多出的，你應該得的。」
那些糧食他拿去救濟貧民了，小樓身家不豐，該算的銀子還是要算，若沒有他的建議，莊子裡也不會提前備下這些糧。
「又是親兄弟明算帳嗎？」榮嬌笑問。
玄朗含笑點頭又搖搖頭，取筷子給她挾了些青菜。「鹿肉火氣大，配些清淡的。」
「咦，那這回是順眼？」榮嬌半開玩笑、半認真道：「雖然銀子是好東西，可我欠了大哥這麼多人情，真不好意思拿這份錢。」
欒嬤嬤說得對，人情債最不好還。
「小樓。」玄朗的聲音似乎帶上了抹鄭重。「對於有的人，能有機會不帶目的單純地對一個人好，不求回報，只為情誼，也是可遇不可求。」
嗯？有些深奧沒聽懂，是說自己給了他幫助自己的機會嗎？
「那，我把銀子收下？」
「嗯，缺銀子找岐伯拿。」
說到這裡，玄朗忽然有些疑惑。剛一入秋天還沒冷，小樓就忙著收糧收炭、開米鋪，還提議讓酒坊提前備上材料，她是早有打算還是碰巧了？
「你那鋪子，現在還開著？」玄朗漫不經心地問道。

「不開了，沒東西賣。」榮嬌沒在意，順口答道。

「以後有什麼打算？」他繼續不動聲色地話家常。

「看情況吧，開春後青黃不接，米麵糧食的價格肯定低不了，進貨管道沒有優勢，進價高就沒多少賺頭，到時再看吧！鋪子一租三年，租金交了一整年的，總不能空著，若不轉租，總能賣些東西的。」

榮嬌沒提防，實說了自己的打算。

米炭生意本就是權宜之計，當時是為了拿批文需要個門面，也為了出貨方便才開的；年後她準備開藥鋪，或許就轉租了也不一定，等她聽聽李掌櫃的意見再說。

「你呢？想不想與池榮厚一起拜師？」

這孩子是不缺銀子了，還是對做生意沒了興致？玄朗倒是覺得他若與池榮厚交好，一起讀書也是不錯的選擇。

「嗯……」和三哥同窗？榮嬌搖頭。「不想，我還是喜歡做生意，銀子永遠不嫌多。」看了看玄朗的臉色，心虛地又補了一句。「或許再過幾年想法會變的，眼下還是不想的。」

哪個老師都喜歡上進的學生吧？就憑人家天天給她佈置作業的用心，一口否決實在不好意思，以後再說，還是讓小哥哥先拜名師更重要些。

總之，將來她絕不允許小哥哥為了退親之事自毀前程！

第五十四章

當池萬林知道消息時，莊大儒已經主動開口要收池榮厚為徒了，木已成舟，他恨不能將兒子抓過來痛打一頓。

誰教你自作主張，肆意妄為?!也不知是福還是禍……

再者，傳出改換門庭的消息，京裡怎麼一點動靜都沒有？一切越平靜，越覺詭異，他的心越發忐忑。

如今即便他有心反對，也不敢貿然開口。莊大儒雖在野，卻是聖上認可的授業先生，他拿什麼理由阻止大儒收自己兒子為徒，而不至於弄巧成拙？

還有那位爺呢？自己這邊出了這等變故，竟然一點反應都不給？他應當如何應對？暫時按兵不動，靜觀其變？

京裡的朝臣們也看不懂，池萬林這是要做什麼？年初傳出他要與太原王家結親，而後不了了之，這要到年尾了，又爆出他的嫡三子拜到大儒莊煙生的門下，要跟莊大儒讀聖賢書。

莊大儒，杏壇泰斗，當年指點過今上學問，是在野的國師。池榮厚，京東大營主將池萬林的三兒子，行伍出身，一介武夫，怎麼看，這兩人也湊不成師徒……但莊大儒居然收了！

不過，池家那小子居然能通過莊大儒的考校，得了青眼，倒是有兩下子。

說起這個，池榮厚也納悶，天上掉下好大一個餡餅，砸得他自己暈乎乎的，到現在還有幾分迷糊。

「妹妹，妳說先生怎麼會看上我？」

不是他沒自信啊，他向來自信，可那不是普通人，是莊大儒啊！他將自己上下左右仔細端詳，實在找不出令先生看中的地方。

「嬌嬌，這玄朗到底是何方神聖，有這麼大的面子？」

若不是他自己的原因，一定是介紹人的面子大。

「我也不知道。」

榮嬌老實搖頭，那日玄朗說應當讓三哥自己選擇後，她就寫信做介紹。正在為尋不到先生而苦惱的池榮厚看了，大吃一驚，妹妹不清楚那幾個人選的分量，他卻很清楚，於是將信將疑問，他選了莊大儒，理由嘛，與玄朗的猜測無二。

然後，他按照妹妹下一封信的要求，在指定的時間到指定的地點，與先生巧遇，然後，大家都知道了，池家三少拜入莊煙生大儒門下的消息就此傳開。

「管他是誰呢！反正是自己人，多好。」

想不通就別想了，三哥要想的是怎麼勤奮讀書，給先生爭光，怎麼借先生的名號扛住父母長輩的壓力才對，其他的，不要多操心。

池家兄妹又說起拜師的話題，準備拜師禮品。榮嬌比榮厚還緊張，甚至連穿哪件衣服，配哪種腰帶、荷包都反覆斟酌，折騰得不亦樂乎。

莊大儒雖然當場拍板收榮厚為弟子，榮厚也磕頭，坐實了師徒名分，但尚缺一個正式的拜師禮。

按照禮儀，池家須備好拜帖，準備芹菜、蓮心、肉乾等拜師六禮，弟子要向先生行跪禮，還要行獻茶之禮，先生給弟子回贈禮品，才算正式禮成。

「嬤嬤，紅豆要選大小均勻、顏色上乘有光澤的，紅纓妳們幾個千萬挑仔細了，別把帶蟲眼的放進去；蓮子一定要挑個大帶心的，蓮子心苦，寓意苦心教導，別混了沒心的進去；紅棗大個的好，還是緊實肉多核小的好？」

榮厚看著妹妹揚著笑容的小臉，不禁開口道：「要不，妳陪我一起去吧？」

一起去？這提議如同一把軟毛的小刷子，撓得榮嬌心癢癢的，好想去呢！見證這個屬於小哥哥的重要時刻，而且是前生沒有發生過的。

可是，仔細一想……

「還是算了吧，若是人家問起我是誰，你怎麼說？」

「江南來的小樓公子呀！」池三少最見不得妹妹失落的模樣。「再說妳也是間接引薦，出席拜師禮也沒什麼突兀的。」

生平第一次正式拜師，還是拜名滿天下的莊大儒為師，他也想有親人在場，二哥回不來，母親強烈反對，若是妹妹能到場，那就完美了。

「還是算了，小樓畢竟是假的，知道的人多了，麻煩也多，二哥不讓咱們張揚；再說莊大儒是你的師父，騙他也不好。」榮嬌按捺雀躍，說服哥哥也說服自己。「等你回來講給我聽，一個字也不許漏哦！小哥哥，你用羊脂玉的髮簪還是烏木簪？君子如玉；烏木的也好，抱樸守真，不知道莊先生喜歡那個，或者用束帶？」

「都好。」雖然他很享受妹妹圍著自己打轉的滋味，不過看她有越演越烈之勢，還是及時制止。「先生不會在意這些的。」

「哦，也是。」榮嬌吐吐舌頭，不好意思地笑笑。「大哥交代過先生非常人，不必刻意，我忘了。」

「大哥？」池三少俊眉一挑，目露疑惑。「哪個大哥？」

「玄朗呀，他認小樓做弟弟，就喊他大哥啦——」

榮嬌話音剛落，莫名就覺得屋裡冷了，莫非是小哥哥不喜歡自己喊別人大哥？

她福至心靈。「當然啦，他這個大哥與小哥哥你，還有二哥，自然是不同的，在我心裡，論誰也不能與哥哥們相比。小哥哥，他年長小樓，若是兄弟相稱，自然是小樓為弟，玄朗為兄；不過他是小樓的大哥，榮嬌的哥哥只有你和二哥……我錯了，我應該早點告訴你的，不是要瞞著，大家交往久了，從客套到稱兄道弟也很自然啊，難道還就非要保持生分嗎？」

聽了這番解釋，池三少的臉上終於有了笑。居然跟他們搶妹妹？玄朗好是好，可也不能仗著他對妹妹好，就想當大哥吧？榮嬌的哥哥只能是二哥和他，外人別想爭搶！

玄朗雖然不知道妹妹是女孩子，但是不知不覺間，他成了小樓的大哥，也足夠池榮厚炸毛的。

不行，哪天他一定要親自會會這個玄朗，即便是好人，也不能與妹妹走得太近，做生意就做生意，在商言商，別套關係。

池榮厚決定了，玄朗的援手之情，由自己和二哥接下，絕不能讓妹妹欠他人情債。至於玄朗樂不樂意兄弟倆接手榮嬌欠的人情，他可不管。

他本來為自己能拜到莊先生門下，承了玄朗好大的情，可一聽在自己不知情的時候，嬌軟乖巧的妹妹喊這傢伙大哥，心裡莫名不舒服。按說叫大哥也沒什麼，正常的客套稱呼嘛，他在外頭也沒少與人稱兄道弟，可一想到妹妹稱別人為兄，就各種不爽。

榮嬌在準備拜師禮的同時，正院裡，康氏也在精心準備。她是不贊成，也很惱火，但終歸是自己最疼愛的小兒子，哪能撒手不管？

看著康嬤嬤送過來的禮品，池榮厚眸色微動，心情複雜。母親竟連珍藏的古硯都拿出來……心頭泛起說不清、道不明的滋味，有酸澀，有溫暖。

「代我謝過母親。」他悶聲答道：「這太過貴重，先生不會收的，煩勞嬤嬤帶回去。」

說完，冷著臉轉身走向內室，不理會呆若木雞的康嬤嬤。

他沒有生母親的氣，不過在不確定父親態度之前，還是保持與母親僵持的狀態較好，不至於讓父親遷怒於母親。

這份用心，他自是不會明言。

康氏被拒後氣得心口疼，這個不省心的東西！惹了這麼大的禍，他還有臉賭氣？不管了，隨他自己折騰吧！

「去問問是誰給三少爺準備的禮品，傳過來我仔細瞧瞧。」

厚哥兒哪懂這些？他那個院子裡也沒個明白的，氣雖沒消，卻捨不得不管他。

「是……是大小姐。」康嬤嬤知道這會捅了蜂窩，夫人一肚子的氣正愁沒地方出呢！

「聽說照著規矩備足了六禮……」

「池、榮、嬌！」

康氏臉色鐵青，一字一字擠出這個名字，怎麼哪裡都有這個喪門星的影子，什麼事都要來摻一腳？

讓她一摻和，這事還能好嗎？好事也得變壞事，壞事就會變得更壞。

康氏真覺得這喪門星不能繼續住在府裡了，因為王家的親事，她不能死，可這每天在厚哥兒面前晃悠，難保厚哥兒的福澤被她晃沒了。

康氏的心思轉到了如何讓兄妹疏遠，要厚哥兒不要管池榮嬌，自問她的話沒那麼管用，厚哥兒她最清楚，慣會耍滑頭，當面應得好好的，起身就拋腦後了，走到哪裡，都忘不了妹妹。最好是將池榮嬌打發得遠遠的，讓厚哥兒沒機會見她。

「妳說，讓她去莊子上養病如何？」

「夫人，這個時候去莊子是不是……」康嬤嬤覺得不是好主意，兩位少爺肯定不會答應。「天冷，又快過年了……」

年關將至，嫡出的大小姐送到莊子上養病？又不是急症或過人的疫病，怎好如此？

「正是要過年了，府裡亂糟糟的忙年，不利於養病，換個清靜地方，不是好得更快？」

康氏自有一番道理。

「這……去哪個莊子？」

康嬤嬤不知康氏是在氣頭上，一時心血來潮還是心意已決，不敢亂接腔，試探著問。

「她配住什麼好地方？」康氏語氣甚是輕蔑。「難不成還要住溫泉莊子？」

「……夫人，若是養病，這大冬天的，只有去溫泉莊子才合適。」

知道夫人不愛聽，卻不能不說。快過年了，總不能隨便找個小莊子將大小姐送過去吧？那不是養病，是懲戒。

「她去了溫泉莊子，以後別人還怎麼去泡湯？」

康氏頗為不悅。池榮嬌那個小喪門星，走到哪裡就會帶壞哪裡的風水，她泡過的溫湯，誰還敢再泡？

「這麼說，小哥哥是要住到先生家裡了？」

榮嬌既關心又好奇，剛才小哥哥說到先生教學的規矩，凡正式收入門下的，初入門者須在一年內隨侍先生左右，一年後考校學問，過關者則不須隨侍，根據先生指定的書目與要求自行安排功課，只要能達到先生的要求，在家苦讀或外出雲遊，先生一概不管。

半年一試，其間有不懂之處，可隨時請先生指點解惑。

「明天就要去？都要帶什麼過去？我幫你整理行李吧！」

要是住在那裡，要帶的東西可不少，生活用品還有筆墨紙硯等等東西，林林總總都得收拾仔細。

「不急。」見妹妹一副馬上要去幫他打包的模樣，池榮厚面帶笑意。「先生說他明年春闈前都不會離京，池府距先生的住所並不是很遠，我可以每日早出晚歸，無須住在先生家；但春闈之後，先生要外出訪友，須跟隨同行。」

他也還猶豫著呢，是選擇住先生家還是住自己家。

「依我看，小哥哥應該住在先生家。」

榮嬌覺得雖然是二選一，但身為新入門的小弟子，不應該回家住。

「先生許你自由，是先生寬厚，體恤弟子。小哥哥之前說過，能拜先生為師，是千載難逢的幸運，既然如此更應該珍惜。都說言傳身教，你跟在先生身邊聆聽教誨，不僅學先生的淵博知識，還能從先生的言談舉止中受教，這是別人求也求不來的。

「況且，先生暫居京城，家人不在身邊，做弟子的更應該服侍左右、照顧起居。還有，你不回府，安心在先生處讀書，能省卻不少的麻煩。」

聽妹妹說得頭頭是道，池三一咧嘴。妹妹越來越有先生範了，說得有理，他是虛心受教的好哥哥。

「成，聽妳的！對了，玄朗公子那裡要謝，問問他幾時有空，我們用心備桌酒席答謝？」

榮厚想起此番全虧玄朗幫忙，他才能拜入先生門下——雖然他到現在也沒明白，玄朗是怎麼做成此事的。

「我問問，他向來很忙，經常不在城裡。」

榮嬌不知玄朗有沒有出城，不過依照往常，即使人在城中，恐也未必有時間赴約。

「若他沒空就算了，小哥哥你在先生家也未必得閒，玄朗大哥不是外人，不會在意這些虛禮的。」

榮嬌在哥哥面前不會藏掖，想什麼就說什麼，在她印象裡，玄朗幫自己的忙絕對不會索要回報，若自己真要感恩戴德地謝他，怕是會讓他不高興呢！

池榮厚聽了這話，一邊高興妹妹慧眼識人，結交的朋友是情義之輩，一邊心中泛酸。自己從小疼到大的妹妹這麼親切地說著一個陌生男人，感覺特別不痛快，好像自己家的寶貝要被搶走了似的……

基於這種心情，池榮厚越發想見玄朗了。「不急在這一、兩天，妳先問問，等年節後有空閒再約日子也行。」

「好，那我先跟他說這件事，具體日子再定。」

榮嬌哪知道哥哥的心理，爽快地答應下來，還不忘威脅哥哥。「提醒一下，小樓公子是你的朋友，到時你可別露餡，若是被他看出端倪，我可是要找小哥哥算帳的。」

「行呀小丫頭，連我妳都敢教訓了？居然不相信哥哥。」

榮厚故意瞪眼不悅，惹得榮嬌格格笑。小哥哥慣會虛張聲勢，根本不會真生她的氣，才不怕他呢！

玄朗收到榮嬌的來信，毫不猶豫就應下了。答謝是次要，池榮厚既然是小樓的朋友，他總是要見一見，當面了解，看他是否有資格做小樓的知己之交。

因為池榮厚拜師之事，玄朗惦念起小樓的前程。這孩子，眼下不想讀書進學，將來是否會改變主意暫不得知，但時光不等人，他想做什麼總要好好打算，家中長輩不幫，自己這個做大哥的應該多操心；做生意也行，拿出計劃來，有他在，本錢、人手、資源都不愁的。

於是在答謝宴之前，榮嬌先收到玄朗的口信，問她一直要請又一直沒有請的客，準備安排在何時？

帶信的岐伯笑道：「公子問今年還有沒有機會？欠到明年是要加倍收利息的。」

榮嬌小臉一紅。「我隨時都可以，是大哥太忙。」

「公子說日子你定，他隨時候請。」

她更覺不好意思。「岐伯可知大哥平素喜歡哪家館子的口味？」

「公子的意思，若是你方便，就在芙蓉街宅子小聚。上次時間緊，沒嚐到貴僕的好手藝，而且……」說到這，岐伯頓了頓，眼底的笑意更深了幾分。「公子說兄弟小聚，不必興師動眾，幾道家常小菜就好，最好能喝到小樓公子的拿手好湯……」

第五十五章

拿手好湯?!

榮嬌這下耳根子都紅了，上回一個失言，竟被拿來打趣，沒想到正人君子般的大哥居然也是促狹鬼，居然大剌剌地讓岐伯傳話。

想她小樓公子聰慧清俊的形象，全讓這一碗拿手好湯給毀了。

「岐伯，你跟大哥說，別的不敢保證，屆時湯水一定管飽。」哼，要多少有多少，看你能喝多少碗。

看著榮嬌羞惱的小臉，岐伯呵呵笑，表示定會一字不漏地轉告公子。說實話，當時公子以再正常不過的表情淡淡地吐出這句話時，他都愣了，沒想到公子還會開玩笑，小樓公子居然會煲湯？

一個半大小公子會下廚？想想就覺得違和，公子還拿這個來打趣，真是太壞、太欺負小孩了。

見面前的小孩脹紅了面皮，氣鼓鼓的，與平素故作老成的模樣迥然不同，越發地雌雄難辨，岐伯不禁起了湊趣之心。「沒想到小樓公子還善烹飪之道，真是難得，不知你的拿手好湯是什麼？不過，公子在吃食上不挑剔也沒有口味偏好，想來你的湯必是公子喜歡的，不知道何時岐伯也能有這個口福……」

看著岐伯不無促狹的神色，榮嬌決定了，到時一定要在所有的湯裡都多加兩勺鹽，而且還要讓玄朗全部喝完，以報他嘴快之仇。

當然，那只是一時氣惱，到了請客這天，榮嬌早把要報復的小心思拋在腦後，提前兩日開始擬定菜譜、準備食材，若不是欒嬤嬤出門不方便，她還想讓嬤嬤來主辦呢！

但想想此舉的危險，還是放下念頭——誰知康氏會不會突然上門？有欒嬤嬤在家坐鎮，她也安心，不然兩人都出來了，即便有繡春假扮，紅纓幾個也應付不來。

欒嬤嬤知道玄朗幫榮嬌良多，又是榮嬌第一次以主人的身分宴客，雖不能親自主持，還是做了不少拿手的滷味當冷拼盤。聽說上回送去的零食、點心受歡迎，又做了一批裝在食盒裡帶去。

待玄朗入席後，被榮嬌的隆重搞得既高興又無奈。「小樓，都說了不是外人，你這樣，大哥都有些受寵若驚了。」

他接過榮嬌遞來的溫熱面巾，邊擦手邊開玩笑道。

「大哥又唬我了吧？這樣就受寵若驚了？」少騙人了，肯定是見過大陣仗的，小小一桌宴席就受不住？誰信！

榮嬌皺了皺鼻子，不大雅觀地翻了個白眼。

「我是不是應該說大哥光臨，寒舍蓬蓽增輝呢？」

「你呀！」

玄朗失笑搖頭，俊雅的臉上掛著一抹清淡如風的笑意，看她的目光多了淺淺的溺色。小樓在他面前越來越無拘無束，像個被寵著的孩子，這是好事，自己每回看到他，不也是全然放鬆？

所以，一定要好好與他談談。意識到小樓對自己的重要，玄朗越發覺得自己要負起大哥應有的責任，與幼弟推心置腹地談一次——無論他有何夢想，做大哥的都會支援。

「將來？」

「嗯。」玄朗點頭。「大哥剛才說過，不是要干涉你，更不是要你聽我的安排。大哥知道小樓是有主見的，你現在說大不大，說小也不小了，關於自己的未來有什麼打算，不知能否與大哥說說看？」

之前想讓他跟著池榮厚一起拜入莊先生門下，他不願意；做生意吧，靠著小打小鬧，什麼時候才能做大？

玄朗覺得自己越來越搞不懂這個弟弟了，以前沒覺得他是這麼難搞的小孩啊，是因為關心則亂？

總之，謫仙般的玄朗公子表示，就算小樓不耐煩、嫌他多事，該操的心不能不操。

「大哥是要幫我？」

榮嬌眨了眨眼睛，聽大哥的意思，是這樣的吧？

「好時光稍縱即逝，大哥知道小樓能幹，可是多一份助力不是更好？」

玄朗還以為自己一個不小心讓小少年的自尊受到傷害，輕聲安慰。「我比你癡長幾歲，自然有多一些積累，你我兄弟相稱，做哥哥的幫扶弟弟也是應該的；再說，衝這碗湯，我也應該有所表示……」

想幫忙就直說，扯湯做什麼？榮嬌一直噙在嘴角的笑意隨著最後那句話而消失，怎麼又拿湯來打趣？

「除了廚娘，還從來沒有人為我煮過湯。」

見小樓唇角的笑意宛如忽然被烏雲遮住，玄朗急忙解釋。雖然這句真心話說出來有些發窘，不過，若小樓誤解自己在打趣他的行為就不好了。

這樣啊……榮嬌的臉上多雲轉晴，原來是感動啊！

「小樓，借力也是成功的途徑之一。」

玄朗以為她不情願，依舊很有耐心、誠意地勸導這個彆扭的小孩。

「咦，我沒想要拒絕啊！」榮嬌眨了眨墨玉般的大眼睛。「大哥想怎麼幫扶我？」有可靠的大樹當然靠啊，不過既然天上要掉餡餅，可以問問是什麼餡的吧？

聽到她的答覆，玄朗俊秀的臉上忽然綻出喜悅的笑容，如初雪後的第一道陽光，光彩奪目，滿是溫暖。榮嬌被這笑容晃花了眼，心神失守，有片刻恍惚。

雖然早知道玄朗大哥有副好皮相，可以往似乎沒有注意到他如此好看。

在她心裡，自己的兩個哥哥才是最好看的，二哥冷冽清俊，三哥率性灑脫，再也沒有比他們更好看的了，可原來玄朗大哥也是好看的……

盯著他的笑容，心，微微地動了一動。

「你想大哥怎麼做，都可以。」

玄朗見她盯著自己不說話，一直發呆，還以為是在等自己的回答。想到這個弟弟性子雖好，偶爾卻會鬧點小彆扭，先一口應承下來。

在他眼裡，除非小樓是想做皇帝，否則不管他提出什麼樣的要求，自己都有辦法滿足。

「我還沒有特別的打算。」榮嬌想了想，以實相告。「就是需要賺比較多的銀子，因為我有很多要花錢的地方，不過到底花在哪裡，暫時不能告訴大哥，總之不是拿去做違法亂紀的壞事就對了。

「這次賺了一些，想年後開間藥鋪。李忠掌櫃以前做過藥行，有些經驗，做藥材生意，尤其是珍貴的藥材，利潤很可觀。

「我知道大哥是真心為我好，不過我確實無意仕途，既不想學文也不想習武，具體原因不便透露，希望大哥能體諒。我唯一想做的事情就是從商，只要是能賺銀子的合法生意，我都想做。」

對於玄朗想給自己謀劃前程的善意，她明白，不過女扮男裝在幕後做生意還成，真要去走仕途？瘋了不是？

玄朗聽了這番坦言，看著她眸色純澈的大眼睛，沈默了一會兒，心裡說不出是什麼滋味。這孩子，倒是不改初心，一心只認銀子。

到底是什麼樣的不方便，迫使一個半大孩子既無青雲志也不想當英雄，只能選擇做商人賺銀子？

賺銀子沒什麼不好，玄朗雖然不理解他明明可以有別的選擇，為何非要堅持初衷，不過，這也沒什麼。

「你若是想要賺很多的銀子，小打小鬧、一兩一錢地攢，要很久，估計等你鬍子長出來了，也未必夠。」

玄朗也不知道自己怎麼了，每次見小樓瞪大眼睛、板著臉認真地聽自己講話時，總忍不住心癢癢地想逗他。其實，他真的不會開玩笑，也從來不跟人開玩笑的。

榮嬌從沒見過有人可以這麼一本正經地講著玩笑話，還是，大哥認為她賺錢的速度太慢，這是一句嘲諷？

哼，她輕輕從鼻子裡發出個聲音。「不是有大哥嗎？還會等到長鬍子？」

笑話，她根本不可能長鬍子，再過多少年也不長的。

「當然不會。」玄朗見她氣呼呼的小模樣，只覺得可愛得不得了，見少年有羞惱的可能，忙一本正經地說道：「大哥有兩個建議，銀子與資源，你想要哪個？」

什麼意思？榮嬌目露不解。

「岐伯經驗老道，他說你已經能獨當一面了，白手起家無非是差本錢而已，我出銀子，要多少，是借還是算入股，你決定；另一個選擇是管理現成的產業，大哥有一些生意，岐伯是大管事，你若是願意，就過來做他的副手。曉陽居你做得很好，這次無非是多了幾家，要是你不方便離開都城，就先拿城裡的生意練手。」

玄朗平和的語氣中帶著一絲誘惑，以及隱不可察的忐忑，他其實擔心這兩個提議都不被採納。

好大一個餡餅，有錢人就是任性，要多少給多少，聽聽，多霸氣呀！

但她喜歡這種平平淡淡又睥睨的語氣。

不過餡餅太大，她需要好好想想。「大哥，謝謝你，這是大事呢，容我考慮一下再回覆你好不好？」

榮嬌心裡更傾向於前者，雖然與玄朗關係很好，但她更喜歡自己當家做主。

「也好，不過你只須考慮自己的發展，無須顧慮其他，更不要將大哥當外人。不要對我的幫扶有壓力。

這句話都到了舌尖上，玄朗還是將其嚥下去了。

如果小樓不願意接受，暗中相助的辦法也有許多。

「嬤嬤，妳說我是跟玄朗借錢好呢？還是讓他出錢入股好呢？」

榮嬌回到三省居，就一直琢磨這件事。

玄朗的提議，她頗有些心動，雖然現在手頭有些銀子，但做生意還怕本錢多嗎？自然是手頭寬裕些得好。

「嬤嬤哪懂這些？」

欒嬤嬤見夜都深了，榮嬌還坐在那裡長吁短嘆的，沒有要就寢的打算，催促道：「不早了，想不好就別想了，睡一覺起來就有好主意了。」

榮嬌不理會，還在那裡唸唸有詞。「嬤嬤妳看，我若是借銀子吧，一是利息他多半不會要，二是借多少的問題。借多了若賠了，我還不上，可若不賠，自己又過意不去；若借太少，又不值得借的。還有啊，合夥也不錯，有事岐伯就能擺平了，不過我還是想有自己的班底，不想事事依賴玄朗。再說，我又不是真的小樓公子，生意與他攪在一起，以後也少不得要解釋許多，怪煩的……」

聽她嘀嘀咕咕沒有睡覺的打算，欒嬤嬤只好勸道：「嬤嬤覺得，既然玄朗公子有心想幫忙，姑娘就看自己最需要哪種，哪種情形最便利，就選哪種；真沒賺錢，嬤嬤看他也不會要姑娘賠，有多少就給多少，沒有先欠著。姑娘別為這還沒影兒的事犯愁，快早點歇息了吧！」

欒嬤嬤一語驚醒夢中人，榮嬌呆呆地望著她。哇，嬤嬤好厲害，一針見血！

對呀，明明是件好事，她在這裡糾結得千迴百轉的，有必要嗎？

誠如嬤嬤所說，玄朗本意是為了幫她，採取何種形式，他都無異議，而且反覆叮囑自己只須考慮自身的便利，無須顧慮他，也就是說，無論她怎麼選，對他都是沒有影響，都是能接受的。

自己還較什麼勁？要麼接受他的好意，要麼拒絕。

若是接受，自然是照著自己的需要來，想有更多的本錢，想自己做主、有自己的人馬，還想出了事有人幫忙擔著，需求明確——成了，借錢吧！

除了銀子，旁的都不選。

「姑娘，嬤嬤說錯話了？」

欒嬤嬤見榮嬌盯著自己不說話，以為自己說得不對。「嬤嬤就是那麼一說，對的妳就聽，不對的，就當嬤嬤吹了陣風。」

榮嬌噗哧笑了起來，抱住欒嬤嬤的胳膊，撒嬌道：「嬤嬤是吹風還是吹牛？薑是老的辣，嬤嬤最厲害了，妳說得都對，再正確不過。」

欒嬤嬤見她笑靨如花，顯然是重負已釋，慈愛地拍拍她的後背。「累了一天了，嬤嬤服侍姑娘洗漱就寢。」

次日一早，三省居就迎來了不速之客。

榮嬌睡得晚，又興奮，躺在被窩裡還在琢磨著需要跟玄朗借多少錢、怎麼花用、投資到哪上頭……腦子裡的主意滾動不斷，越想越睡不著，後半夜才迷糊睡過去，到了平素起身的時辰竟沒醒來。

直到被外頭隱約傳來的喧譁聲吵醒，她仔細辨別，那陡然拔高的尖銳女聲，很陌生，是康氏又派人來了？

榮嬌第一個想到的就是她。

天冷，她消停了這些日子，這是又要開始折騰了？

撩開床帳，探頭看了看外面沒人，這可少見了……加上外頭時高時低的吵鬧聲，榮嬌心知又有事發生了，不知康氏這次又折騰哪齣戲？

她不慌不忙地起身穿衣服，撩開床帳下了床，自去淨房洗漱，梳髮更衣，收拾得全身索利，從暖壺裡倒了碗熱水，桌上擺著點心，就著熱水吃了兩塊點心，這才不疾不徐地開門。

「姑娘，您醒了？」

綠殳如門神似地站在樓梯口，將通往房間的路堵得嚴嚴實實的，頗有一夫當關、萬夫莫敵的架勢。

「嗯，怎麼了這是？」

從樓裡看外面，視線遮掩，看不真切。

「夫人派人過來，帶了兩個道姑來做法事，說是要祈福驅邪，給您祛疾，進門就往裡衝。嬷嬷說您還沒醒，事先也沒知會，要等您醒了稟告之後再做安排，正院來的管事不同意，吵起來了。嬷嬷讓奴婢在這裡守著，誰要敢硬闖上來就直接踹下去。」

綠殳惱得聲音都帶著微微的抖意。一大早，正院的人就來砸門，來的還是夫人的陪嫁康亮家的，奉夫人之命請了真雲觀的仙姑來驅邪，嚷嚷著讓她們趕緊都到院子裡去，仙姑要施法祈福驅邪。

第五十六章

驅什麼邪？邪物在哪裡？

欒嬤嬤攔著康亮家的，雙方僵持不下，康亮家的派人回正院找康氏要請示，實則是為了拿到名正言順懲戒欒嬤嬤的指示。

榮嬌平靜地看著院中的情形，心裡無波無瀾。

康氏，還真是……不知道應該怎麼形容，只覺得心底有悲涼的霧氣拂過，又彷彿是自己的錯覺，心湖平靜如鏡。

「綠殳，妳下去告訴嬤嬤，不用攔著，讓她們自便吧！」

榮嬌語氣平和，不喜不怒。「我還沒吃早飯，問嬤嬤有什麼吃的，其他人去做各自的差事。驅邪難得一見，沒差事想留下看熱鬧的，任憑自個兒高興。」

想驅，就驅唄，覺得哪裡有邪物作祟就驅哪裡唄，她沒意見，反正有與王家的親事牽絆著，就算康氏現在想將她當成邪物處理了，權衡利弊之後還是會放棄的。

「是。」

綠殳應了聲是，迅速地下樓傳話去了，雖然她不明白大小姐為何像沒事似的，不但沒生氣，還要大家配合。

照她說，就應該把康亮家的帶來的這夥人全部打出去！

榮嬌吃完早飯，坐在案前慢悠悠地研墨，準備練字，抬頭見欒嬤嬤看自己，不由輕笑。

「怎麼了？還生氣？」

「姑娘！」欒嬤嬤嗔怪道：「明知道嬤嬤不是這個意思。」

但是，就任由她們在下面作踐？

「沒事的，驅邪是好事，沒必要攔著，又不是把哪個當成邪物抓走了，願意跳大神，借個地方給人家也沒什麼，那麼小氣做什麼？三省居雖說是咱們住著，可正經是池府的產業，當家夫人要做法事，我們配合是應當的。」

榮嬌這番話說得自然平和，彷彿她也覺得理所當然。

「姑娘，這不是借地方的事——」這是衝著姑娘來的！

「不是借地方，還是咱們這兒真有邪物讓她驅除？日子太平靜了，有好戲看妳還不樂意？」

榮嬌是真不在意，反之，她倒覺得康氏這次有失水準。臨近年關了，還找兩個道姑上門驅邪，傳出去不成了笑話？別人還管做法事的現場是在哪裡？總之是池府就對了。

愚蠢至極，身邊人也不知道勸勸。

不過這次榮嬌真的猜錯了，康嬤嬤苦口婆心勸了好多次，康氏就是不聽。不管，要麼把喪門星攆到莊子上，要麼就要請人來驅邪，在三省居四周布上鎮壓去穢之物。

百般勸阻沒用，康嬤嬤只好找來兩個嘴嚴的道姑，借著送平安符之名請進府裡，沒直說要做法事，只說大小姐的病纏綿一冬不見好，請仙姑看看，重點提示大小姐住的地方偏僻，會不會有不乾淨的東西？

道姑常在高門大戶的內宅行走，一聽就明白，當然是院子有問題。

「姑娘，中午吃燴白菜肉捲好不好，上次做您很喜歡。」

欒嬤嬤聽著窗外的鬼哭神嚎，再看看案前氣定神閒的榮嬌，心裡酸澀得難受。

「好呀，還要吃烘得焦香的麥餅。」

看著嬤嬤擔心的眼神，榮嬌心裡湧起一股暖流，她微微瞇起眼睛，拉長了聲音，尾音微微上挑，透著股嬌意。「嬤嬤，真沒事，妳不會以為我在強裝歡顏，心裡淚流滿面吧？」

她若無其事可不是假裝的，是真的沒當回事。

「嬤嬤，我已經長大了，不是想要糖吃的小孩子了，有些事、有的人，無所謂了……」

這個府裡，所謂的親人，除了二哥和小哥哥，其他的，她一個都不在乎。

別說是打著祈福祛疾名義的驅邪，康氏連絕育藥都能下到她的茶裡，她傻了才會對這種女人再有什麼期待。

「那，姑娘想怎麼做？」

會反擊嗎？還是輕輕放下？

「先這樣吧，若她到此為止，我們權當看場戲，若是繼續下去……三番兩次承蒙她的厚待，總要準備份回禮。」

不在乎，沒有期盼，便無所謂傷害，向來只有最在乎、最愛的人才能傷到心裡，康氏，她不配也沒資格。

一場祈福祛疾的法事，如一塊石頭投在平靜的水面，道姑們還在跳著，池府裡各房各院的主子們都得了信。

「這都要過年了，她還真是……」

池老夫人撚著手裡的紫檀木佛珠，垂著眼，似有嘲諷。「好歹知道用個祈福的名義，還算有腦子……」

臨近年關了，招些三姑六婆來府裡，也不怕不吉利。

「……娘，妳說把這件事寫信告訴池榮勇？為什麼，他又不領情。」

池榮珍嘟著嘴，自從她鑲了牙就秉持笑不露齒，連說話也是以手半掩口，唯恐別人注意到自己的牙齒。

「不需要領情，只要能讓康氏不痛快，母子生隙，這個信怎麼能不報呢？」

楊姨娘溫婉地笑著。被親娘驅邪，池榮嬌未必會告訴她的二哥、三哥，可這樣的消息怎能不讓兩位少爺知曉呢？

府裡那些閒得發慌的女人有何心思，榮嬌懶得理會，聽著外頭又唱又跳的聲音小下去了，她淡然開口。「綠殳，下去告訴康亮家的，就說我吩咐她把院子收拾乾淨了再走。」

綠殳兩眼放光，摩拳擦掌地衝下樓傳話，她倒希望康亮家的不聽話，這樣就可以乘機教訓她一番。

可惜，康亮家的也不傻，正事辦完了，不會再為小事節外生枝，打掃就打掃，她帶著人手，不用自己親自動手。

下人打掃院子，她自己順著三省居繞了半圈，確認四個方向都掛上了驅邪鎮鬼的桃木符後，特意讓人稟告榮嬌，這四道符是請仙姑施過法的，萬萬不可私自摘下，然後才回正院向康氏覆命。

「姑娘，就由它掛著？」

綠殳探頭看了看那四塊巴掌大小的牌子，怎麼看怎麼不順眼。

「掛著就是，那麼個小東西，妳看著礙眼？」

榮嬌淡問，頭也沒抬，視線落在手中的書上。

「礙眼，看著堵心！」

綠殳惡狠狠地盯著窗外，若是目光真能燃火，那幾個爛木頭牌子早就被燒成灰燼了。

「妳若閒著無聊，去曉陽居跑腿送個信吧！」

榮嬌決定接受玄朗的建議，借銀子做本錢。

京東大營裡，池萬林與池榮勇同時知道了府裡這樁祈福祛疾的法事。

池萬林心頭浮起一絲滿意。康氏雖然粗魯，還是識大體的，池榮嬌本身沒什麼，但有王家的親事在，該做的樣子還是應該要做的，心裡原本因榮厚之事對康氏的遷怒頓時減了兩分，當然更重要的是幕僚與他分析過……

「……三少爺此舉雖魯莽，對您倒無害處。聖意難測，若聖上不喜，您就推說三少爺年少輕狂，又不忍拒絕莊先生的美意，讓老先生難過，於是自作主張；若聖上不怪反喜，您不是收穫良多？莊先生門下親傳弟子，非同一般哪！」

他之前是當局者迷，被幕僚一點醒，恍然大悟。

對呀，若風頭不對，這事就是厚哥兒自己鬧出來的，少年不明事理，不曾與家中長輩商量，因尊老而自行做錯事……若真鬧得太嚴重，將厚哥兒打發到他外祖家，過幾年風平浪靜了再回來。

若正合了聖意，拜莊大儒為師，呵呵，誠如先生所說，非同一般。

原先只恨康氏寵溺幼子，將人慣壞了，恨不得回府將她罵個狗血淋頭，現在看來，康氏也是有功勞的……

池榮勇的心情卻極為憤怒，明知道楊姨娘告訴自己這件事是不懷好意，就是為了挑撥母子關係，但他還是如楊姨娘所願，對母親所為忍無可忍。

真是越來越過分了！非要趕盡殺絕嗎？

母親這樣，也太委屈榮嬌了，或許應該讓榮嬌搬出府去？到了外邊，行事也更方便……

池榮勇內心是不願意讓榮嬌一個女孩子出府獨居，不過，面對母親無休止的騷擾與傷害，遠遠避開恐怕是有必要的。

連驅邪的事都搞出來了，下回不知道又要折騰什麼……

今日的三省居，氣氛似乎有些不同。有的僕婦、丫鬟苦著臉，手腳慢騰騰的，眉間頗有幾分垂頭喪氣，有的卻面露喜色，渾身洋溢著一股如釋重負。

紅纓幾個大丫鬟是最高興的，領著小丫鬟歡快地收拾著東西，嘰嘰喳喳討論著哪個要帶、哪個不用。

欒嬤嬤的心情有些矛盾，且喜且憂，事到如今，也不知道是對是錯……

「姑娘，您真的想好了？」

眼瞅著快過年了，這時候搬出去，連年都未必能回來。

「嬤嬤別擔心，這也是二哥的主意。」

榮嬌知道欒嬤嬤擔心什麼，不過這個結果是她和二哥商量過的，也是自己所求的。在外人眼裡，她是被發配到莊子上養病，對自己而言，卻是難得的自由機會。

經過康氏一番折騰，榮勇與榮嬌同時生出離意，兩人商量，乾脆藉著驅邪這事，榮勇讓人找了名道士上門糊弄康氏，指明池榮嬌的病要離開府裡才能養好，最好往南走，否則不但病難痊癒，恐殃及家人。

康氏信了，就說小喪門星不是好東西嘛！走、走走，別管什麼臨近年關，趕緊攆出去！

只是家裡的莊子都不在南城外……這時，池榮勇說他有朋友在南郊外有個小莊子，十幾畝薄地，一個院子、幾幢房屋，房子收拾一下倒也能住人。

康氏一聽，行，只要能住人就行，恨不得立刻將榮嬌掃地出門。

住所搞定後，康氏雷厲風行，勒令榮嬌兩日內必須搬離府中，三省居原來的下人，她想帶誰過去自己選，剩下的改派別的差事，三省居封院，不留人。
消息一出，三省居頓時人心浮動，有喜有憂。
榮嬌無意與池府牽扯，只帶了欒嬤嬤和自己最信任的紅纓、綠殳等四個丫鬟，其他的人手已經讓李忠買了新的，以池榮勇的名義送了過去。
那座小莊子，實際上也是榮嬌安排李忠買下的，並沒有池二少朋友這人。
既然搬到莊上是長住，紅纓幾個丫鬟幾乎把所有認為能用到的東西全收拾了，不能打包的家什也全搬到庫裡，找幾個大鎖結結實實地鎖了幾道。
榮嬌瞅著幾近搬空的閨房，不由好笑。至於嗎？咱們又不是再不回來了。
其實，她真沒打算再回來。
欒嬤嬤給所有不帶到莊子的人放了假，天黑後，聞刀帶著包力圖來回運了四、五趟，才把要安置到芙蓉街的東西拉完。
狡兔三窟，榮嬌是有目的地搬離，自然不會老老實實待在莊子裡養病。芙蓉街的宅子會是她的常居所在，繡春在莊子裡扮她，莊內上下都是自己人，不管知不知情，都不會洩漏半句。
對她搬家的行為，不知內情的李忠極力贊同。原先只能透過聞刀遞話，也不知公子到底在哪兒，火燒眉毛也不知去哪裡尋人，住在同一座宅子裡自然好，有事就近商量。
到了離府的日子，康氏一大早就打發人過來催促。這廂，外院的家丁往外搬行李箱籠，那廂已經開始清理物品、打掃房間，準備封屋，真是掃地出門，一刻都不能再等的做派。

康氏派來的婆子一個勁兒地催著，話是說得比較有技巧。「去莊子路遠，大小姐身子又弱，夫人吩咐馬車行得慢些，若是起程太晚，誤了飯點，哪能讓大小姐餓著？今兒是良辰吉日宜出行，還是早些出門上路得好。」

婆子又急又不敢硬催的糾結，榮嬌頗覺好笑，故意做出為難的樣子。「可是，我沒有去給老夫人和夫人辭行……」

「大小姐真是知禮數。」婆子擠出一絲笑意，話鋒一轉。「老奴來時夫人吩咐過，路途遙遠，大小姐身子弱，就不必請安辭行了。老夫人那裡也傳過話了，早上要禮佛不得空，府裡其他幾處，更不會挑這個理，畢竟您養病要緊。」

看來是提前得了吩咐。榮嬌早料到康氏和老夫人都不會見自己，提出辭行，不過是避免失禮的那個是自己而已。

她笑了笑，看了看自己的幾個丫鬟。「說得對，早晚要走，晚走不如早走，紅纓、繡春去看看東西抬完了沒有，我們先出去。」

榮嬌一行人從側門出府，上了車，還沒等車子啟動，側門啪一聲關上了，充分表達出迫不及待地送走瘟神的態度。

一輛馬車、三輛騾車啟程。

看著池府在視線裡逐漸遠去，榮嬌輕輕笑了。

這樣也好，二哥、小哥哥不在，這個地方也與她沒有關係了。

時辰還早，路上車不多，因為有兩輛騾車拉著行李箱籠，走急了會磕碰到易碎物品，榮嬌也不急，車駕慢悠悠地走得不快。到南城門時，城門前排隊出城的車輛挺多，榮嬌的這四輛車夾在其中也不算顯眼。

守城的軍士照例做日常查問，聽聞刀說是池府的車駕，又見前頭馬車的不起眼處果然有池府的標記，雖然心裡納悶池府的馬車這種天氣出城做什麼，卻也沒多嘴，順利放行。

一行出了城門，完全不知就在聞刀與守門軍士搭訕的工夫，後頭那輛看上去不顯眼的馬車上，正好有人探出頭，看到了聞刀的背影。

第五十七章

咦，那不是聞刀嗎？

阿金眨眨眼。他剛才覺得鼻子酸癢，想打噴嚏，因此推開馬車窗——當著公子的面，他不想在車廂裡打噴嚏。

難得享受一回與公子同車的待遇，別給公子留下壞印象。

咳，公子以前出行喜歡騎馬的，現在也改坐馬車啦，就因為親愛的小樓弟弟說了句「若無急事，大哥坐馬車多好呀，不用太辛苦」。得，他們這些年來不知勸了多少回，還不如小樓公子一句話好使。

不過這種鬼天氣，不急著趕路，確實坐馬車比騎馬要舒服，小樓公子做了件好事。

阿金捂著嘴巴連打了兩個酣暢淋漓的大噴嚏，終於舒服了，滿意地揉了揉鼻子，目光隨意一掃，瞧見前面背對自己的背影，一眼就認出是聞刀。

因為玄朗對小樓的重視，凡是與小樓沾上邊的事情，阿金已習慣向玄朗彙報。「公子，聞刀在前面，像是護送人，有三輛騾車拉著箱籠。」

「不是小樓吧？」

手中握著書卷的玄朗抬起頭，第一個念頭是，難道小樓要回南方過年？他應該不會不告而別吧？

「不會吧？屬下去看看。」

就知道公子準會聯想到小樓公子身上，阿金嘆息一聲，跳下馬車。

出了城門是官道，一路護送的只有聞刀與洗錘兩人。洗錘在前引路，聞刀殿後，走沒多遠，就聽後面有人喊自己。

他勒馬回頭，對方竟是玄朗公子身邊的阿金，頓時就有些懵了，身體一僵，目光不由得往馬車上瞟。怎麼會遇到他?!

「聞刀，一大早就出城啊？你這是要去哪裡？」

阿金笑呵呵地催馬上前。「從後面瞅著像你，叫了兩聲，沒想到還真是你。」

聞刀後悔不迭，剛才是不是應該裝作沒聽到？

「是阿金大哥呀？」他故意提高嗓音，臉上掛著偶遇的喜悅。「真是巧啊，你這是要去哪裡？是自己出門，還是與玄朗公子一起？」

「陪公子出城辦差。喏，公子的馬車就在後頭。」

聞刀的熱情讓阿金有些意外，以前怎麼沒發現這小子是個大嗓門？

玄朗公子在後面?!

聞刀的小心肝一陣亂跳，不自覺地又掃了馬車一眼，頓了頓，知道自己不可能得到指示，於是胡亂笑了笑。「阿金大哥，我要護送府裡的主子，就不去給公子請安了，就此別過。」說著就驅馬向前。

阿金哪能放他走，伸手攔下馬頭。「這麼急做甚？府裡的哪位主子？我家公子的弟弟與你家二少爺、三少爺都是好朋友，若是池家的長輩在，按禮——」

「不必不必，玄公子客氣了，不是長輩。」聞刀對阿金的熱情有點招架不住，哪敢真讓玄朗公子來請安？躲都來不及呢！「是……」

他面帶遲疑。坦言是大小姐的車駕，男女有別，阿金總會避嫌的吧？

「是女眷，大小姐要去莊子上休養，不方便見禮，就此別過，改日再會。」聞刀急著要走。

阿金一聽是池府的大小姐，想到關於她的傳言以及那樁暗定的婚事，不由多看了那輛一直安靜無聲的馬車幾眼。

天寒地凍又臨近年關，這時節被打發到莊子上養病，看來池大小姐還真是不受長輩待見。這麼多行李，恐怕是長住的架勢，過年不打算接回了吧？

池家那兩位護妹如眼珠的哥哥居然不管？是不知道，還是小胳膊擰不過大腿？

「這樣啊！」阿金點頭。「希望大小姐早日康復。你稍等，我去回稟公子，公子還等著呢！早就聽說池家兄妹感情好，你也知道公子對小樓公子看護得緊，池家少爺與小樓公子交情甚好，不會耽誤你時間的。」

說著，不待聞刀答話，撥轉馬頭到後頭給玄朗回話。聞刀無奈，只好湊近了馬車，壓低聲音問：「大小姐……」

就是知道玄朗公子對小樓好，他才緊張的。

「少安勿躁，見機行事。」

榮嬌聽到阿金的聲音也有點緊張。她現在雖是女子裝扮，也不敢輕易與玄朗、阿金碰面，他倆耳朵、眼睛尖著呢，若是起了疑心，順著聞刀這條線查起來，能把她的底揭了。

「池三的妹妹？」

玄朗微挑眉，這時節到莊子上養病？

「你問問有沒有需要幫忙的？他們人手不多。」

「居然就聞刀兩人護送，我看若是莊子那邊沒人，單單這些行李就夠他倆搬的，路上萬一有個意外，真夠嗆的。」

阿金抱不平，誰叫池三與小樓公子關係好呢？

「調兩個人過去照應，送到莊子再回來。」

不知道他們所謂的莊子在哪裡，女眷加行李，才派了兩名護衛，要是有事，真的支應不開。

「不用。」聞刀聽了忙擺手。「這一路都是官道，也沒多遠，我們倆就夠了。」

他後背都急出汗了，是好意不假，可這好意不敢接啊！早知道就多叫幾個人了，還不是之前嫌人多嘴雜嘛！

只是阿金說的也是實情，兩個人確實少了。

「那個，護送的是女眷，您……這外人看到了……嗯，要避嫌……」

說完聞刀都想抽自己，這找的是什麼破理由。

「這個簡單，我讓這兩個弟兄跟在後面，隔開一段距離。」

雖然聞刀的理由很奇怪，但也不能說沒道理。阿金還以為池家兩位少爺平素太過重視妹妹，所以聞刀也學得謹言慎行。

「這個……我要請示一下主子，大哥見諒。」

這些話，馬車裡都能聽到，大小姐您好歹給句話，應還是不應啊……

榮嬌聽著外面的動靜，知道聞刀再三推辭，反倒會惹疑，只要不是玄朗或阿金親自護送，其他的人對她和綠殳並不熟悉，不會露出破綻。

關鍵是欒嬤嬤，欒嬤嬤當初在桃花觀是以真面目出現，若是被發現了，很難自圓其說——小樓的乳嬤嬤怎麼會出現在池大小姐身邊？

無奈之餘，她只能示意紅纓代自己出聲應下。

聞刀心裡總算鬆了口氣，衝阿金作揖。「多謝玄公子與阿金大哥的關照，時候不早了，煩請兩位護衛大哥辛苦一趟。」

阿金拱手回禮，聞刀衝車夫們揮手，馬車重新駛動向前。

總算過去了……聞刀提著的心終於放下，但走沒多遠，耳邊卻傳出喀嚓一聲，沒等他問，就聽車夫喊。「壞了，榫子斷了！」

一輛騾車故障，車夫檢查之後說道：「不好修，這輛車太老了，有些部件木頭都酥了。」

只能再雇輛車，把這車換了，讓車夫簡修後，湊合著駕了空車慢慢趕回府。

聞刀趕緊跑到車前把情況告知榮嬌。「大小姐要等等，我現在就去雇車。」

這會兒工夫，玄朗也從阿金口中得知原委，略一沈吟。「把馬車借給他們，我們騎馬走。」

回城找大車行雇車，一來一回，要耽誤不少工夫，他坐不坐馬車都無妨，城門這裡就有驛馬站，憑權杖可隨時調用。

「大小姐，玄公子好意出借馬車，把坐人的騾車騰出來運行李，就不用回去雇車了。小人再三婉謝，玄公子說三少爺與他弟弟是至交好友，無須客氣，您看……」

聞刀真心覺得今日不宜出行，車壞了不說，玄朗公子盛情難卻，阿金一口一個公子的弟弟與池家少爺是好友，自己總不能告訴他，沒有人比我們大小姐更熟悉你家公子的弟弟與池家少爺的關係。

極好的建議，但榮嬌有點為難，原因很簡單，綠殳坐在那輛騾車上呢！她與欒嬤嬤、紅纓同乘一輛車，綠殳、繡春與青鈎在另一輛車上，無論騰哪輛車，人都要下車，總不能將玄朗借的馬車拿來運箱籠，那太失禮了。

「池大小姐，請恕在下冒昧。」

見聞刀說完，馬車裡半天沒動靜，等在一旁的阿金忍不住了。公子是什麼人哪！見他們有困難，主動讓出馬車，這夥人非但不領情，還都都磨磨的不痛快。

他斜睨了聞刀一眼，以前沒見這小子這麼不乾脆——

「我家公子一片好意，蓋因其幼弟與貴兄長相交莫逆，不好袖手旁觀，並無唐突之意，請池大小姐無須推卻。」

阿金的話聽得榮嬌想笑，雖然看不到阿金的模樣，她卻明白得很，阿金真正想說的是：

池大小姐別把自己當盤菜，我家公子是看在他弟弟與妳哥有交情的分上才幫忙，不然懶得理妳！不感恩戴德，還拿喬了?!

「如此就謝過了。」

榮嬌忍著笑，用自己原本的嗓音回道。

阿金聽得一怔。池大小姐倒有副好嗓子，嬌柔甜糯，彷彿還透著絲笑意，聽了讓人心生歡喜，忍不住想要微笑。

「不敢當，池大小姐客氣了。」

都說聞其聲知其人，傳說中的病秧子池大小姐，似乎並不多愁善感。

榮嬌壓低了嗓音吩咐紅纓。「妳下去替我給玄公子與其屬下道謝，讓後面幾個丫鬟換車，天冷，讓她們包裹嚴實，別吹了冷風。」

她和欒嬤嬤都不能露面，綠殳那丫鬟還不明白是什麼情況，需要有人提醒，好在她們幾個都穿著一式的丫鬟服，一時半刻謹慎些，應該沒問題。

唉，果然是不能撒謊的，常在河邊走，哪能不濕鞋？誰想到今天出門能遇上玄朗？偏巧他還熱心得很，這就是自作自受！

榮嬌自嘲地想。

紅纓不認識玄朗、阿金，卻知道是與小樓公子認識的，忙下了車行禮道謝，又上了騾車，叮囑綠殳。

等綠殳三個裹緊頭巾、挽著包袱，一聲不響地飛快爬上玄朗的馬車時，阿金才反應過來——合著我家公子的車是讓給池大小姐的丫鬟坐了？

「聞刀，公子的車是特製的，寬大舒適平穩，路途顛簸，你家大小姐身子不好，是不是讓她坐？」

阿金直言不諱。別看公子的車外觀不起眼，這叫低調，與池府那輛馬車有著天差地別，妥當的安排不應該是池大小姐坐公子的車，騾車上的丫鬟坐池府的馬車，然後騰出的那輛車裝行李嗎？

「不是，大小姐禁不住這風，隨時要用的小零碎也多，就不倒騰了；再說大小姐要服藥，弄得公子車裡一股藥味就太失禮了……」

聞刀期期艾艾的，拒絕的話透著一股心虛。

「哦。」阿金沒多想，這麼說來，池大小姐還頗有自知之明，只是聞刀這小子怪怪的。

「你今天怎麼娘兮兮的忒不爽快？跟著小樓公子時可不是這樣的。」

聞刀被這話噎得無言以對，心裡彷彿千萬匹馬咆哮而過。什麼叫娘兮兮的?!

玄朗騎在馬上，目送著榮嬌一行離去。

「說來這個池大小姐也是可憐人，這個時候被送出府，不知池二、池三是否得信？」

阿金看著緩緩而去的車駕，不由帶了幾分感嘆。「可惜了，一代佳人……」

玄朗瞟了他一眼。何時阿金也有憐香惜玉之心了？似乎沒有見到人家吧？

「池大小姐說話聲音很好聽。」阿金被玄朗這一眼看得有些發窘，忙為自己辯解。「真的，如珠落玉盤，屬下從未聽過如此好聽的聲音，只是似乎有點熟悉……」

熟悉？

玄朗眸光微凝。「你注意到那三個上車的丫鬟沒有？」

「沒特別留意。」

阿金微怔，那幾個丫鬟裹得嚴實，又是池大小姐的丫鬟，他沒事盯著人家看不好。「有不妥？」

公子從來不會無的放矢。

「身形有點熟悉……」

玄朗搖頭，若有所思。

那三個丫鬟之中，有一個的背影與小樓常帶在身邊的啞僕相似，應該是巧合吧，他想多了。

「無事，走吧！」

一定是巧合。玄朗按下心裡的疑惑，策馬帶著阿金等人疾駛遠去。

經過大半天的顛簸，榮嬌主僕終於抵達了養病的小莊子。

因為是冬天，四處荒野積雪，看起來甚是荒涼。

別院占地不小，有一個很大的園子，前後十來幢房子，平常只有守院的一對老夫婦住在這裡。李忠提前帶人收拾過屋子，該配的家具一應俱全。

聞刀指揮車夫們卸下箱籠，搬到指定的屋裡，簡單用了午餐後，再帶著車夫們驅車回府。

玄朗派來的護衛早在她們安全抵達之後，就帶著自家的馬車離開了。

聞刀一行走後，別院大門緊閉，裡面上了門，原先看似空置的屋子陸續走出數個僕婦與家丁。

榮嬌沒想到李忠也來了，李忠一見榮嬌，嚇得呆若木雞，眼前嬌滴滴的池大小姐居然就是小樓公子?!

「這……這是……」

他搓著手、張著嘴，不知該說什麼，乍聽聞匪夷所思，細想似乎又在意料之中。

以二少爺、三少爺對小樓公子反常的關照，好像只有小樓公子與大小姐是同一個人，一切才合情合理。

榮嬌選擇讓李忠知曉內情，也是經過再三考慮，事先與二哥商量過的。以後她需要常住在芙蓉街，與其接觸多了可能露了馬腳讓他產生懷疑，不如坦言告之。

經過米鋪一事，李忠對榮嬌死心塌地，她是大小姐還是小樓公子，已經不是重點。

「李掌櫃，我和哥哥們沒將你當外人，不過，此事暫時你一人知道就好，希望你能嚴守秘密。」

李忠頻頻點頭，心中湧起士為知己者死的感動。沒想到這個秘密，大小姐居然能告訴自己。「您放心，屬下絕不會吐露半個字。」

別院的空氣清冷，吸一口從鼻子到胸口都是冰涼的，榮嬌看著興致勃勃、忙前忙後的欒嬤嬤，還有那四個彷彿脫籠小鳥般歡快的丫鬟，微笑情不自禁地泛上嘴角。

能搬出來，大家都很高興呢……以前的三省居，真的太壓抑了。

這裡雖僻靜偏遠，卻是自由的。

新上任的別院總管欒嬤嬤熱情地帶領著手下人忙得熱火朝天，一心一意要佈置出最合意的居所，榮嬌沒有插手的機會，乾脆趁著空閒在園子裡蹓躂，熟悉環境。

住在自己的家裡，與住在三省居，感覺確實不一樣，榮嬌很能理解欒嬤嬤等人的興奮——對她們而言，這不叫發配，而是獲得了自由。

三日後，榮嬌在欒嬤嬤的千般叮嚀不捨中，帶著綠殳，在李忠的陪同下，返回都城的芙蓉街。

沒想到才幾日後，便接到岐伯的通知——玄朗大哥約她到曉陽居一見。

第五十八章

「大哥，我現在還用不到。」坐在曉陽居裡，榮嬌望著玄朗遞過來的玉珮，面露躊躇。

「什麼時候有需要，我再跟岐伯說。」

不是她要客氣，是這塊玉珮代表的意義太大，她有些承受不起。

她之前選擇借錢的方式，因為還沒做好計劃，只向玄朗表達了意思，豈知他立即將自己在金通票號的信物給了榮嬌，憑著信物，她可以在任意一家金通票號無限額地支取銀子。

也就是說，除非玄朗的帳戶空了，否則，她隨時隨地想取多少就能取多少。

「拿著，岐伯不如這個應急方便。」

玄朗不理她的糾結，一把將玉珮塞到她手裡。「是不是又想跟大哥見外？」

「不是。」這不是見不見外的問題，榮嬌覺得自己有必要再強調一次。「大哥之前不是贊成親兄弟明算帳的嗎？」

「是呀，我現在也贊成。」玄朗露出疑惑的神情。「有什麼問題嗎？」

「可是這個，」榮嬌舉了舉手中的玉珮。「怎麼算？」

「怎麼算？」玄朗笑了。「你想怎麼算就怎麼算。」

「那我取錢要提前知會大哥？還是事後寫欠據？利息幾何？最遲還款期限多久？」

榮嬌很認真，別為錢傷感情，先小人、後君子，這些事還是應該提前說好的。

玄朗聽她問得一本正經，心底莫名有些失落，小樓對自己還是沒有完全交心吧……若是找他的親大哥借錢，是不是這些利息、還款期之類的，根本不會提？

「小樓，你還真跟大哥明算帳啊？」

玄朗露出略微受傷的表情。「不需要提前知會我，至於欠據，你想打就打；利息就算了，還款期限沒有限制，看你方便吧！」

「那不成，若是我賠了沒錢還呢？」

做生意有賠有賺，誰也不敢保證自己就一定能賺。

「你呀……」玄朗伸出修長如玉的手指，輕輕戳了戳她的額角。「賠了算我的，做大哥的給弟弟繳點錢、學點經驗是應該的；賺了的話，多請我吃幾次家宴好了，哦，還要上次煲的湯。」

「大哥，我是認真的。」

榮嬌偏了偏腦袋，不悅地白了他一眼。嚴肅點，談借錢的事呢！老拿她當小孩子逗弄。

「我是認真的啊！」玄朗順手揉了揉榮嬌的頭頂，慢條斯理中透著雲淡風輕。「我沒親弟弟，不知道怎麼做大哥才是合格的，不過，做哥哥的給弟弟銀子花，是應該的吧？」

他神色溫和又帶了些寵溺地盯著榮嬌，視線專注而溫暖。「小樓不想白花大哥的銀子，借給你用的，也要算得這般清楚？」

嗯？

莫名地，榮嬌覺得玄朗平淡的語氣中似乎散發微弱的委屈與幽怨，好像自己若再堅持，他要傷心的……

「噗。」

想到玄朗抱著一大堆白花花的銀子，虎目含淚的畫面，榮嬌心中滿滿的笑意再也忍不住，嘴角咧到了耳邊。「沒說不花啊！」

「那就放心地花，大哥不缺銀子。小樓，你與池三少關係很好嗎？」

「啊？是呀，怎麼了？」

她的笑容半凝在臉上，怎麼忽然扯到三哥頭上了？

「不算有事，池三少有個妹妹，你知道吧？」

玄朗不是多管閒事的，見小樓笑得那般開心，忽然就多嘴了。

「我前幾天出城，見到聞刀護送池大小姐去莊子養病，池榮厚有沒有跟你講過他妹妹的病症？」

「啊……沒有。」

榮嬌心裡有鬼，特別怕他提這個，急忙把腦袋搖得像撥浪鼓似的。「大哥，池三哥怎麼可能與我講他妹妹的事情？人家是閨閣千金，非禮勿聽、非禮勿言。」

「鬼靈精，你才多大？」玄朗失笑。「大哥是那等沒品行的嗎？我是說，大哥認識幾位醫術高明的大夫，若是需要，介紹給他妹妹看病，只要不是罕見的疑難雜症，應該都能治的。」

「這會不會太冒昧了？」

大哥，這麼熱情是要幹麼，池三少他妹妹沒毛病呀！

「你與池三交好，池三看重的家人，我們若能幫忙就幫一把；若是池家大小姐的病能好，池家兄弟不是也能寬心了？怎麼，小樓覺得大哥多事了嗎？」

他找的大夫，只要不是必死的病症，定能手到病除。

他是看到小樓，突然想到這一件。小樓與池家兄弟交情莫逆，池家兄弟請不動的大夫，他能請，池大小姐病好了，不也解了池家兄弟之憂嗎？

玄朗以為自己的主意不錯，可是小樓看起來對他的提議並不開心，明明上回對池三拜師還特別上心的。

「大哥，池三哥從來沒提過他妹妹的事情，我們不好主動打探；再說，人家是閨閣女子，有些病可能也不好為外人道，除非池三哥主動提起，否則我們不好多問多做。」

榮嬌絞盡腦汁找個合理藉口來打消他的熱心。「大哥，你真是古道熱腸，不但幫池三哥，連人家的妹妹都要管。」

「胡說什麼?!」玄朗被他逗得哭笑不得，一臉無奈。「大哥還不是為你，想幫你朋友的忙，還不領情？對了，小樓，一直跟在你身邊的啞僕，是不是池榮厚給你的？」

「怎麼了？」

榮嬌心頭一片驚疑，今天玄朗是怎麼了，老是哪壺不開提哪壺。

「沒什麼，隨便問問，那天見到池大小姐隨行中有個丫鬟的身形，與他很相似。」

想到他的小樓連身邊服侍的人都是池榮厚幫忙張羅的，做為大哥的他心裡有點不是滋味。

還好，不是綠殳露了破綻……榮嬌鬆口氣，心裡生出一點怨氣，沒事眼睛長那麼尖幹麼?!

「應該吧，我也不清楚。」

榮嬌給了個含含糊糊的答案，沒說是也沒說不是。

玄朗不大滿意，卻也沒揪著他說。「小樓有喜事？」

剛見面就想問了，小傢伙一副心情很好的樣子，有什麼快樂事？

玄朗嘴角噙著微笑，饒有興致地看著榮嬌。

「沒有啊！」榮嬌茫然地搖搖腦袋，她哪裡有什麼喜事啊？

「沒有嗎？」

玄朗似乎有些不相信，明明小臉上的快樂都要滿溢出來。

「哦，有的、有的。」

榮嬌對上玄朗含笑的眼神，忽然想起了什麼，小雞啄米般地頻頻點頭。「就是這個呀！」她舉了舉手中的玉珮，滿臉燦爛。「這不是大喜事嗎？」

可愛狡黠的模樣令玄朗失笑。這個淘氣的小孩……明明知道他此舉乃是靈機一動，心裡還是滿滿的愉悅，嘴角忍不住揚起。「是嗎？」

每次與小樓相處，總是這麼令他歡喜。

他沒繼續追問，只是用含笑的目光看著她不說話，不是置疑也不是探究，就那麼溫和而淺淺地笑著。

「那個，其實，也算不上是喜事……」

明明沒做虧心事，在他這樣的目光之下，榮嬌其名就有些心虛，好像還生起些許的負疚，沒辦法繼續敷衍；雖然不能說明真相，部分原因還是可以吐露吧？

「因禍得福，獲得了些自由，出門更方便些。」

榮嬌簡單地說了實話。

是這樣沒錯，雖說是被掃地出門、發配到莊子，卻也得到解脫。

因禍得福？

玄朗的重點卻停在了這個「禍」字上。「是有什麼人欺負你嗎？」

「沒有，詳情暫時不方便告訴大哥，總之小事一樁，不值一提。」

榮嬌明顯感覺到玄朗的微笑多了些別的，波瀾不驚的外表下有些風雨欲來的徵兆，忙出言否認。「是我口誤，其實大家都得償所願。我無所謂的，大哥不用在意。」

康氏自以為心願得償，豈不知，她也是心想事成。

臘月裡的日子不禁過，過了臘八，日子如箭似的，嗖地就直射向年尾。

這個年，榮嬌是在別院裡過的，池府諸人彷彿徹底遺忘了她，到年前了，沒人來問候或送年貨。

這種情況早在預料之中，榮嬌毫不意外。

李忠置辦了幾大車的年貨，欒嬷嬷帶領著別院裡的眾人，一起歡歡喜喜地忙著。

「什麼?!」

榮嬌半張著嘴，呆呆地望著玄朗，腦袋一片空白。

「大哥怎麼會騙你？」

玄朗對他的反應頗覺意外，不就是說要與他一起過年嗎，居然激動成這樣？

他心頭不禁湧起酸澀的疼惜與小小的遺憾，小樓以往不是與親人一起過年的嗎？若能早早認識他，早早給他庇護，這個小人兒是不是會活得更開心幸福些？

「以後，逢年過節都有大哥陪你，大哥在的地方就是你的家。」輕輕的語氣中透著發誓般的鄭重。

不是啊，大哥……

榮嬌都要嚇哭了，她怎麼敢到玄朗家裡與他一起守夜過年？相處的時間越長，越容易露出破綻啊！

明知自己是冒牌的還送上門去，豈不是自找麻煩？

「那個……謝謝大哥，一起過年就太叨擾了，我在自己家就成，家裡過年的東西都準備好了，我若不在，他們會失望的。」

榮嬌好半天才反應過來，小心斟酌著，用什麼樣的理由婉拒會比較好，畢竟大哥是好意相邀，若是不能有個好理由打消他的念頭，只是生硬地拒絕，恐怕要傷他的心。

而且，嬷嬷確實為了這個年做了很多準備，她若是敢缺席，嬷嬷頭一個不答應。

「自己家？」

玄朗挑挑眉。「你說的是芙蓉街那裡？行，大哥去你那裡也行。」

在哪裡，他並不在意，只要與小樓在一起就行；反正他也不會回自己那座空蕩蕩的府邸，若是回去了，必然要被抓去宮裡守歲，去小樓那裡正好。

本來還想請他去自己在西山的別院，不過城裡過年比城外熱鬧，他年紀小，又是第一次在都城過年，想來更喜歡留在城裡。

啊？「到、到我家裡？」

縈嬌驚嚇過度，話都說不索利了，明明心裡一個勁兒地提醒自己要鎮定，不要表現反常令玄朗起疑，可還是難以抑制心底的慌亂。「可是、可是……」

可是了半天也找不到可以拒絕的好理由。

「可是我那裡太小了，住不下太多人。」

總算找到個還說得過去的理由，芙蓉街是二進的小宅子，確實不大。

「沒有很多人，就我一個再加阿金，一間客房已足夠。」

玄朗以為縈嬌是擔心自己把岐伯等人都叫去，溫和地笑著解釋道：「既是守歲，沒有客房也無妨的。」

吃年夜飯、聊天、放煙火，一個晚上很快就過去了，本也睡不了多久，有沒有客房無關緊要。

「那怎麼成？那不是太怠慢大哥了？不行不行，我那裡狹窄又簡陋，不適合，不能這般委屈大哥。」

榮嬌繼續揪著這一點不放，無論如何，得把玄朗的念頭打消才成。

「自家兄弟，有什麼委屈不委屈的，小樓這是在與大哥見外了？不過，你那裡確實也小了些……」

他頓了頓，似乎在思考。

「是吧，我也這樣覺得。今年還是算了吧，等以後我有了大宅子再請大哥來過年。」

至於以後請不請，管不了那麼多了，先混過這一關。

「那去曉陽居吧，你宅子裡的人都一起過去，加上岐伯他們，大夥兒一起熱鬧熱鬧。」

玄朗看著滿臉不情願的榮嬌，用哄小孩子的語氣勸著。「放心，會提前給你準備臥房，熬不住了有地方睡覺。」

不是，欸，不是睡覺的事……

眼見玄朗要把事情確定下來，榮嬌覺得自己還是認真坦白比較好。「大哥，對不起，是我的不對，我應該一開始就明說的，因為某些不方便說的原因，我不能與你一起守歲過年，不是地點的問題，是我自身不行。」

嗯？玄朗臉上笑意微凝。「怎麼了？是有人為難你嗎？」

「不是，沒人為難，就是我自己不方便，原因現在不能告訴大哥，大哥不要見怪……」

榮嬌心裡滿是悔意，真心覺得對不住他，人家本是誠意邀請，自己卻推三阻四，找盡各種理由，還不如一開始就以實相告呢！

「不會。」

玄朗心裡多少是有些失望，自己這個小弟弟秘密真不少，對一心一意要做大哥的人來說，被告知不方便說原因，失落是難免的。

不過他向來不形於色，隱下這點失落還是輕易而舉，玄朗清俊的面上不現半分慍色，浮現幾分理解與歉意。「是大哥給你壓力了，不知你有別的安排，本是好意，反令你為難了，是大哥思慮不周。」

「我……」

對上玄朗的體貼，榮嬌頗有幾分無地自容。「對不起，是我辜負大哥好意了。」

「你呀。」真是孩子氣，玄朗笑了，摸了摸他的小腦袋。「好了，就不要搶著道歉了，過了年，初幾有空來給大哥拜年？」

「幾時都可以，我沒有親戚要走，初一就行，看大哥的時間。」

玄朗越不在意，榮嬌的心裡就越歉疚，小臉上露出討好的笑容，只要不是除夕，只要不是夜不歸宿，初幾都可以。

「初二吧，我住得比較遠，初一好好歇息一天。」

若是不能與小樓一起過年，今年他還是在西山別院守歲吧！

「大哥，你會不會覺得我有些不識好歹？」

榮嬌左看右看，玄朗沒有絲毫被拒的不快，她小心地覷了覷他的臉色，忍不住問了出來。

「怎麼會？你大哥連這點肚量都沒有？」

這小傢伙想什麼，他是那麼小心眼嗎？雖然有些失落，但怎會捨得怪他？

「大哥，你以後也會對我這麼好吧？」

玄朗側臉的線條優雅，深邃的眼眸總是如春水般溫暖，挺直的鼻梁，嘴角總掛著一抹若有還無的弧，如刀鑿斧刻般的下巴……

大哥，長得很好看呢！

榮嬌的心動了動，心頭悄然生出一點異樣。

嘻，她真有福氣，二哥、小哥哥是美男子，半路認的大哥也是超群脫俗。

最關鍵的是，對她都一樣、無條件的好。

「小傻瓜，放心，一輩子的大哥，自然會一輩子對你好。」

玄朗沒多想，只當小孩子都是患得患失的，給個定心丸就好了。

如果，弟弟不是弟弟了呢……

榮嬌輕輕垂下了眼瞼，長長的睫毛蓋住了眼底的風起雲湧。

第五十九章

爆竹聲中除舊歲，榮嬌在別院裡與欒嬤嬤等人過了第一個自由舒暢的新年。

除夕守歲，互拜新年，她給別院裡的所有人都準備了大紅包，看丫鬟們大呼小叫地嘻鬧著，她臉上的笑也如春陽燦爛。

一轉身，欒嬤嬤遞過一個大紅包給她。

「嬤嬤，我也有？」

榮嬌驚呼，今年二哥、小哥哥都不在，她還以為自己拿不到新年紅包了。

笑笑鬧鬧的，一天很快過去了。初二一大早，榮嬌打扮一新，帶著欒嬤嬤準備好的禮品，出發去玄朗家拜年。

她原以為從城南莊子到玄朗位於城西的住宅，會比從城裡出發要近，豈知路途雖近，卻有將近一半的路不是官道。

鄉下的道路本就狹窄不平，加上除夕夜下了場不大不小的雪，少有馬車行經的路面鋪了一層積雪，即使包力圖是駕車的高手，路況不熟又有積雪，速度也快不起來。

一路上磕磕絆絆，好不容易趕到西山，午時已過，榮嬌懊惱連連。

西山別墅不少，玄朗的宅子位置又特別隱蔽，包力圖按照之前告知的標識，好不容易才找到玄朗家的大門。

老遠的，就見門房快步跑過來，臉上掛著殷切的笑容。「敢問貴客可是小樓公子？」

包力圖點頭，正欲開口相詢，就見另一個門房已飛奔入府，被顛了一路也急了一路的榮嬌知道目的地到了，鬆了口氣。

頗有些如釋重負，雖然已經遲到了。

剛跳下馬車，就見玄朗身形如風地出現在府門外，臉上帶著喜悅，眼底還留著淺淺的焦灼與擔憂，快步上前打量著她。「小樓，路上一切可好？」

可算是來了。

他一早派車去芙蓉街接人，結果撲了空，守在那裡的下人說主子沒在此處過年，去了哪裡也不知道。

派去的人一邊給他送信，一邊去西城門守著，希望能見到出城的車輛，結果直到日上三竿也沒有。

這一上午，他派了好幾批人在沿途等候，過了午時也沒見到人影，他是真急了，擔心小樓是不是出了什麼意外，不然有何急事，需要在這一、兩天離開芙蓉街處理？

再想到之前邀他一起過年時，他推三阻四，又說自己有不能言的苦衷，玄朗越發放心不下，一上午坐立不安，聽門房稟告小樓公子已到大門外，他連想也沒想直接衝了出來。

「一路都好，抱歉來晚了，大哥莫怪。」榮嬌拱手，滿臉的歉意。「主要是這路太難走了，一路緊趕慢趕的，還是晚了。」

不但晚了，還過了午時，有心拜年卻過午不到，好像誠意不夠似的。

「不晚不晚，來了就好。」

玄朗上前拉住縈嬌的手。「是大哥住的地方不好找……嗯，手怎麼這麼冰？車裡沒用炭盆，還是穿得太少了？」

修長的大手剛剛握住縈嬌的小手，玄朗眉頭微皺，繼而將他的手整個裹在自己溫熱的掌心裡。

縈嬌冷不防被他握了手，一下沒反應過來，等冰涼的小手被溫暖厚實的大手嚴密地握住時，她彷彿被燙了一下，就想揮手甩開。

哪知玄朗握得緊，非但沒有甩掉，還被他長臂一伸，攬過肩頭，整個人已被他攬在懷裡，他厚暖的大披風分了一半裹在縈嬌身上。

「這一路凍壞了吧？快進去，外頭冷。」

說著，半摟半推地帶著縈嬌往府裡走，邊走邊吩咐給小樓公子準備薑湯祛寒。

縈嬌被他一連串的動作徹底弄懵了。

馬車在冰天雪地裡走了一上午，小小一個炭盆難以驅趕無邊寒意，蓋著毛毯也無濟於事，她身上僵冷，反應遲鈍。

玄朗的身上很暖和，有一股淡淡的清香，縈嬌被他裹在懷裡，濃烈的男性氣息鋪天蓋地般襲來，原先僵硬的身體迅速溫暖，全身的血液似乎一下子沸騰了起來。

意識到玄朗與自己當下的親近情形，縈嬌差點沒暈過去，小臉蛋瞬間紅得滴血，一時動作激烈地掙扎著。「放、放開……我不冷……」

她從未和人這樣親近過，二哥、小哥哥也沒有！

「別鬧，手都是冰的，還說不冷？」玄朗根本不理會她的掙扎，牢牢地將人扣在懷裡。「趕緊跟大哥進去。」

小小年紀，臉皮真薄，連這個也要逞強，天氣明明這麼冷。小樓太瘦了，身子也單薄，玄朗只覺得他手下的肩頭纖細得彷彿一捏就碎了。

他看著不矮，身材修長，怎麼骨架這麼小巧？

玄朗微蹙眉，目光無意間落在兩人相握的手上。小樓的手小小的，被他的手掌包裹住，握在掌心的觸感……

很軟很滑，柔若無骨。

他微怔，目光定在縈嬌的手腕處，那裡有一小圈肌膚，因為他之前的猛烈掙扎而從衣袖裡露了出來，膚色如玉，細膩如瓷。

玄朗目光微凝，心頭升起莫名的微妙感觸。他自己也是膚色白皙，不過男子的白，總歸不會如此眩目瑩澤……

難道是小樓年紀還小的緣故？

心緒百轉，腳下卻未停，攬著縈嬌往裡走。玄朗身材修長，縈嬌剛到他的胸口位置，被他這樣用披風包著攬著，越發顯得身材嬌小，像個孩子。

「大哥，我自己走。」

縈嬌連續掙了幾次，都無法脫離玄朗的禁錮，乾脆也不再否認自己冷，只堅持要自己走。

「乖，小孩子要聽話。」

玄朗不知內情，只當他是在鬧彆扭，半大不小的少年，都不願意讓人當孩子看待，他拍拍他的臂膀，拖著他緊走兩步。「馬上就到了。」

目光微轉，眸光落在他紅通通的小臉與耳朵上。「小樓，你的臉怎麼這麼紅？冷熱相加最易受寒，是不是路上著涼了？」

邊說邊抬手撫向他的額頭，要測他的體溫。

「沒有。」

眼見玄朗的手掌就要貼到自己的額頭上，榮嬌不自覺地迅速將頭別開，玄朗伸過來的手落了空，直接貼到了她的臉上。

這是兩個人都沒想到的狀況，他沒想到榮嬌會躲開自己的手，榮嬌沒想到自己會弄巧成拙，避開了額頭卻變成直接把臉貼了過去……

一時間，兩人都呆愣了。

溫暖修長的手掌撫在嫩滑的小臉上，玄朗只覺得掌下的肌膚滑軟細嫩，最好的羊脂玉也不及他潤澤，滑膩柔軟，淨透亮白。不知是不是著涼了，整個小臉白潤透粉，頰腮像塗染了胭脂，如蘋果似的，大大的眼睛呆呆瞪著他，宛如慌亂失措的小鹿……

玄朗的心彷彿被一根小小的羽毛輕拂了一下，他的手指情不自禁地就捏了捏榮嬌的小臉。「小……」

一句「小樓怎麼像個小姑娘似的」尚未出口，就見害羞的小孩狠狠地推開他，宛如受驚的兔子似地躥出他的懷抱，跳到一旁，又羞又惱地叫道：「不要掐我。」

榮嬌覺得自己整個人都要炸掉了，從頭到腳都在燃燒，腦袋裡一片空白。

「小樓，你怎麼了？」

玄朗看著站在幾步遠外的榮嬌，清俊臉上浮現一絲茫然與不解，深邃的眸中閃著驚訝，溫和的嗓音中透著不容忽略的無辜。「大哥只是擔心……我、我掐疼你了？」

他只是覺得他太可愛，輕輕掐了一下，絕對沒有用力啊！雖說臉上痛感比別處敏感些，可是，玄朗發誓，他真的只是輕輕捏了一下……

榮嬌也知道自己的反應過於激烈，可憐她兩世為人，從來沒有與男人這樣親近過，二哥、小哥哥也頂多是摸摸她的髮心、拍拍她的肩膀，就連握個手，從她七、八歲以後也是沒有的。

男女七歲不同席，二哥說，親兄妹有些避諱也是必要的。

所以玄朗上來拉著她的手，給她焐暖時，榮嬌就被這突如其來的動作搞懵了；後來攬肩同行，腦子更反應不過來，她只覺得不妥，想要逃離；及至玄朗的手摸到她的臉上時，她徹底喪失了理智，情急之間便忘了掩飾。

等她對上玄朗略帶驚訝的詢問時，她才意識到自己的反應過分了。

在玄朗眼裡，她是個少年，是個被當作弟弟相待的男孩，攬手把臂實在是正常不過的舉動。

她自小見慣了哥哥們的相處，知道對於男子而言，言語互損或拳腳往來、勾肩搭背都是表達親近的方式之一，玄朗對她的舉動，放在真正的異姓兄弟間也是正常不過，他純粹是關心之舉。

是她心裡有鬼，原本平常的舉動就變得不能接受，反應也出乎了玄朗的意料。

他溫潤的笑意中帶著一抹隱隱的無措，鎮定中有著些許的不自然。說實話，榮嬌那避之不及、戒備明顯的反應，讓向來凡事不在意的玄朗生出一絲挫敗與失落。

他以為小樓已經拿自己當親人，殊不知他對自己的防備之心如此之重，如此不喜歡他的親近……還是說，他從來不了解這個年紀的少年心裡想的是什麼，無意間做了小樓不喜歡也不能接受的事情？

玄朗反省著自己的行為，揣測可能是哪裡惹到了這個彆扭的小孩。

「不要掐我的臉，我不喜歡。」

情急間找不到更好的理由來解釋自己反常的行為，榮嬌只能繼續揪住這個理由不放，小臉脹得通紅，又羞又窘、氣急敗壞地道：「我不是小孩子。」

「啊？」

玄朗看著這個紅著臉、氣呼呼地發脾氣的少年，不由有些愣怔。

小樓還有這樣的任性一面嗎？

「我是認真的。」

榮嬌在玄朗溫潤又帶一點審視的目光下越發心虛，只是騎虎難下，無論如何，也只能把這個理由坐實了。
「哦。」
玄朗笑笑，別有意味地打量了他幾眼。「不是小孩子嗎？」那怎麼做出這樣孩子氣的舉動？看上去像凶巴巴的小獸。
他憋著笑，淡淡地掃了榮嬌一眼，怕再說下去會惹得他越發羞惱，從容地邁步向前。
「跟上。」
小臉紅成那樣，是氣惱還是發燒，先進屋裡再說吧！
「欸？」這是過關了的意思？
榮嬌繃著的心鬆懈了一點，又擔心玄朗故伎重演，於是悄悄避開兩步，保持著自以為安全的距離，板著臉，背手挺胸隨在其後。
走了幾步進了間溫暖的屋裡，這不知是書房還是會客廳，榮嬌低垂著腦袋，心亂如麻，沒顧得上細看。
「來，把披風解了。」
玄朗率先解了毛大氅，屋裡很熱，他平素不用這麼多炭盆，這是今日特意為小樓準備的，小孩子身子骨兒尚未長成，不能凍著。
「哦……」
榮嬌魂不守舍，反應慢了，等她發覺玄朗站在自己面前，正低著頭，修長的手指靈巧地解開她繫在頸間的披風帶子時，她情不自禁地退了一步。

呼吸間全是玄朗身上特有的淡淡青草味，滎嬌的臉突地更紅了，不受控制。

「自己來、自己來……」

她慌亂結巴地拒絕著，一邊抬手要去拽披風的帶子，卻不想正好碰到玄朗溫熱的手背，滎嬌瞬間整個人都僵直了，死拽著披風的帶子不撒手。

「小樓，怎麼了？」

玄朗被她奇怪的舉動搞得莫名其妙。這孩子，怎麼過了一年大了一歲，反倒越發彆扭了？

他向來習慣自己更衣，不用丫鬟、小廝服侍，不知道小樓是否自己打理這些，見他進了屋就站在那裡不動彈，以為他不習慣自己動手，但是屋裡熱，穿不住大氅，於是很自然地走過去，要幫他解了外面的衣服。

他卻緊拽著帶子不撒手，小臉一會兒紅、一會兒白的，整個人散發著驚慌與疏離——雖然強力掩飾，但玄朗還是能從少年的不安中察覺到他真正的感覺。

他低頭，那隻素白的小手緊攥著紅色的帶子，指節幼細，小小的指甲散著粉嫩的瑩澤。

玄朗愣了愣，腦中浮過一個念頭：小樓的手，還真小……

「好吧，你自己來。」

他微嘆了口氣。小樓以前不怕自己呀，在自己面前自在隨意，怎麼不過幾天工夫，他就這般見外了？是這幾天經歷了某些自己不知道的事情嗎？

滎嬌是後悔萬分，早知道來給玄朗拜年會發生那麼多意外，她絕對、絕對不會答應的。

就算他不高興，也絕對不答應。

其實大哥沒做什麼，就是待她太親近，太手足情深了。

玄朗素來是體貼周到的大哥，以往她就對此深有體會，這次是在他家裡，對自己這個首次上門拜年的弟弟越發地體貼周到，搞得內心有鬼的她左支右絀，狀況頻出，只得找盡各種理由來自圓其說。

好在玄朗雖然覺得她古裡古怪、甚是彆扭，卻沒往別處懷疑，只當他有不順心的事，雖然對他的防備心多少有點不自在，心裡還是高興的。

比起小樓壓抑性子，在他面前強裝歡顏，玄朗更喜歡他耍小性子，這表明他在自己面前不需要掩飾真正的情緒。

相比小樓頭一次到別人家裡拜年，玄朗也是頭一回在家招待視若幼弟的貴客，看似從容不迫，實際上也挺緊張的，雖是一日的行程，也列了詳細計劃，光是中午的菜式就添添減減地折騰了好幾次，娛樂項目特意挑選了他這個年紀會喜歡的來安排，結果小樓遲到，把整個安排也打亂了。

未時三刻才用上午飯，榮嬌也餓了，而且玄朗向來能讓人放鬆心緒，只要他願意，可以在極短的時間內讓人卸下心防。

當他注意到小樓對自己的某些親近舉動不自在時，也就刻意避免，進退有常，即便是關切，也拿捏在他能夠接受的分寸之間，不過分親暱。

在玄朗的刻意用心之下，榮嬌終於恢復平靜，不再情緒激動，一心一意品嚐起美食來。

這頓午餐雖說是從下午才開始的，精心準備的程度卻沒有半點馬虎，桌上精心烹製的佳餚幾乎全按著榮嬌的喜好，連果子露都備了幾種口味，全是她喜歡的，榮嬌放下心中的負擔，吃得眉開眼笑。

第六十章

玄朗的情緒收放自如，雖然榮嬌所說的，不喜歡被人當作小孩子的理由令他忍俊不禁，知道這只是他的推辭，卻也沒打算戳破。

他克制著自己的好奇，保持恰到好處的關心，拿出百倍的縱容與耐心，將自己認定的弟弟哄得又說又笑，眉宇間的不豫早就煙消雲散，精緻的小臉神采飛揚，頭上銀色的束髮小冠上綴著的絨球也一跳一蹦的，十分地歡快。

玄朗面上不動聲色，心底卻對小樓的反常做了不好的猜測。

小樓在他面前向來舉止自然，而今天，所有的反常似乎都來自於肢體碰觸，他看得分明，那並不是特別針對自己，而是一種無意間來自心底最直接的抗拒，而以往，小樓並沒有這樣的反應。

玄朗回想起自己與小樓的接觸，似乎摸摸髮心、拍拍肩膀，類似的親近舉動也不少，每回都不似今天這般反應，即便偶有抗議，也是半真半假的佯怒。

不似今日，是發自內心的驚懼與羞惱。

他的目光若無其事地掃過榮嬌雌雄莫辨的臉龐，難道有人對小樓起了齷齪心思？將主意打到了他身上，才令這孩子這般驚慌失措？

不行，回頭得讓人好好查查，保護自家弟弟不受騷擾是做大哥的事，若真有那吃了豹子膽作死的，他不介意讓他死得更難看些。

如此想著，看向小樓的目光就越發溫和疼惜。

一頓飯吃得賓主盡歡，榮嬌懶懶地斜靠在軟墊上，好暖和，吃得好撐……若不是還要在玄朗面前保持端莊，她都要伸手揉揉自己滾圓的小肚子了。

玄朗見她沒骨頭似地半倚半靠，微眯著大眼睛，像隻吃飽的貓兒般慵懶，整個人都要埋在軟墊裡了，那毫無戒備的姿態，讓玄朗嘴角噙笑，眼裡湧動著濃濃的寵溺。「來，喝杯熱茶。」說著，將一碗黃而透亮的茶湯遞到榮嬌嘴邊，看樣子像是要直接餵到她嘴裡。

榮嬌哪能直接就著他的手喝，忙擺手拒絕。「不要了，喝不下去了。」

吃得太飽，茶也喝不下了。

「這是山楂陳皮茶。」

玄朗笑道：「就知道你吃多了，才特意吩咐廚房做的，不然胃要不舒服了。」

榮嬌覺得不好意思，雖說客人吃得好，表示主人招待得好，不過像自己這樣吃到需要喝消食茶的程度總歸是不好，若是嬤嬤知道了，少不得又要念叨幾天。

她忙坐正身子接過去，小口小口地抿，酸酸甜甜的，很好喝。

「小樓，園子裡的紅梅開得不錯，要去賞梅嗎？」順便走走消消食。

玄朗不知道自己要是直接說出消食兩字，這個臉皮薄的小傢伙會不會又要鬧彆扭？早知道剛才應該讓他少吃點。

玄朗真是婆婆媽媽，前所未有的糾結，既希望他多吃多喝，又覺得飲食過量不好，如同眼下，他覺得現在拉小樓出去走一圈，既賞梅又消食是正確的選擇，可看他半瞇著眼睛，懶洋洋不想動的樣子，又覺得硬拉他走出暖和的屋子，冒嚴寒去看梅花，有些不忍心。

「嗯，容我歇息一會兒。」

她現在一點也不想動，只想睡覺，不過想到接下來的安排，榮嬌覺得自己還是應該打足精神，這是上門做客呢，不好太放肆，不能失儀。

所以，這是要去賞梅的意思？

玄朗真心覺得現在的小孩太難搞，虧他以前還覺得小樓跟自己挺像的，他在這個年紀的時候哪是這樣的。

「也好，想睡覺等會兒回來再睡。」

吃得太飽，馬上躺下睡覺容易積食，他覺得還是出去走走得好。

「不睡了，大哥，我是不是該去請安，分紅包了？」

墊子太軟和，睡意越來越濃，榮嬌果斷起身，再懶下去就真要夢周公了。

「什麼請安、分紅包？」

玄朗不明白他的意思，但還是從袖袋裡掏出早就備好的大紅封，朝榮嬌晃了晃。「是這個嗎？大哥早就備好了。」

本來應該一進門互相拜年時給的，結果小樓遲到又鬧彆扭，沒正經地拜年，紅包也忘了拿出來。

「新年快樂，謝謝大哥。」

榮嬌接了過來。「但我說的不是這個。」

她不知從哪裡摸出三、四個紅包來。「這是我給姪兒們準備的，大哥你什麼時候讓他們來給我磕頭？」

什麼姪兒、什麼磕頭的？玄朗一頭霧水，他向來認為自己夠聰明，對小樓時不時冒出的奇思妙想也能猜透一二，現在卻是完全聽不懂。

「沒有姪兒，難道全是姪女？」

榮嬌也拿不準玄朗到底是有兒子還是有女兒，哎呀，之前應該向岐伯打聽一下。「大哥，你有幾個公子、千金？我備了六個紅包，夠不夠啊？」

終於弄明白他的意思了，向來不動聲色的玄朗破天荒地呆了，俊逸的星目中露出訝異。

公子、千金？那是什麼？

等到終於明白榮嬌的意思，玄朗的面上難得出現一絲赧然之色，對上小樓似乎有些失望的表情，頗有些哭笑不得。

小傢伙這是不高興了？因為給姪子們準備的紅包沒派上用場？

那可真對不住了……

居然沒有兒子也沒有女兒！

居然沒有妻室！

居然沒成親！

居然也沒有父母長輩！

榮嬌得知偌大的別院只住了玄朗一個主子，知道他父母早已去世，身邊並無親人相伴時，心裡說不出是什麼滋味。

在她眼中，無所不能的大哥身世居然如此悲涼，似乎終於有些明白玄朗為何對自己這個半路撿來的弟弟掏心窩地好，心裡悶悶的，有些疼也有些酸。

大哥也是可憐人呢……

「那，兄弟姊妹也沒有嗎？」

她總覺得自己雖然沒有父母緣分，但是有兩個天下最好的哥哥，親情上並不覺得有缺憾，而玄朗大哥竟什麼也沒有。

「有也沒有。」

在玄朗眼裡，此刻的小樓眨著大眼睛，一副小心翼翼，既想問又擔心勾起自己傷心事的表情可愛極了。

真是個善良的孩子呢！清澈明淨如泉水的眼裡盛滿憐惜與感同身受的難過。

玄朗從不覺得沒有親人是遺憾，對於自己的身世，他向來是厭惡提及的，不過看小樓如此替自己難過，大致講講倒不至於影響心情。

「我父親……有很多女人，有名分的、沒有名分的，多不勝數。我母親與我，於他都是不該提及的意外，或者說是污點；同樣的，我母親對於自己懷孕生子這件事，也是無法接受與容忍的，可說是毀了她一生的信念與追求，打擊太大，生下我沒多久就去世了。」

玄朗神色平靜，語氣一如平時的溫和，聽不到半分情緒，彷彿說的是無關緊要的他事，卻聽得榮嬌越發想哭。

「父親知道我的存在之後，一度想要抹煞我這個錯誤，終因種種陰差陽錯，沒有成；而我也只見過他一面，我們父子之間與陌生人無異。不過不知是人之將死，還是因為原先的成年兒子已所剩無幾，臨死前，他承認了我的身分。如今健在的同父異母兄長有兩位，同父異母的姊姊也有幾位，同族親戚不少，不過如同陌生人，素無往來。」

除了上頭坐著的那位，但彼此是君臣大義在先，剩下的，不管怎樣的沾親帶故，在他眼裡，並無親人情分。

「對不起啊大哥，我不該問這些的……那你、你……」

榮嬌妙目含淚，都怪自己，好端端地提什麼請安、紅包的，大過年的硬勾起大哥的傷心事。

她伸出白細的小手，輕輕捏著玄朗衣袖的一角搖了搖，帶著撫慰與歉意。

儘管玄朗的臉上一直帶著笑，淡淡的語氣聽不出情緒，可榮嬌知道，他從來不是那種真正鐵石心腸的人，若他不在意，不曾抱過期待，又怎麼連自己這個半路認來的弟弟都百般用心？

「小時候，我恨過、怨過。」

玄朗彷彿知道榮嬌想問什麼，嗓音一如既往的溫潤，目光掃過她捏著自己衣袖的小手，白玉般的手指襯在他玄色的衣袖上，越發顯得幼細玲瓏，像小孩子似的，玄朗的嘴角泛起弧線。

「後來是不甘於命，奮力抗爭，現在早已無感，偶爾想起，只是有些遺憾罷了。說起來，我能有今天，與他認下我有很大的關係。」

玄朗溫暖的大手覆在停在袖口的那隻小手上。「因為有了名正言順的身分，我才得到機會，為同父異母的兄長效力，總算有了棲身之所與得以自主的自由。所以，我現在是不恨的……傻小子，怎麼還掉金豆子了？」

玄朗笑著，一手握著他的手，一手摸摸他的頭頂。「陳年往事，不值一提，大哥現在不是有親人了？」有了一個可愛能幹又彆扭的弟弟。

「嗯。」

榮嬌重重點頭。以後她一定要對大哥更好，像對二哥、小哥哥一樣好，而且，她可以把二哥、小哥哥也讓給大哥做弟弟，還有欒嬤嬤。「以後我有的，就有大哥的，嬤嬤做的好東西，都有大哥的分。」

「好啊！」玄朗笑，覺得小孩子信誓旦旦的鄭重模樣，既孩子氣又令人心生感動，向來不著一物的空洞心房突然漲得滿滿的，胸口充盈著暖暖酸酸的陌生滋味。

「以後大哥就拜託你了?!」他看似戲謔的語氣中透著股認真。

「沒問題！」

榮嬌淚眼汪汪的，就差指天發誓了。嗚嗚，大哥好孤單、好可憐，比她悲慘數倍呢！

「來，擦擦臉，你若是不想燈下賞梅，現在再不去就晚了。」

天就要黑了……啊?!

榮嬌的手一僵，什麼時辰了？她猛然轉頭看窗外，剛才還陽光正好呢，這一會兒工夫就黃昏了？

時間怎麼過得這樣快，她得走了。

「冬日天短，日落得快。」

玄朗見她傻呆呆地望著窗外，似惋惜、似驚詫，彷彿被西斜的太陽嚇壞了似的，不由好笑。「不過，距天黑還有一小段時間，足夠賞梅了。」

這時節還是晝短夜長，下午的時光短暫得很，來的時候就過了未時，午餐用的時間長，飯後又東拉西扯，天光就這般悄悄流逝了。

「不看了，下次吧，天色不早了，我得走了。」

慘了、慘了。

榮嬌反應過來，慌忙起身，迅速奔向衣架拿起自己的披風，邊穿邊向玄朗告辭。「大哥我走了，改日再來拜會。」

嬤嬤千叮嚀、萬囑咐讓她早點回去，拜了年就走，最好是午飯都不要留，若實在盛情難卻，用過餐飯後就告辭；誰知他們晌午才到，一開始她還牢記著嬤嬤的叮囑，後來怎麼就忘了呢？

「你要走了？」

玄朗見他像隻亂了手腳的小獸，哪裡會放他走？一伸手就把人拉住了。「都這個時候了。」

虧他一直以為小樓今晚是要住在這裡的，連晚飯、客房都安排了，要走早不走，現在還怎麼走？眼見天要黑了。

「大哥，我沒跟家裡交代，原本說了當天回的。」

如果夜不歸宿又沒向嬤嬤請假，她回去後一定很慘的。

玄朗見他執意要走，又說不出必須要走的理由，強留不妥，於是好脾氣地給他分析情況。

「小樓，大哥知道你著急，但是從這裡回城，白日快馬加鞭要一個多時辰，馬車就會更慢些。現在天要黑了，路有積雪，你即刻動身，走不出西山就要趕夜路了，三個時辰未必能回去，那時候城門早就關了，你是要在城門外馬車裡等一宿嗎？」

「我、我不需——」

榮嬌心急，不需要進城的話差點脫口而出，還好立刻閉上了嘴巴。

她回城南別院，城門關不關的，於她並不妨礙，不過總歸是要往都城的方向走，到了都城附近再折返別院。

「沒關係的，那就先在城門外等等好了。」

即便是晚上走得慢，天亮前也肯定能回去，榮嬌要走的決心不容改變。

「夜裡太冷，我知道你不怕凍，但你的那個啞僕卻受不得。」

玄朗打定主意不放人走，左右無事，趕什麼夜路？嬤嬤知道是來了他這裡，天黑留宿也是正常的，有何擔心？

若真有急事，他定然不會強留，早派人護送他回去，城門關了，持他的權杖再叫人開門就是。

「綠殳？她怎麼了？」

榮嬌心裡一緊，綠殳向來不離自己左右，之前大哥說安排她在外面用餐，之後就再沒見人影，她問了兩次，都說在下面休息。因為是在玄朗家裡，她也沒在意，想著大家一路辛苦，能歇歇更好。

「他受寒了，還強撐著不肯讓人把脈，服了些祛寒解熱的湯藥，在客房休息。」

小樓身邊的這個啞僕也是個倔的，說什麼也不讓人把脈診治，他是貴客身邊的下人，府裡的大夫不好強求，報到玄朗這裡，他怕小樓擔心就沒說，讓人安排了房間，照常規的藥方煎藥。

「眼下還沒醒，你是要把他喊起來，還是自己回城，將他留下養病？」

榮嬌去看了綠殳的情況，再也無法堅持要走。

綠殳燒得滿臉通紅，呼出的氣息也是熱的，整個人看上去綿軟無力，吃的藥裡又有安眠成分，她睡得昏沈沈的。

這種時候，硬喊她起來，冒著夜裡的寒氣坐馬車回去似乎不妥，若是把她一個人放在這裡，那就更不妥了。

榮嬌清楚，絕對不能將病得迷糊的她單獨留在大哥家裡。

「小樓，你不要擔心，應該只是受了風寒，我看還是讓大夫進來把脈，也好對症下藥。」

玄朗見他抿著嘴角，坐在床邊悶悶不樂，以為他擔心隨從的病情。

玄朗也是善醫的，看綠殳的模樣，覺得問題並不嚴重，只是若能把了脈，對症開方，服個一、兩劑湯藥，應該就能好的。

榮嬌猶豫不決，她自然是擔心，希望綠殳能早點康復，又不敢讓玄朗家的大夫來診脈，男女脈象有別，大夫一伸手診脈，綠殳就露餡了。

「小樓可是有什麼顧慮？大哥府裡的大夫，醫術是極好的。」

諱疾忌醫，只是診脈治個小風寒而已，小樓和他的僕從怎麼不約而同地抗拒？

玄朗的心頭升起疑惑。「或者大哥也可以，大哥略通醫術，普通的病症也能診治的。」

「暫時不用。」

榮嬌心如亂麻。玄朗就更不成了，他若知道了，自己連編造故事的機會都沒有；可綠殳也不能就這麼病著……

心裡真是一萬個後悔，今日不宜出行，不應該來的，來了應該馬上就走，不應該留下吃飯的，這一耽擱，居然成了這樣騎虎難下的局面。

「還、還是等她醒了再說。」

對上玄朗淡淡疑惑的眼神，榮嬌勉強擠出一絲笑意，沒有底氣地補了句不像話的解釋。

第六十一章

中午吃多了，綠殳又病著，榮嬌沒心情，因此晚飯用得很少，決定放下碗到綠殳房裡守著。

玄朗勸不動，拿了本書在一旁陪著她。

綠殳醒來時已經入戌時了，若是盛夏，此時天還是亮的，可在正月初二，天色已徹底黑如墨，實打實地入夜了。

別說她現在還有些發熱，即便是生龍活虎、健康無虞，這個時辰也不好再提離開的事了。

綠殳醒來見屋裡已經掌燈，頓時又急又驚，出一身汗。榮嬌讓玄朗幫忙找了衣服，準備了熱水，親自到淨房陪著綠殳擦洗身子。

仔細一看，玄朗拿來的裡衣、中衣皆是全新的，大哥果然體貼周到。

「公子，都怪我。」

綠殳擦過汗津津的身子和臉，換了衣服，整個人精神許多，想到留宿之事，小臉上滿是自責；若不是她一病一睡，也不至於陷入如此尷尬的境地。

玄朗公子自然是可信可靠，問題是大小姐不能夜宿他家呀！

「沒事，不怪妳，大哥又不是外人，住下也沒什麼，別想太多。吃些東西，再喝碗藥，好好睡一覺，明天一早才有精神趕路。」

榮嬌安撫著綠殳，事已至此，與其懊惱，不如既來之則安之，反正玄朗大哥家也不是什麼龍潭虎穴，今天走不了，明天能走就成。

她最擔心綠殳明天好不了，到時就要再多耽擱一天。

玄朗家很好，玄朗也很好，但是再好也不能多留。

見綠殳精神還不錯，玄朗沒再提診脈的事，只吩咐僕人給綠殳準備了易消化的粥飯，按之前的方子給她煎藥服下。

榮嬌偷眼觀瞧，進出服侍的都是僕婦，不知是玄朗家裡的規矩如此，還是他特意安排的，心虛的她沒敢多問。

原本她是要與綠殳住一起的，正好晚間可以照應，可綠殳不同意，怕過了病氣給她。玄朗也不同意。「若是你擔心沒人照顧，府裡有得是人手。」

榮嬌在兩人的反對下，也不敢多做堅持。

她總覺得在玄朗那雙深邃得彷佛能看透一切的眼眸下，說多錯多，做多了，破綻越多，為免他起疑，只得放棄自己的打算，讓他將自己安排在綠殳旁邊的客房住下。

玄朗的星眸中閃過一絲猶豫。

旁邊並沒有客房，當時沒想到綠殳會病倒住下，只是臨時歇息安排的，要麼是將綠殳挪到其他房間，要麼是分開住。

「那幫我安排最近的。」

客隨主便，榮嬌雖然很想與綠殳挨著，但也沒有想添麻煩或大晚上折騰她換房間。不知是午飯吃撐了還是忙亂一天累了，她覺得全身都不舒服，說不出哪裡難受，肚子也有些隱隱的疼。

玄朗見她沒精打采的，面有倦意，將她送到房間安頓好了，囑她好好歇息，留了兩個面善的僕婦服侍，沒多逗留就告辭離開。

房裡，被褥是全新的，在熏籠上烘過了，暖暖軟軟的；屋角燒著炭盆，案上燃著安神香，榮嬌沒有認床的毛病，卻也睡得不大安穩，一會兒惦記綠殳，一會兒掛念嬤嬤，一會兒又想到玄朗的身世，腦子裡亂糟糟的，肚子隱痛，卻又不是想方便的感覺。

下回可不敢再貪嘴了，明天吃了早飯就走……榮嬌翻來覆去，好不容易迷迷糊糊地睡著了。

心裡有事，天色微明就醒了，睜開眼睛，她盯著陌生的床頂，好一會兒才反應過來。自己昨夜留宿在玄朗家，這是他家的客房。

翠綠帶銀竹紋的綢面被子很輕軟，身下的褥子很厚暖，榮嬌在被窩裡伸了伸腿，忽然覺得大腿間的衫褲觸感不大對勁，似乎有些僵——

昨晚睡前明明記得換上的衾衣是全套新的白綢衫褲，又滑又軟的上好綢衫，怎麼會……

榮嬌隨手摸了摸，綢褲還是軟滑的，但指尖下有一小塊地方觸感明顯與別處不同。

這個位置……

榮嬌的手指突然頓住，心中生出不安，一個模糊的念頭如閃電般在腦中飛快地劃過。

不會吧?!

想到那個可能，她禁不住全身發冷，整個人都要懵掉了。

不可能這麼倒楣吧？

她一動不動地仰面躺著，鼓了好半天的勇氣。不管啦！她猛地坐起身來，一把掀開被子，然後……她眼睛瞪得大大的，伸手捂住了自己嘴巴。

老天，這、這……

榮嬌像當頭挨了一棒，臉色瞬間刷白，盯著那幾處血漬，恨不能暈死過去。

潔白的褥子上還有她白色的衫褲上，那幾團已經乾涸的血污是如此明顯，明顯到她想裝作沒看到都不可能。

她、她居然在昨夜來初潮了。

老天，這可怎麼辦……

她是女子，自然會來初潮，可萬萬沒想到會是在昨晚、會是在此地！

前世的她身體瘦弱，及笄之前才來了初潮。這一世，自從重生，她就整天忙著改變既定的命運，力求主宰自己的人生，根本就沒想過還有初潮這回事，更沒想到它會來得這麼早。

她過了這個年才剛十四歲，若按照前世，至少還要一年才會來的……好吧，就算這一回來得早，十四歲初潮也正常，可是，就不能換一天來嗎？什麼時候來不好，偏偏這個時候來了？

現在是客宿在別人家，而且她現在還是個男的，是男的！

榮嬌面對自己搞出的血腥事，徹底懵了，怎麼辦？

床鋪、衣服都被她弄污了，她可以不顧臉面地挾帶走衣服，但被子、褥子怎麼辦？把被子也挾帶了，還是就地毀屍滅跡？

那褥子怎麼辦？想神不知、鬼不覺地偷偷拿走也不可能啊！

或許褥子上沒有？初潮，又是第一天，量都是很少的……

榮嬌懷抱著最後一絲的僥倖，將床單掀起來，小臉頓時垮了。

她果然是在作夢，褥子上落了幾塊銅錢漬，僥倖之心立刻化為烏有。

嗚，她不要活了，讓她死了吧……

腦子空白一片，就是名女子客宿別家，忽然來了癸水，弄污了衣服、被褥都夠尷尬丟人的，何況她現在還是個男子。

心裡這個悔呀！昨天最不應該錯把腹痛當成消化不良，她若是稍微多想一下，提前做些預防，即便初潮造訪，只要不弄污了東西，也是可以做到無人知曉的。

現在，一切都來不及了。

榮嬌狠狠地捶了一下床鋪，手還停在被子上，人又僵住了。她清晰地感覺到，隨著自己起身揮拳的這個動作，一股熱流從下腹直湧而出。

不好，又來了！

她低頭，目光瞟向自己的腿心處，清清楚楚看到新鮮的血色在白綢褲子上快速地暈染開來。

這還讓不讓人活了？

榮嬌一動不動地等了一會兒，感覺沒有新的動靜，小心地輕輕用膝蓋跪移著，生怕動作大了又引發血流成河。

她取了自己隨身帶的帕子，摺了兩下，又撕下半截衫褲的褲角，顧不上吸不吸水，墊上救急先。

至於後續的應對，她一個人是不成的。

定定神，她半靠在床頭，將被子蓋嚴實，揚聲喊道：「誰在外頭？」

「公子醒了？」

她話音剛落，外頭就有一道溫和的女聲回答。隨著輕輕的腳步聲，昨日玄朗指派留下服侍的中年僕婦走了進來。

「公子早安，昨晚睡得可好？奴婢服侍公子更衣洗漱。」

「等等，不要過來。我的隨從呢？把他叫來。」

眼下的情況哪敢讓她近前，更別提服侍更衣了，她現在誰都不需要，只需要綠殳。

僕婦極有規矩，聽了榮嬌的話，立刻停下了腳步，站在外間的中央，恭敬施了一禮，面帶微笑，語氣溫厚。「貴僕昨夜病情有些反覆，大夫看過了，並無凶險，凌晨服了藥，此時尚未起身，公子若有需要，奴婢這就將他傳來。」

一席話說得榮嬌的臉色更白了。綠殳的病沒好，指望不上了，而且還看大夫了；看大夫是必須的，總不能有病不治，可是、可是……

事都趕到一塊兒了，榮嬌心亂如麻，原先想好的應對之策因綠殳起不了身全作廢了，一時間又沒了主張。

「公子、公子？」

僕婦見他白著臉不說話，一副失魂落魄的模樣，心下擔憂，連喚了幾聲。「我們府上的大夫醫術極好的，您不必擔心貴僕的病症。公子若無別的吩咐，奴婢現在給您準備熱水，服侍您更衣洗漱可好？」

主子交代過了，需小心伺候這位公子，不能怠慢，這可是主子的弟弟，這麼多年，還從未見過自家主子對誰上過心呢！

「我家公子剛才來過，說等您起身洗漱後，一起用早膳。」

不是讓人吩咐的，是自己親自過來的。

玄朗來過了，還等著她起床吃早飯；綠殳的秘密暴露了，她把床鋪弄得到處是血跡……

榮嬌的腦袋嗡嗡響，老天，還能更悲慘嗎？

不管了，反正已經這樣了，愛怎樣就怎樣吧！

身體裡，屬於樓滿袖的潑悍占了上風，原先一直想著如何隱瞞善後的榮嬌，忽然想開了。已經如此，那就這樣吧，破罐子破摔好了，若是玄朗惱了，接受不了，大不了以後不來往了就是。

只要她咬緊牙關，不說出自己的身分，就算他猜出來了也抵死不認，又能奈她何？

本來見過她真面目的外人就屈指可數，她拒不承認，他總不會跑到池府去當面對質吧？

不至於那麼無聊吧？無怨無仇的，他不是那種沒氣量、刨根問底的人。
即使對質也不怕，總之就是不認帳。
「準備熱水、新的裡衣，乾淨的白棉巾多拿幾塊，還有剪刀與針線。」
榮嬌自顧自吩咐著，不管了，先把自己收拾乾淨、弄舒服了再說，腿間濕答答的，很難受，鼻子聞到的似乎全是血腥味。
至於床鋪，她決定不管了，就那麼放著好了，反正沒辦法弄乾淨，恢復原樣，想再多也沒用。
真是的，用什麼顏色的布做床單、褥子不好，非要用白色的淞江純棉布？
若是其他的深色，比如靛青或深紫，即便有點髒污也看不出來，用棉布蘸水墊著擦擦，也就能蒙混過關了，偏偏是白色的，真是臭顯擺，跟她作對……
滿腹牢騷的小樓公子完全忘記了，昨晚還覺得大哥夠意思，連鋪蓋都準備得如此低調奢侈，上好的淞江白棉布最是柔軟親膚，向來是講究人家做裡衣、中衣的上選，玄朗居然給自己準備了這樣的被褥，好貼心。
玄朗家的僕婦規矩沒得說，雖然對她這一連串的指令完全摸不到頭緒，卻不見一絲猶豫，乾脆索利地應下，告退下去準備了。
玄朗習慣早起練功，加上小樓留宿，他醒得比往日還早，特意去廚房轉了一圈。
小傢伙昨天晚膳用得不多，早飯要豐盛些，也不知他喜歡吃什麼……米麵點心、包子糕餅、米粥湯水、各色果蔬、甜的鹹的，每樣都準備，多些口味供他選擇。

順路又去小樓住的客房看了看，僕婦說他還沒有起身，玄朗停頓了一會兒，叮囑了幾番，還是先回了書房——

他對這個弟弟向來是體貼的，若是小樓醒了，知道他等在外面，少不得要手忙腳亂地盡快收拾索利；他可不想一大早就催人，小孩子覺多，應該多睡會兒，等他睡到自然醒，收拾好了再一起用餐。

他拿了本書，一邊看著一邊一心兩用，琢磨著上午的安排。小樓的啞僕病未全好，不利於動身趕路，好不容易小傢伙來一次，大過年的他也不忙，正好藉機留他多住兩日，哥兒倆多親近親近。

這時，府裡的春大夫來了。

春大夫脾氣古怪，只喜歡宅在屋裡研究草藥醫書，若非有事，幾乎從不會主動來找他。春大夫進來只說了一句，掉頭又走了，玄朗的神色微微凝滯。

還真是出乎意料，小樓的啞僕，居然是個丫鬟?!

小樓也是知情的吧？

玄朗的腦中回想起昨日提及就醫時，小樓的慌張神情，以及不是理由的拒絕，指定要用僕婦照顧……似乎在這一刻都有了合理的解釋，他是不想讓人知道自己的隨從是丫鬟吧？

這個小傢伙，連這種事也瞞著。

這算什麼？難道他隨身服侍的是丫鬟，自己還會嘲笑他不成？丫鬟比小廝細心，起居上照顧得更周到。

這時的玄朗完全沒有意識到隨從是丫鬟，意味著主子的性別也有另一種可能。

大手一揮，他讓人好生服侍，不要閒雜人等過去打擾，任何人不可隨意進出那個客院；院裡當差的，暫時都留下僕婦，小廝一概不用。

他身邊沒有女眷，僕人是不分內、外院的，綠殳昨日歇下的客房是供客人臨時歇息用的，少不得有人來人往。

如今再將人安排至別的院落，倒顯得過於刻意。看昨日他主僕兩人的情形，明顯是想隱瞞綠殳的性別，既然不想讓他知曉內情，那他就裝作不知好了。

玄朗向來不捨得令小樓為難，雖然對他主僕兩人神秘兮兮的小把戲不甚贊同，卻也沒有揭穿的念頭。

回頭讓人送些對味的粥飯過去……小樓挺看重這個丫鬟的，都想親自照看了，不能讓小傢伙擔心。

正想著呢，聽外面通傳，服侍小樓的僕婦有事稟告。

「公子，小公子似乎是身上帶傷，奴婢們不敢自專，請公子示下。」

來的正是在榮嬌那裡當差的僕婦之一，之前她兩人準備好榮嬌要的東西後，按吩咐在屋外等著，但兩人覺得不妥，於是一個留下待喚，一個來找玄朗，彙報客人的奇怪行徑。

「身上有傷？妳可見著了？傷在何處？」

玄朗心裡一緊，何人傷了小樓？難怪昨日就見他臉紅一陣、白一陣的，不甚正常。

「小公子不要人服侍，因此奴婢並未親眼見到；但屋子裡有血腥氣，小公子讓我們準備乾淨的白棉布和剪刀。」

那屋子沒住過別人，若不是小公子身上有傷，哪裡來的血氣？要乾淨的白棉布做什麼？

「我去看看。」

玄朗平靜無波的眼中多了分緊張，伸手從抽屜裡拿了一紅一白兩個小瓷瓶，三步併作兩步，匆匆趕往榮嬌所居的院子。

——未完，待續，請看文創風520《嬌妻至上》3

2017年3月出版

媳婦說得是

文創風 506～508

要嫁就嫁一個——
最疼妳的、最懂妳的、最挺妳的，
永遠把妳說的話當一回事的男人……

有愛就嫁，有妳最好／沐榕雪瀟

才剛產子的她，看著繼母撕下偽善的面具，
將摻有劇毒的「補藥」送到她嘴邊，她已無一絲力氣反抗，
而她的夫君竟還將她剛生下來還沒見上一面的孩子狠狠摔死，
她怨毒絕望，銀牙咬碎，發毒誓化為厲鬼報此生仇怨……
苦心人、天不負！一朝重生，她成了勛貴名門的庶房嫡女，再次掙扎是非中。
儘管庶出的父親備受打壓，夾縫中求生存；出身商家的母親飽受歧視，心灰意冷，
溫潤的兄長懷才不遇，就連她的前身也受盡姊妹欺凌，被害而死……
然而，這些都無法阻撓她的復仇之路，
鳳凰涅槃，死而後生。她相信自己這一世會活出輝煌，把仇人踩在腳下。
攜恨重生，她必要素手翻天、快意恩仇，為自己、為親人爭一份富貴安康……

2017年3月出版

翻身嫁對郎

文創風 501～505

前世，她錯將狼人當良人，以悲劇結束一生，
如今老天爺大發慈悲，讓她來人間走一回，
她還不擇個如意郎來扭轉乾坤！

攜良人相伴，許歲月安好／方以旋

她顧妍貴為侯府嫡女，前世卻因錯愛了涼薄人信王，
搞得自己家破人亡，最終香消玉殞，
今生重來一回，她只求此生能現世安穩、親人安康，
因此這一路走來總是步步為營、如履薄冰。
哪知道她無心嫁人，
老天卻屢次安排鎮國公世子蕭瀝當她的救命恩人，
而這一牽扯可真是不得了，
蕭世子竟發下豪語，説要上門提親來娶她了？
這也就罷了，連天家都要來湊熱鬧亂點鴛鴦譜，
竟為她和信王夏侯毅賜婚？!
橫豎她這輩子的運道是萬不可折損於那人手中，
既然聖命是要她嫁人，
讓救命恩人來做這如意郎，
似乎是逆轉前世命數的最佳選擇……

文創風
519

嬌妻至上 2

國家圖書館出版品預行編目資料

嬌妻至上 / 東堂桂著. --
初版. -- 臺北市 : 狗屋, 2017.05
冊 ; 公分. --（文創風）
ISBN 978-986-328-724-7（第2冊：平裝）. --

857.7　　　　106003599

著作者　東堂桂
編輯　張蕙芸
校對　沈毓萍　黃亭蓁
發行所　狗屋出版社有限公司
地址　台北市104中山區龍江路71巷15號1樓
電話　02-2776-5889～0
發行字號　局版台業字845號
法律顧問　蕭雄淋律師
總經銷　知遠文化事業有限公司
電話　02-2664-8800
初版　2017年5月
國際書碼　ISBN-13　978-986-328-724-7

本著作物由起點中文網（www.qidian.com）授權出版

定價250元
狗屋劃撥帳號：19001626
網址：love.doghouse.com.tw　E-mail：love@doghouse.com.tw